国家古籍整理出版专项经费资助项目

明清小品丛书

A Series
of
Essays
in
Ming and Qing
Dynasties

蒲松龄小品

〔清〕蒲松龄——著
赵伯陶——注评

中州古籍出版社
·郑州·

图书在版编目(CIP)数据

蒲松龄小品 /(清)蒲松龄著;赵伯陶注评. —郑州:中州古籍出版社,2023.12

(明清小品丛书)

ISBN 978-7-5738-1072-4

Ⅰ.①蒲… Ⅱ.①蒲…②赵… Ⅲ.①小品文-作品集-中国-清代 Ⅳ.①I264.9

中国国家版本馆CIP数据核字(2023)第228283号

PU SONGLING XIAOPIN

蒲松龄小品

出 版 人	许绍山
选题策划	梁瑞霞　李晓丽
责任编辑	李晓丽
责任校对	岳秀霞
美术编辑	曾晶晶
封面设计	黄桂敏

出 版 社	中州古籍出版社(地址:郑州市郑东新区祥盛街27号6层 邮编:450016　电话:0371-65788693)
发行单位	河南省新华书店发行集团有限公司
承印单位	河南瑞之光印刷股份有限公司
开　　本	787 mm×1092 mm　　1/32
印　　张	11.125
字　　数	224千字
版　　次	2023年12月第1版
印　　次	2023年12月第1次印刷
定　　价	58.00元

本书如有印装质量问题,请联系出版社调换。

前 言

蒲松龄（1640～1715），字留仙，一字剑臣，号柳泉，或称柳泉居士，清济南府淄川县（今山东省淄博市淄川区）蒲家庄人。其父蒲槃，尝习举子业，以博学多识享誉乡里，后因家计问题弃儒从商。蒲松龄自幼从父习读"四书""五经"，欲由科举跻身仕途，十九岁即以县、府、道三个第一进学（俗称考取秀才）。原欲顺风顺水以搏一第之荣，不意从此蹭蹬场屋，屡战屡败，始终未能通过山东乡试，直至七十一岁方援例经考试成为岁贡生，有了做学官的资格，然而已垂垂老矣。

为维持生计，蒲松龄于大半生从事科举之余，多将岁月消磨于设帐授徒的苜蓿生涯。除常到济南府应考岁试、科试与乡试等考试外，康熙九年（1670），三十一岁的蒲松龄曾应同邑进士、扬州府宝应县知县孙蕙之邀,出走江淮为幕不到一年,历练人生之余,也大长了见识。南下而外,蒲松龄游过崂山、泰岳,到过淄川邻近的府县,活动范围不广,实在没有"行万里路"的富余精力与闲暇时间。南游之前,蒲松龄一度在城西王村(今属淄博市周村区)设馆教书;南游之后,又曾至本邑仙人乡(正东乡,今洪山镇)马家庄王体正兄弟家为塾师一段时间。康熙十八年(1679),年已四十岁的蒲松龄至本邑西铺村(今属淄博市周村区)毕际有家坐馆,直至其七十岁方撤帐归家,结束了在毕家三十年的西宾岁月。毕际有为明户部尚书毕自严之子,自己也以顺治二年(1645)拔贡入仕,官至江南通州知州。毕氏是诗书继世的官宦人家,蒲松龄常年与毕际有一家维持亦宾亦友的良好关系,毕家的丰富藏书令这位穷书生大开眼界,终于有了"读万卷书"的机会。这在没有公共图书设施的古代是极为难得的,在一定程度上弥补了蒲松龄著述人生未能"行万里路"的缺憾。总之,书海徜徉对于蒲松龄《聊斋志异》的创作成功起到了至关重要的作用。

蒲松龄晚年生活堪称小康,有养老之田五十余亩,优游乡里,聊以自慰,或可略微平衡其未遂青云之志的失落心理。康熙五十四年正月二十二日（1715年2月25日），蒲松龄在家中寿终正寝。蒲松龄生于明崇祯十三年四月十六日（1640年6月5日），以旧时计岁法计其卒年已届七十六岁，以实足周岁计，七十五岁尚欠三个多月。

除《聊斋志异》外，蒲松龄还有聊斋文、聊斋诗、聊斋词、聊斋俚曲等一系列著述传世，堪称一位百科全书式的作家。聊斋文中，如《〈庄列选略〉小引》《郢中社序》《〈药祟书〉序》《〈农桑经〉序》《〈问心集〉跋》等序跋之作，《青云寺重修二殿记》《灌仲孺论》《与王司寇阮亭先生》《求科试广额呈》《为众绅祭唐太史文》等碑记、史论、尺牍、呈文、祭文之作，大多可称为传神隽永的小品。若仅就文体而论，《聊斋自志》等骈文之作，妙用典故，含蓄雅致，非博极群书、腹笥充盈者不能运用之妙，存乎一心。当然令蒲松龄名重后世的则非其文言短篇小说集《聊斋志异》莫属，作者凭借这部脍炙人口的著作，逐渐声名远播并终于大放异彩；《聊斋志异》不仅风行海内，而且走出国门，跻身于世界名著之林。

蒲松龄喜爱《世说新语》，《聊斋志异》与聊斋诗文中常常可发现《世说新语》中典故的踪影。

晚明刘侗、于奕正合撰的《帝京景物略》是一部地方风物小品集，蒲松龄也对之推崇备至，多方取资而外，其短捷音促的句式，也每为蒲松龄所效法。

《聊斋志异》的创作集思广益，"四书""五经"中语词熟练运用于小说之中，如盐著水中，浑然无迹；晚明小品精神贯穿于其中，在聊斋短章中倍见神采。《快刀》三言两语，耐人寻味。《西僧》富于哲理，引人深思。《狼三则》早被收入多省市的中学语文教材，凸显了人畜博弈中狼的狡诈与人的机智，但人定胜天，笑到最后的是人！《聊斋志异》中的这些小品或许不如其情节更为曲折的小说引人入胜，然而风味小吃也自有大餐难以媲美的味道。本书从《聊斋志异》中选取小品文四十一篇，统称"志异短章"以飨读者。所用底本为任笃行辑校的《全校会注集评聊斋志异》，人民文学出版社2016年出版。

聊斋文，包括散文与骈文，多为具有明人小品内涵的文章，本书选录三十三篇。这些小品之作，所关涉的人物、典籍、事物，或与《聊斋志异》相关篇章有联系，读之对阅读《聊斋志异》不无裨益。其中骈文《陈淑卿小像题辞》，20世纪80年代初曾有论者认为是蒲松龄为其"如夫人"所撰，轰动一时，随即引来学界诸多论者的质疑，终于考证出陈淑卿丈夫的姓名。然而由于骈文多用典故串联男女双方情事，留下了不少含混不清的遗憾，本书选注此文，敝帚自珍地认为解决了先前为论者所忽视的一些问题，读者可以自行评判。所选录三十三篇小品，另分为"序引贺言""跋语题辞""杂著尺牍"三卷，无非清晰眉目而已，并无明确的逻辑划分起点。所用底本为路大荒整理的《蒲松龄集》，上海古籍出版社 1986 年版。

本书对于所选小品涉及的人物、用典，皆尽力注出，繁难处不厌其详，以免读者再行翻检查阅工具书之劳。所注释语词前后有重复者，简单的再行注出，复杂的加以缩减注出，再用"参见"法，指示前注之位置，以省篇幅并便于读者深入理解。异读字或冷僻字，其后括注汉语拼音。作品之后的"赏读"，力求征引相关材料，若能给读者或多或少的一些启发，也就达到目的了。

赵伯陶
2020 年 8 月于京北天通楼

目 录

卷一 志异短章

四十千 /3

齕石 /6

义鼠 /10

地震 /13

小官人 /19

快刀 /23

汾州狐 /26

江中 /29

西僧 /32

李司鉴 /37

五羖大夫 /41

产龙 /45

龙取水 /47

蛙曲　/50

木雕美人　/53

骂鸭　/56

钱流　/59

魁星　/62

潞令　/65

狼三则　/71

山市　/75

戏缢　/81

沂水秀才　/84

镜听　/88

鬼津　/92

鬼令　/95

鬼妻　/98

夏雪　/102

鸿　/110

张贡士　/113

孙必振　/117

武夷　/121

大鼠　/123

牧竖　/127

富翁　/130

曹操冢　/132

拆楼人　/137

蚰蜒　/140

车夫　/143

土化兔　/145

鸟使　/148

卷二　序引贺言

聊斋自志　/155

《帝京景物选略》小引　/170

《庄列选略》小引　/176

郢中社序　/182

《婚嫁全书》序　/188

《省身语录》序　/191

《怀刑录》序　/195

《农桑经》序　/199

《药祟书》序　/201

《家政外编》序　/204

《家政内编》序　/208

贺章丘县周素心入泮序　/212

卷三　跋语题辞

自题又志　/221

题吴木欣《班马论》　/225

题吴木欣《戒谑论》　/230

《问心集》跋　/233

《宋七律诗选》跋　/240

毕公权《困佣诗》跋　/243

《小学节要》跋　/248

抄录《观象玩占》跋　/251

陈淑卿小像题辞　/254

卷四　杂著尺牍

创修五圣祠碑记　/275

青云寺重修二殿记　/279

灌仲孺论　/285

与王鹿瞻　/293

与王司寇阮亭先生　/298

与王司寇　/304

请禁巫风呈　/309

求科试广额呈　/314

请惩无品生员呈　/318

为人要则·轻利　/323

赌博辞　／326

为众绅祭唐太史文　／333

后记　／342

卷一 志异短章

狼亦黠矣!
而顷刻两毙,
禽兽之变诈几何哉,
止增笑耳!

四十千①

新城②王大司马③有主计仆④,家称素封⑤。忽梦一人奔入,曰:"汝欠四十千,今宜还矣。"问之,不答,径入内去。既醒,妻产男。知为夙孽⑥,遂以四十千捆置一室,凡儿衣食病药,皆取给焉。过三四岁,视室中钱,仅存七百。适乳姥⑦抱儿至,调笑于侧。因呼之曰:"四十千将尽,汝宜行矣!"言已,儿忽颜色蹙变⑧,项折目张。再抚之,气已绝矣。乃以余资置葬具而瘗⑨之。此可为负欠⑩者戒也。

昔有老而无子者,问诸高僧,僧曰:"汝不欠人者,人又不欠汝者。乌得子?"盖生佳儿,所以报我之缘;生顽儿,所以取我之债。生者勿喜,死者勿悲也。

【注释】

①四十千:古代铜钱用绳穿,千钱为一贯,四十千即四十贯。

②新城:明清县名,属济南府,治所在今山东省淄博市

桓台县。

③王大司马：即王象乾（1546~1630），字子廊，一字霁宇，王之垣子，新城人。明隆庆五年（1571）进士，累官至兵部尚书。康熙三十二年（1693）《新城县志》有传。大司马，官名，周时为六卿之一，曰夏官大司马，掌军旅之事。后世用作兵部尚书的别称。

④主计仆：主管财物出入账目的仆人，类似于管家。

⑤素封：无官爵封邑而富比封君的有钱人家。《史记》卷一二九《货殖列传》："今有无秩禄之奉，爵邑之入，而乐与之比者，命曰'素封'。"唐张守节正义："言不仕之人自有园田收养之给，其利比于封君，故曰'素封'也。"

⑥凤孽：前世的冤孽。

⑦乳姥：即乳母，或称奶妈。

⑧蹙（cù）变：急速变化，这里含有眉头皱拢的意思。蹙，促急。

⑨瘗（yì）：埋葬。

⑩负欠：拖欠或亏欠他人钱财或人情。

【赏读】

"杀人偿命，欠债还钱"，这是一句颇有市井味道的俗语，但于古今人心目中却有着神圣不可侵犯的地位，是社会中维持人际关系的基本信条。"受人滴水之恩，当涌泉相报"，这句俗语则反映了人们知恩图报的迫切心理。特别应当指出的是，古人中的大多数对于人的转世轮回深信不疑，这无疑又令"欠债还钱"蒙上一层神秘的色彩，加之古代医疗条件与教育方式皆有限，生儿女早夭或浪子败家，并不罕见，于是"讨债鬼"的詈语便成为家庭语言暴力的家常便饭。

这篇小小说以佛家因果报应之说告诫读者"负欠"之害，也自有其道德自我修养的积极意义，不能纯以迷信视之。本书后选《拆楼人》，与此篇寓意略同，反映了古人对于因果报应说的执着，可相参看。清钱泳《履园丛话》卷一五《讨债鬼》："常州某学究者，以蒙馆为生。有子才三岁，妇忽死，家无他人，乃携其子于馆舍中哺之。至四五岁，即教以识字读书。年十五六，'四书''五经'俱熟，亦可为蒙师矣。每年父子馆谷合四五十金，稍有蓄积，乃为子联姻。正欲行聘，忽大病垂死，乃呼其父之名。父骇然曰：'某在斯，汝欲何为？'病者曰：'尔前生与我合伙，负我二百余金。某事除若干，某事除若干，今尚应找五千三百文。急急还我，我即去矣！'言讫而死。余每见人家有将祖父之业嫖赌吃著不数年而荡然者，岂亦讨债鬼耶？"也可相参阅。

龁①石

新城②王钦文太翁③家,有圉人④王姓⑤,幼入劳山⑥学道。久之,不火食⑦,惟啖松子及白石,遍体生毛。既数年,念母老归里,渐复火食,犹啖石如故。向日视之,即知石之甘苦酸咸,如啖芋⑧然。母死,复入山,今又十七八年矣。

【注释】

①龁(hé):咬,嚼。

②新城:明清县名,治所在今山东省淄博市桓台县。

③王钦文太翁:即王与敕(1609~1685),字钦文,别字匡庐,清顺治元年(1644)拔贡生,终生未仕。为著名诗人王士禛的父亲。太翁,清代人尊称他人之父。

④圉(yǔ)人:原为《周礼》官名,掌管养马放牧等事。后世常泛称养马的人。

⑤王姓:即王嘉禄。王士禛《池北偶谈·啖石》:"仙人煮石,世但传其语耳。予家佣人王嘉禄者,少居劳山中,独

坐数年，遂绝烟火，惟啖石为饭，渴即饮溪涧中水，遍身毛生寸许，后以母老归家，渐火食，毛遂脱落。然时时以石为饭，每取一石，映日视之，即知其味甘咸辛苦。以巨桶盛水挂齿上，盘旋如风。后母终，不知所往。"

⑥劳山：又名崂山、牢山、辅唐山，在今山东省青岛市崂山区，东临崂山湾，南滨黄海。宋元以来，山中多建道观，遂成我国道教名山，有上、下清宫与太平宫、白云洞、狮子峰等名胜古迹，为古今游览、避暑胜地。

⑦火食：吃熟食。

⑧芋：即芋艿，一种植物，其地下块茎呈球形或卵形，富含淀粉，可供食用。

【赏读】

以白石为饭，晋人早有记述，如《太平广记》卷九引晋葛洪《神仙传》："焦先者，字孝然，河东人也，年一百七十岁。常食白石，以分与人，熟煮如芋食之。"所啖白石并非生吞，而是"熟煮"，这可能属于一种类似石头的球茎植物，以讹传讹，就成了"仙家"美谈。

蒲松龄所记述之圉人啖白石，属于生吞，且是当时乡里名宦兼著名诗人王士禛的家中事，又有其人笔记为证，似系实录，绝非道听途说者。然而雍正七年（1729）《山东通志》卷三〇《仙释志·元》著录这位啖石奇人是元朝人："王嘉禄，新城人。少入劳山，遇道士，教以五禽之术。久遂不食，但以石为饭，或食松柏叶，渴则饮涧水。久之，遍身生毛寸许。一日，思其母，归复火食，毛尽落，然食石如故。尝囊石自随，映日视之，即辨其味。着齿无声，如粉粱糕饵。后母死，复入劳山，遂不知所终。"民国间周宗颐编《太清宫志》卷一《王道人仙传》："王道人，讳嘉禄，字无休。年二十许，面如重枣，挽双髻，披衲衣，登草履，负书囊，于元纪泰定三年丙寅，来劳本宫隐居数载。常游劳山头，遇道士教以五禽之术。久遂不食，但以石为饭，或食松柏叶，渴饮涧水，久之，遍身生毛，长寸许。一日思其母，归家复火食，毛尽脱落，食石如故。常囊石自随，映日视之，即辨其味。着齿无声，如粱糕饵。后母死，复入劳山，遍游各处。有樵者遇之，盘石倚松，目光如电，顶有赤光，高数丈。遂求玄术，传僻谷之方。樵者回家，传授多人，皆寿，活百余岁。后不知其所终。"可证王嘉禄为元代人无疑。元泰定三年为公元1326年，早于王士禛三百余年，其《池北偶谈》所谓"予家佣人"说当系王氏祖先家事，所记也不过得自于家中传闻而已。李学良《〈聊斋志异〉中"龁石"篇的本事考证》一文认为"龁石"乃服云母，属于道教的服食方术一类。读者若有兴趣，可参考。

"龁石"或许属于现代医学所称之异食癖，只不过因本篇主人公有"幼入劳山学道"的经历,从而使之蒙上了一层"仙话"的色彩。对于异食癖,古人笔记多有记述,如明代陆容《菽园杂记》卷四有云:"古人嗜味之偏,如刘邕之疮痂,僻谬极矣。予所闻亦有非人情者数人。国初名僧泐季潭喜粪中芝麻,杂米煮粥食之。驸马都尉赵辉,食女人阴津月水。南京内官秦力强喜食胎衣。南京国子祭酒刘俊喜食蚯蚓。"现代关于异食癖的记述更是五花八门,如嗜食土块、石头、头发、炉渣、煤块甚至玻璃、灯泡、餐具、钱币等,无奇不有。据国外报道,有人甚至能在不长的时间内吃下一辆自行车。医家解释异食癖者,或许因人体缺锌或铁所致,属于生理性疾病,但一些患者并不缺少这些微量元素,就属于心理性问题了。一些患者因异食而患有多种疾病,甚至早夭;但有一些异食癖者却能几十年如一日,丝毫不影响其消化系统,体格健壮,现代医学也难以做出合理解释。此篇中之王姓圉人作为一位有异食癖的奇人,当属于后者。

义鼠

杨天一言①:见二鼠出,其一为蛇所吞;其一瞠目如椒②,似甚恨怒,然遥望不敢前。蛇果腹③,蜿蜒入穴,方将过半,鼠奔来,力嚼其尾。蛇怒,退身出。鼠故便捷,欻④然遁去。蛇追,不及而返。及入穴,鼠又来,嚼如前状。蛇入则来,蛇出则往,如是者久。蛇出,吐死鼠于地上。鼠来嗅之,啾啾⑤如悼息⑥,衔之而去。友人张历友⑦为作《义鼠行》⑧。

【注释】

①杨天一:生平不详,当是作者家乡人。

②瞠目如椒:谓鼠目如花椒粒般瞠得又黑又圆。曹植《鹞雀赋》:"雀得鹞言,意甚不移,目如擘椒。"

③果腹:吃饱肚子。

④欻(xū):忽然。

⑤啾啾(jiū jiū):象声词,这里指鼠的叫声。

⑥悼息:哀伤叹息。

⑦张历友：即张笃庆（1642~1715），字历友，号厚斋，别号昆仑山人、昆仑外史，淄川县（今山东省淄博市淄川区）人，康熙二十五年（1686）拔贡生，终生未仕。工诗古文，早年受知于学政施闰章，与王士禛、蒲松龄、唐梦赉等文人交厚。著有《八代诗选》《班范肪截》《五代史肪截》《昆仑山房集》等。

⑧《义鼠行》：作者为张笃庆，原文为："莫吟《黄鹄歌》，不唱《猛虎行》。请为歌义鼠，义鼠令人惊。今年禾未熟，野田多鼯鼪。荒村无余食，物微亦惜生。一鼠方觅食，避人草间行。饥蛇从东来，巨颡盗以盈。鼠肝一以尽，蛇腹胀膨亨。行者为叹息，徘徊激深情。何期来义鼠，见此大义明。意气一为动，勇力忽交并。狐兔悲同类，奋身起斗争。螳臂当车轮，怒蛙亦峥嵘。此鼠义且黠，捐躯在所轻。蝮蛇入石窟，蜿蜒正纵横。此鼠啮其尾，掉击互訇訇。观者塞路隅，移时力犹劲。蝮蛇不得志，窜伏水苴中。义鼠自兹逝，垂此壮烈声。"

【赏读】

这显然是一篇纪实之作，转述他人所见之蛇鼠斗，言简意赅，井然有序，的确非同凡响。

蛇作为鼠的天敌，其捕鼠比猫、猫头鹰等更具先天的优势。蛇身细长，善于打洞的老鼠能去的地方，蛇一般也通行无阻，可以穷追猛咬而令鼠束手就擒。篇中

"义鼠"用行动悼念命丧于蛇口的同伴,舍生忘死、坚持不懈的执着纠缠,是其义的凸显;而出其不意、抓住机会"嚼其尾"的周旋,则是其智的体现。有义有智,从容不迫,不达目的,誓不罢休,令"义鼠"形象陡然高大,尽管有些匪夷所思,却感人至深。

蛇鼠相斗,也有蛇成为落败一方的记录,史书常将类似现象郑重其事地载录于《五行志》中。如《新唐书》卷二四《五行志·鼠妖》:"景云中,有蛇鼠斗于右威卫营东街槐树,蛇为鼠所伤。斗者,兵象。"当然这属于事物反常,否则史家就不必如此浪费笔墨了。

地震

康熙七年六月十七日戌刻①,地大震。余适客稷下②,方与表兄李笃之③对烛饮。忽闻有声如雷,自东南来,向西北去。众骇异,不解其故。俄而几案摆簸,酒杯倾覆,屋梁椽柱,错折④有声。相顾失色。久之,方知地震,各疾趋出。见楼阁房舍,仆而复起,墙倾屋塌之声,与儿啼女号,喧如鼎沸⑤。人眩晕不能立,坐地上,随地转侧。河水倾泼丈余,鸭鸣犬吠满城中。逾一时许,始稍定。视街上,则男女裸聚,竞相告语,并忘其未衣也。后闻某处井倾仄⑥,不可汲;某家楼台南北易向;栖霞⑦山裂;沂水⑧陷穴广数亩。此真非常之奇变也。

有邑人⑨妇,夜起溲溺⑩,回则狼衔其子。妇急与狼争。狼一缓颊⑪,妇夺儿出,携抱中,狼蹲不去。妇大号,邻人奔集,狼乃去。妇惊定作喜,指天画地,述狼衔儿状,已夺儿状。良久,忽悟一身未着寸缕,乃奔。此当与地震时男女两忘者,同一情状也。人之惶急无谋，一何⑫可笑！

【注释】

①康熙七年六月十七日戌刻：即公元1668年7月25日晚七时至九时。

②稷（jì）下：战国齐都城临淄西门稷门附近地区，为当时各学派活动的中心，故址在今山东省淄博市临淄区。《史记》卷四六《田敬仲完世家》："宣王喜文学游说之士，自如驺衍、淳于髡、田骈、接予、慎到、环渊之徒七十六人，皆赐列第，为上大夫，不治而议论。是以齐稷下学士复盛，且数百千人。"南朝宋裴骃集解引刘向《别录》："齐有稷门，城门也。谈说之士期会于稷下也。"蒲松龄笔下之"稷下"或"稷门"常指济南府府治，如其《珍珠泉抚院观风》诗有云："稷下湖山冠齐鲁，官寮胜地有佳名。"山东巡抚官衙在济南，珍珠泉为济南名胜。又如其《再到济南喜箬儿入泮》诗有云："再到稷门菊尽霜，风催荷梗冻银塘。"诗题与诗句可证济南与稷门同一。

③李笃之：字符根（生卒年不详），长山（今山东邹平）人，明崇祯九年（1636）山东乡试第三名举人。平生好赈穷周急。淄博孙启新先生考证长山李笃之卒于清顺治二年（1645），享年三十九岁。蒲松龄所言表兄李笃之当另有其人，可参考。

④错折：摧折。错，通"挫"。

⑤鼎沸：形容喧闹、嘈杂。
⑥倾仄：即"倾侧"，倾斜。
⑦栖霞：明清县名，属登州府，治所在今山东省栖霞市，位于山东省东部，辖于烟台市。
⑧沂水：明清县名，明至清初属青州府，治所在今山东省沂水县。
⑨邑人：同乡。
⑩溲溺（sōu niào）：解小便。
⑪缓颊：原意为婉言劝解或代人讲情，这里用作"松嘴"解，略带调侃意味。
⑫一何：多么。唐杜甫《石壕吏》诗："吏呼一何怒，妇啼一何苦。"

【赏读】

据《清时期中国历史地震图集》考证：康熙七年六月的山东大地震，震中在莒州、郯城间，震中烈度达Ⅻ度，为最高，震级经推定达里氏八点五级，波及今鲁、苏、皖、浙、闽、赣、鄂、豫、冀、晋、陕、辽诸省及朝鲜半岛等，有感半径在八百千米以上，余震六年未息。

清王士禛《池北偶谈》卷二二："康熙戊申六月十七日戌刻，山东、江南、浙江、河南诸省，同时地大震，而山东之沂、莒、郯三州县尤甚。郯之马头镇，死伤数千人，地裂山溃，沙水涌出，水中多有鱼蟹之属。又天鼓鸣,钟鼓自鸣。淮北沭阳人白日见一龙腾起,金鳞烂然,时方晴明无云气云。"白亚仁《略论李澄中〈艮斋笔记〉及其与〈聊斋志异〉的共同题材》(载《蒲松龄研究》2000年第1期)举李澄中(1629~1700)《艮斋笔记》卷六所记康熙七年六月十七日地震发生时诸城山中见闻为旁证:"戊申岁,余读书山中。六月十七日,薄暮大雨。甫晚食,即偃卧于床。忽屋上摩戛有声。久之,响益甚,心疑之。呼从者,已逸去。良久,床乃侧立,急曰:'地动也!'始奔出。方余偃仰时,地大动者三,楼榭倾圮已尽。余与诸友人露坐,闻地中作雷鸣,则跃跃不已,数至十七次乃寐。诘朝,望马耳、九仙、五莲诸山,皆崩……至则城郭半存,街衢门巷不可复识。家覆一席棚,戚族往来慰劳其中,各述所见。有见黑狮自雾中来,跃上一石坊,石碎裂若升斗。复有物如蛇,长四尺许,三五为群,循檐隙走,所至辄覆。又,或见金甲神人,长丈余。先是,日西时,余伯兄潘氏村井中涌出鲤鱼二十七头。少年得之,喜。其长老叱之,以为水兆也,乃空村避岭上,竟免于难。至二十六七夜,大风雨,地下作海涛声,闻者栗栗。后数日,过西墅,地无数尺不裂,其裂处漾黑沙及海草,宽者至二尺余,视之令人炫惑。居民压死三千有奇,有空村别徙者。"此记述较蒲松龄所记者写实性更强,可为研究者取资。白亚仁

《略谈安致远〈青社遗闻〉及其与〈聊斋志异〉的关系》（载《蒲松龄研究》2002年第1期）引录寿光人安致远（1628~1701）在其笔记《青社遗闻》卷一所记这次地震对其家乡所造成的破坏景象："戊申六月，予独卧一小楼最上一起，已熟眠矣。忽觉床枕动摇，四壁簌簌有声。楼之山檐，已尽摧毁，砖瓦堆层级尺余，而墙壁尚动摇不止。予跣而下，亦无所毁伤。次日早起，日色正赤如血，平地裂出黑水，遍地皆然。"可见这次大地震的破坏范围广大。距离当时震中地区不远的今山东省枣庄市熊耳山，至今仍可以寻觅到三百多年前这场地震所造成破坏的地貌遗存。近年发现了与这次大地震有关的两方碑刻，一碑发现于今济南市高新区孙村镇西卢村，一碑发现于今济南市章丘区相公庄街道山下，对这次大地震破坏惨烈程度的记述至今令人触目惊心。如此"旷古奇灾"，由于当时物质条件以及封建体制的限制，救援相当迟缓。据《康熙实录》卷二六、卷二七记述，地震一个月以后，朝廷方"命户部速行详议，分别蠲赈"，将近半年以后才下诏"免山东省地震地方（照水旱灾例）本年分额赋有差"。蒲松龄的友人张笃庆写有歌行《地震谣戊申》，其最后四句是："捐租之诏东南行，海岱之地歌更生。有司不识干天怒，犹自鞭笞日督赋。"更可见当时山东百姓在天灾以后又罹人祸的悲惨遭遇。这篇《地震》

系作者亲身经历,尽管不处于震中,而且有些描述得诸传闻,但仍有相当的史料价值,如"自东南来,向西北去"的记述,就符合当时地震横波的传递方向。应当指出的是,蒲松龄似未专意于对地震破坏性的记述,而对于人们在危急时刻的异常表现,尤所瞩目。妇人狼口夺子的描写,印证了地震时刻"男女裸聚"的合理性,而对生活观察的细致正是出色的文学家所必须具备的。

小官人

　　太史①某公,忘其姓氏。昼卧斋中,忽有小卤簿②,出自堂陬③。马大如蛙,人细于指。小仪仗以数十队。一官冠皂纱,着绣襆④,乘肩舆,纷纷出门而去。公心异之,窃疑睡眼之讹。顿见一小人,返入舍,携一毡包⑤,大如拳,竟造⑥床下。白言⑦:"家主人有不腆之仪⑧,敬献太史。"言已,对立⑨,即又不陈其物。少间,又自笑曰:"戋戋⑩微物,想太史亦当无所用,不如即赐小人。"太史颔之⑪。欣然携之而去,后不复见。惜太史中馁⑫,不曾诘所自来⑬。

【注释】

　　①太史:官名,西周、春秋时太史掌记载史事、编写史书、起草文书,兼管国家典籍和天文历法等。明清以修史之职归之翰林院,所以俗称在翰林院任职者为太史。

　　②卤簿:古代为扈从帝王的仪仗队,汉代以后渐成为官员出行的仪仗。唐封演《封氏闻见记》卷五:"舆驾行幸,

羽仪导从谓之卤簿。"

③堂陬(zōu)：这里谓书房的一个角落。陬，角落。

④绣幞(fú)：这里当指明清官员的"补服"，明清官服，前胸及后背缀有用金线和彩丝绣成的补子，通常文官绣鸟，武官绣兽，各品补子纹样，均有一定之规。幞，本指用以覆盖或包裹衣物等的布单、巾帕，这里借代官服上的补子。

⑤毡包：用兽毛编织的或用毛毡缝制的包，外出时用来盛放衣物。

⑥造：到，至。

⑦白言：禀告。《史记》卷四九《外戚世家》："韩王孙名嫣，素得幸武帝，承闲白言太后有女在长陵也。武帝曰：'何不早言？'"

⑧不腆(tiǎn)之仪：意谓薄礼。不腆，谦辞，不丰厚。仪，礼物。

⑨对立：相向而立。

⑩戋戋(jiān jiān)：浅少。

⑪颔(hàn)之：点头，表示允诺。颔，下巴。

⑫中馁(něi)：内心缺乏勇气。

⑬诘所自来：询问小官人的来历等。

【赏读】

在封建专制社会，官场上下一片污浊，"火到猪头烂，钱到公事办"，送礼行贿成为人们的生活信条。明清两代中央任职的官员虽地位较地方官员显赫，并有一定的权力，但俸禄之外，搜刮民脂民膏远不如地方上的官员来得便利，于是就有了许许多多"口不言钱"的"潜规则"风行。如冬天到来，明清地方官员常以"炭敬"之名向中央六部司官员公开行贿，是为取暖之资；至于夏天，则有以"冰敬"为名的孝敬，是为降温之资。此外还有"别敬"一类莫名其妙的行贿名目，总之，对这种以钱财为"润滑剂"的官场行为，朝野上下皆认为理所当然，不以为怪，于是苞苴行贿的腐败就日甚一日，直到专制社会的大厦终于有一天轰然倒下。《皇朝经世文续编》："大小京官，莫不仰给于外官之别敬、炭敬、冰敬，其廉者有所择而受之，不廉者百方罗致，结拜师生兄弟以要之。"

这篇小品中的"太史某公"之所见，或许仅是蒲松龄潜意识的浮现，写成类似寓言的小说。其中小官人"冠皂纱"，则显然是明朝官员的装束，文字虽无多，反映的却是明清封建官场的普遍现象，堪称一针见血，鞭辟入里。晋干宝《搜神记》卷一二："王莽建国四年，池阳有小人景，长一尺余，或乘车，或步行，操持万物，大小各自相称，三日乃止。莽甚恶之。自后盗贼日甚，莽竟被杀。"同书卷一九："豫章有一家，婢在灶下，忽有人长数寸,来灶间壁,婢误以履践之,杀一人。须臾,遂有数百人,著衰麻服,持棺迎丧,凶仪皆备。出东门,入园中覆船下。就视之,皆是鼠妇。婢作汤灌杀,遂绝。"蒲松龄写作《小官人》或许对《搜神记》有所借鉴,可见其创作多方取材的态度。

快刀

　　明末,济属①多盗,邑各置兵,捕得辄杀之。章丘②盗尤多。有一兵佩刀甚利,杀辄导窾③。一日,捕盗十余名,押赴市曹④。内一盗识兵,逡巡⑤告曰:"闻君刀甚快,斩首无二割。求杀我!"兵曰:"诺。其谨依⑥我,无离也。"盗从至刑所,出刀挥之,豁然⑦头落。数步之外,犹圆转⑧而大赞曰:"好快刀!"

【注释】

　　①济属:谓明代济南府所辖地区。《明史》卷四一《地理二》:"济南府,太祖吴元年为府。领州四,县二十六。"又《清史稿》卷六一《地理八》:"济南府:冲,繁,难……初沿明制为省治,领州四,县二十六。"

　　②章丘:明清县名,属济南府,治所在今山东省济南市章丘区。

　　③导窾(kuǎn):把刀引入骨节间的空隙。《庄子·养生主》:"批大郤(隙),导大窾,因其固然。"

④市曹：市内商业集中之处，古代常在此地处决人犯以示众。

⑤逡（qūn）巡：此处形容恭顺貌。

⑥谨依：这里谓紧密地跟随。

⑦豁然：倏忽，谓极短的时间。

⑧圆转：旋转。

【赏读】

生死问题属于哲学范畴，但更是人生在世的实际问题，上至帝王将相，下至黎民百姓，任何人难以回避。刽子手的屠刀是统治者对付被压迫者的利器，后者一般不会称扬统治者的刀快。然而在必死无疑的情境中，避免"钝刀子割肉"的痛苦以求速死，也是一种无奈的选择。

这篇小品中的章丘盗既无舍生取义的崇高目标，也无杀身成仁的价值取向，其视死如归的表现与身首异处后"好快刀"三字的呐喊，无非是人生最后一次痛快淋漓的悲壮的谢幕，尽管有浓重的血腥味道，却也不失为一种豪放洒脱的人生结局。这种对于死的无所畏惧，恰如旧时刑场中不时有被刑者"二十年后又一条好汉"的最后呼吁一样，带有相当的幽默乐观情绪。

五代诗人江为《临刑诗》："街鼓侵人急，西倾日欲斜。黄泉无旅店，今夜宿谁家。"常被误认为是被明初朱元璋所杀文人孙𦩘的绝命诗，可见以幽默的态度笑对死亡，也是具有极大感染力的。这篇小品动人心魄的魅力，也正在于此！人头落地以后，是否意识尚存？据说在法国大革命时期的断头台下，有科学家与被行刑者相约，其头落地后若仍有知觉当眨眼相示，试验结果获得了积极的反应。有传说被行刑者即近代化学之父、法国人拉瓦锡（1743~1794），大革命中因其身兼包税官而被判死刑，并以最血腥的自我试验谢幕人生。但气管与声带被割断，章丘盗断头后还能发声，就难以想象了。

汾州①狐

汾州判②朱公者,居廨③多狐。公夜坐,有女子往来灯下,初谓是家人妇,未遑④顾瞻⑤,及举目,竟不相识,而容光艳绝。心知其狐,而爱好之。遽呼之来,女停履笑曰:"厉声加人,谁是汝婢媪⑥耶?"朱笑而起,曳坐谢过。遂与款密⑦,久如夫妻之好。忽谓曰:"君秩⑧将迁,别有日矣。"问:"何时?"答曰:"日前。但贺者在门,吊者即在闾⑨,不能官也。"三日,迁报果至;次日,即得太夫人⑩讣音⑪。公解任,欲与偕旋⑫。狐不可,送之河⑬上。强之登舟,女曰:"君自不知,狐不能过河也。"朱不忍别,恋恋河畔。女忽出,言将一谒故旧。移时归,即有客来答拜。女别室与语。客去乃来,曰:"请便登舟,妾送君渡。"朱曰:"向言不能渡,今何以云?"曰:"曩所谒非他,河神也。妾以君故,特请之。彼限我十日往复,故可暂依耳。"遂同济。至十日,果别而去。

【注释】

①汾州：明清府名，治所在今山西省汾阳市。

②汾州判：汾州府通判。通判，官名，明清设于各府，分掌粮运及农田水利等事务；清代另有州通判，称州判。

③居廨（xiè）：所居官署。

④未遑：没有时间顾及。

⑤顾瞻：泛指看、望。

⑥婢媪：婢女与年老的仆妇。

⑦款密：亲密，亲切。

⑧秩：这里指官的职位、品级。

⑨"但贺者"二句：意谓官位升迁伴随着家中丧事同时到来。化用汉刘向《诫子歆书》："'贺者在门，吊者在闾'，言受福则骄奢，骄奢则祸至，故吊随而来。齐顷公之始，借霸者之余威，轻侮诸侯，亏蹇跛之容，故被鞌之祸，遁服而亡，所谓'贺者在门，吊者在闾'也。"

⑩太夫人：汉代称列侯之母为太夫人，后世官吏之母，不论存殁，亦称太夫人。

⑪讣（fù）音：报丧的信息。

⑫偕旋：一同回归朱的故乡。

⑬河：古代对黄河的专称。

【赏读】

　　这是一篇没有结局的人狐恋情故事，情节内容皆极简单，讲述的无非是男子在婚姻以外两性关系的遐想，值得称道的是两情相悦的缱绻缠绵，全在"狐不能过河"的设定中表达出来，这是作者游刃有余、妙笔生花的写作水平的体现。

　　汾州狐为报答朱公"恋恋河畔"的依依惜别之情，竟不惜大费周章地拜谒河神，求得"十日往复"的通融，其情之热烈真挚令人赞叹。两人虽为露水姻缘，却是一往情深，并且染有意犹未尽的怅惘迷离色彩，大有《庄子·山木》中"君其涉于江而浮于海，望之而不见其崖，愈往而不知其所穷。送君者皆自崖而反，君自此远矣"的寓意。与作者同时代的神韵派诗人王士禛在其笔记《古夫于亭杂录》卷二中，认为庄子此语"令人萧寥有遗世意"，并引宋姜夔"言尽意不尽"之说加以概括。读蒲松龄《汾州狐》"至十日，果别而去"的结语，亦当作如是观！

江中

王圣俞①南游,泊舟江心,既寝,视月明如练②,未能寐,使童仆为之按摩。忽闻舟顶如小儿行,踏芦席作响,远自舟尾来,渐近舱户。虑为盗,急起;问童,童亦闻之。问答间,见一人伏舟顶上,垂首窥舱内。大愕,按剑③,呼诸仆,一舟俱醒。告以所见,或疑错误。俄响声又作。群起四顾,渺然④无人,惟疏星皎月,漫漫江波而已。众危坐⑤舟上,旋见青火如灯状,突出水面,随水浮游;渐近船,则火顿灭。即有黑人骤起,屹立水上,以手攀舟而行。众噪曰:"必此物也!"欲射之。方关弓⑥,则遽伏水中,不可见矣。问舟人,舟人曰:"此古战场,鬼时出没,其无足怪。"

【注释】

①王圣俞:即王纳谏,字圣俞,号观涛,江都(今江苏扬州)人。明万历三十五年(1607)进士,历官行人、吏部主事,告归。著有《会心言》《初日斋集》《周易翼注》。乾

隆元年（1736）《江南通志》有传。路大荒整理《蒲松龄集·聊斋文集》卷七有《六月为沈德甫与王圣俞启》一篇骈文，内云"琅琊望族，海岱名宗"，当谓清初的另一人，不知指孰，待考。

②月明如练：明月下江水如一匹白绢。南朝齐谢朓《晚登三山还望京邑》："余霞散成绮，澄江静如练。"

③按剑：以手抚剑把，预备出击。

④渺然：广远貌。

⑤危坐：古人以两膝着地，耸起上身为"危坐"，即正身而跪，古人遇危险则会保持这种姿势。唐宋以后泛指正身而坐。

⑥关（wān）弓：拉满弓，关，通"弯"。

【赏读】

这或许是一篇记述前朝人有关月夜舟行江上经历的实录，若然，当为蒲松龄宝应作幕时所听闻者，属于"志怪"一类的小品，并无深刻含义。但细味之，仍有显示作者文学才能的地方。描写景致的文字，如"月明如练""疏星皎月，漫漫江波"等，虽属闲笔，却点缀得当，令这篇小品生色许多。加之全篇叙述有致，文字简明扼要，自有扣人心弦的魅力。

篇末"古战场"的揭示，不禁令人想起唐人曹松的《己亥岁二首》诗的描写："泽国江山入战图，生民何计乐樵苏。凭君莫话封侯事，一将功成万骨枯。""传闻一战百神愁，两岸强兵过未休。谁道沧江总无事，近来长共血争流。"战争长久以来一直是笼罩于全人类头顶上驱之不散的阴影！有论者认为文中所谓"突出水面"的"青火"有一定科学依据，属于某种藻类在南方水中过度繁殖所产生的"水华现象"。水体的富营养化是导致水华产生的原因，蓝藻、绿藻的大量增殖可使水面呈现蓝色或绿色，并发出微弱的可见光。至于"黑人骤起"，大概属于在场者于月光映江时所产生的幻觉。

西僧

　　西僧自西域①来,一赴五台②,一卓锡③泰山④。其服色⑤言貌,俱与中国殊异。自言:"历火焰山⑥,山童童⑦,气熏腾若炉灶。凡行必于雨后,心凝目注⑧,轻迹步履⑨之,误蹴山石,则飞焰腾灼⑩焉。又经流沙河⑪,河中有水晶山,峭壁插天际,四面莹澈,似无所隔。又有隘⑫,可容单车,二龙交角对口把守之。过者先拜龙,龙许过,则口角自开。龙色白,鳞鬣⑬皆如晶然。"僧言:"途中历十八寒暑矣。离西域者十有二人,至中国仅存其二。西土⑭传中国名山四:一泰山,一华山⑮,一五台,一落伽⑯也。相传山上遍地皆黄金,观音、文殊⑰犹生。能至其处,则身便是佛,长生不死。"听其所言状,亦犹世人之慕西土也。倘有西游人⑱与东渡者⑲中途相值,各述所有,当必相视失笑,两免跋涉矣。

【注释】

①西域：汉代以来对玉门关、阳关以西地区的总称。

②五台：又名清凉山，在今山西省五台县东北，因五峰耸峙，峰顶如垒土之台，故称五台。我国佛教四大名山之一，山中寺庙众多，风景秀美，为文殊菩萨的说法道场。

③卓锡：谓僧人居留某处。卓，植立；锡，锡杖，为僧人外出所用者。

④泰山：古称东岳，又称岱宗、岱山等，为五岳之一。山势磅礴，景色壮丽，主峰玉皇顶。古代帝王在泰山举行封禅大典。

⑤服色：衣着的样式色泽。

⑥火焰山：传说中在今新疆的火山。明李时珍《本草纲目》卷一一《硇砂》引张匡邺《行程记》云："高昌北庭山中，常有烟气涌起而无云雾，至夕光焰若炬火，照见禽鼠皆赤色，谓之火焰山。采硇砂者，乘木屐取之，若皮底即焦矣。北庭即今西域火州也。"明沈德符《万历野获编》卷三〇："火州在柳城西七十里。城北近山，其地多熟，山青红若火，故名火州。城方十余里，僧寺多而居民少。东有荒城，盖古高昌国城治也。"

⑦童童：光秃貌。

⑧心凝目注：聚精会神、目光专注。

⑨轻迹步履：谓放弃车马，放轻脚步，小心翼翼。

⑩腾灼：形容火势猛烈。

⑪流沙河：传说中与弱水相关的河水名，《后汉书·西域传》："或云其国西有弱水、流沙，近西王母所居处，几于日所入也。"

⑫隘（ài）：险要处。

⑬鳞鬣（liè）：龙的鳞片和鬣毛。鬣，动物头颈部的长毛。

⑭西土：佛教发源地印度。古人以印度在中国之西，故称。

⑮华（huà）山：古称西岳，又名太华山，在今陕西东部，北临渭河平原，属秦岭东段。

⑯落伽（qié）：山名，即普陀山，古称梅岑山，为中国佛教四大名山之一。在今浙江省舟山市普陀区。山中多幽洞奇岩，为观音菩萨的说法道场。

⑰文殊：佛教菩萨名，文殊师利或曼殊室利的省称，意译为"妙吉祥""妙德"等。塑像多持剑、骑青狮，为释迦牟尼佛的左胁侍，司智慧，与司理的普贤菩萨相对。

⑱西游人：向西方佛国取经求法的僧人。

⑲东渡者：从海路来中华的僧人。

【赏读】

　　这是一篇类似寓言的小品文。所谓"耳听为虚，眼见为实"，在一般情况下，世人对视觉的依赖往往超过对听觉的信任,然而从心理而言,又有所谓"观景不如听景"之说,似乎因耳闻而展开想象翅膀的喜悦,又超出放眼后一览无余的失落与惆怅。西游人与东渡者彼此歆羡对方所处之区,也是一种心理因素占主导地位的希望与企盼,这正如同人们对于天国入门券的无比向往一样,虽属镜花水月般的虚妄,却不失为对无奈人生的一种有效的安慰剂。实际上,彼来我往,互通声气,也是异质文化交流会通的契机,如此才能相互学习、相互促进,取长补短、共同进步。如果世人皆服膺老子之言,即"甘其食,美其服,安其居,乐其俗,邻国相望,鸡犬之声相闻,民至老死,不相往来",社会的生机就会窒息,所有发展皆无从谈起了。

显然蒲松龄只是用生活中浅层次的道理诠释"两免跋涉"的徒劳无益,而尚未从深层次认识这种"无益"可以向"有益"转化的辩证规律,因而这篇寓言的思想深度也就大打折扣了。

明袁宏道《西方合论》卷八:"六祖言:东方人造罪,念佛求生西方;西方人造罪,念佛求生何国?"考《六祖坛经·决疑品第三》有云:"人有两种,法无两般;迷悟有殊,见有迟疾。迷人念佛求生于彼,悟人自净其心。所以佛言:随其心净即佛土净。使君东方人,但心净即无罪;虽西方人,心不净亦有愆。东方人造罪,念佛求生西方；西方人造罪，念佛求生何国？凡愚不了自性，不识身中净土，愿东愿西。悟人在处一般。所以佛言：随所住处恒安乐。使君心地但无不善，西方去此不遥；若怀不善之心，念佛往生难到。"六祖惠能之言仅从人之心性而言，不涉及文化交流问题，堪称放之四海而皆准。若求人生真谛，也不过如此。

李司鉴①

李司鉴,永年②举人也,于康熙四年③九月二十八日,打死其妻李氏。地方④报广平⑤,行⑥永年查审。司鉴在府前,忽于肉架上夺一屠刀,奔入城隍庙⑦,登戏台上,对神而跪。自言:"神责我不当听信奸人,在乡党⑧颠倒是非,着我割耳。"遂将左耳割落,抛台下。又言:"神责我不应骗人银钱,着我剁指。"遂将左指剁去。又言:"神责我不当奸淫妇女,使我割肾⑨。"遂自阉,昏迷僵仆⑩。时总督朱云门⑪题参⑫革褫⑬究拟⑭,已奉俞旨⑮,而司鉴已伏冥诛⑯矣。邸抄⑰。

【注释】

①李司鉴:光绪年间《永年县志》卷二三《选举表》著录,李司鉴考中顺治八年(1651)举人。余不详。

②永年:明清县名,属广平府,治所在今河北省邯郸市永年区。

③康熙四年：1665年。

④地方：这里谓旧时的里甲长、地保。

⑤广平：广平府，治所在永年县。

⑥行：即"行文书"，谓发布公文。

⑦城隍庙：古代奉祀城隍的庙宇。城隍，原为民间信仰中保护城池之神，后为帝王所尊并受道教奉祀，流行于全国各地。城隍庙正殿对面或建有戏台，为岁时演戏娱神之用。

⑧乡党：谓乡里或家乡，周制，一万二千五百家为乡，五百家为党。《周礼·地官·司徒》："令五家为比，使之相保；五比为闾，使之相受；四闾为族，使之相葬；五族为党，使之相救；五党为州，使之相赒；五州为乡，使之相宾。"

⑨肾：这里谓外肾，即睾丸。

⑩僵仆：谓死亡。

⑪总督朱云门：即朱昌祚（？～1666），字懋功，号云门，汉军镶白旗人。康熙初官直隶、山东、河南三省总督。清初圈地议起，旗民失业者数十万人。昌祚抗疏力言其不便，忤权臣鳌拜，被杀。康熙八年，玄烨亲政，始得昭雪，谥勤愍。《清史稿》卷二四九有传。总督，别称总制、制台，为地方最高长官，辖一省或二、三省，提督军务，总理粮饷，察举官吏，综理军政事务，可节制巡抚或代行巡抚事。

⑫题参：上本参奏，犹弹劾。

⑬革褫（chǐ）：即"褫革"，谓剥夺冠服，革除举人

功名。

⑭究拟：审理定罪。明清有功名者犯法，须先革去功名方可审理定罪。

⑮俞旨：表示同意的皇帝圣旨。

⑯冥诛：谓在阴间受到惩治。

⑰邸抄：即"邸报"，中国古代类似报纸的读物。地方长官在京师设邸，邸中传抄诏令、奏章等，以报于诸藩，故称。唐代已有，宋人始称"邸报"。后世亦泛指朝廷官报。这是作者标明此篇从何处取材的手段。

【赏读】

李司鉴，历史上实有其人，显然这是一篇根据时事撰写的小说。在科举时代，文化不甚发达的县中出个举人，并非易事，读过吴敬梓《儒林外史》的人，对于范进中举那一段绘声绘色的描写一定不会陌生，可见当时风气。作为永年县一位有身份的人，李司鉴犯杀人罪后又自残而死，其间伴随幻听并自揭平生罪恶，显然是妄想型加狂躁型精神病的一种症状，本属于一种病态的应激反应，似乎不必做过深的社会学方面的解读与诠释。

晚明时代，山阴（今浙江绍兴）有一位多才多艺的著名文人徐渭，因英雄失路又托足无门而染有"狂疾"，先是"自持斧击破其头，血流被面，头骨皆折，揉之有声"，继而"以利锥锥其两耳，深入寸余"（明袁宏道

《徐文长传》)。如此自残,竟然未死。翌年因怀疑继室张氏不贞,将其杀死,并为此入狱六年,七十余岁抱愤而卒。李司鉴先杀妻,后至城隍庙自残致死,从精神病学角度考察,与徐渭并无二致;所不同者,徐渭之狂疾屡发或因怀才不遇的愤懑所诱发,而李司鉴的发狂或另有原因。精神疾病在任何社会都是一个不容忽视的问题,则是确定无疑的。

五羖大夫^①

河津^②畅体元^③，字汝玉。为诸生^④时，梦人呼为"五羖大夫"，喜为佳兆。及遇流寇之乱^⑤，尽剥其衣，夜闭置空室。时冬月，寒甚，暗中摸索，得数羊皮护体，仅不至死。质明^⑥视之，恰符五数，哑然^⑦自笑神之戏己也。后以明经^⑧授雒南^⑨知县。毕载积^⑩先生志。

【注释】

①五羖（gǔ）大夫：谓春秋时秦国大夫百里奚（或作百里傒）。百里奚大半生历尽坎坷，七十余岁后辅佐秦穆公（或作秦缪公）建立功业，为古代贤相的典型。羖，黑色的公羊，亦泛指公羊。《史记》卷五《秦本纪》："缪公闻百里傒贤，欲重赎之，恐楚人不与，乃使人谓楚曰：'吾媵臣百里傒在焉，请以五羖羊皮赎之。'楚人遂许与之。"

②河津：明清县名，清初因明制，属蒲州府，治所在今山西省河津市。

③畅体元：清拔贡生（生卒年不详）。嘉庆二十年

(1815)《河津县志》卷七《人物》有传:"畅体元,字汝正,拔贡。幼以孝称。任雒南知县,清慎爱民。致仕归,行李萧然。著有《洙泗从信录》。"其表字与蒲松龄所记不同,或为形讹。

④诸生:明清经本省各级考试取入府、州、县学者称生员,俗称秀才,文章中多以"诸生"称之。

⑤流寇之乱:谓明末李自成农民军转战河南、山西、陕西数省的兵乱。

⑥质明:天刚亮的时候。

⑦哑(è)然:笑貌。

⑧明经:明清时代对贡生的尊称。畅体元为拔贡,即选拔贡入国子监的生员的一种。清初定六年一次,系由各省学政选拔文行兼优的生员贡入京师,称拔贡生,简称拔贡。经朝考合格,入选者一等任七品京官,二等任知县,三等任教职。

⑨雒南:明代天启初改洛南县为雒南县,清因之。治所在今陕西洛南。

⑩毕载积:即毕际有(1623~1693),字载积(一作载绩),号存吾,淄川(今山东省淄博市淄川区)西铺人,明户部尚书毕自严子。蒲松龄于康熙十八年(1679)始设帐其家,至康熙四十九年(1710)撤帐归家。

【赏读】

清王士禛《池北偶谈》卷二六《谈异七·五羖大夫》所记内容与此篇略同,可见其题材来源皆系由毕载积所转述者,而毕氏于顺治间曾官山西稷山知县,与河津为邻县,"五羖大夫"之梦或为畅体元亲口对毕载积所言。

梦可以预知未来,古今中外有关传闻举不胜举,于是占梦一类的书籍广泛流行于民间,往往说得煞有介事,令人无可置疑。《汉书》卷三〇《艺文志》:"杂占者,纪百事之象,候善恶之征。《易》曰:'占事知来。'众占非一,而梦为大,故周有其官。而《诗》载熊罴虺蛇众鱼旐旟之梦,著明大人之占,以考吉凶,盖参卜筮。"可见占梦在古人心目中的神圣地位。周朝有专门占梦的官员,《周礼·春官·宗伯》:"占梦,中士二人、史二人、徒四人。"《左传》中记述有不少关于解梦的故事,如《左传·成公十年》所述晋景公夜梦大鬼一事,最为蹊跷。晋景公梦中见大鬼散发拖地,毁坏宫门与寝门、内室门,终于吓醒了景公。于是他找来桑田地方的巫人前来解梦,巫人以"您吃不到新麦了"为答。六月间的一天,晋景公刚想一尝甸人进献的新麦,并准备杀死"妄言"的巫人,新麦尚未入口,突然肚子发胀,"如厕,陷而卒"。最为奇特的是，景公小臣早晨曾梦见自己背负景公升天，到中午果然背景公尸身从厕中出来，于是这位小臣就不幸被殉葬了。美国第十六任总统林肯于1865年4月14日在观剧时被暗杀，此前几天，他曾梦见存放总统遗体的灵柩被安置在白宫东厅，许多吊唁者围绕抽泣。这一预知自己不久身死的梦，因林肯地位非同寻常，故在世界历史中非常有名。

奥地利心理学家弗洛伊德用人的潜意识解析梦境，因过多涉及人的性欲问题，令人难以完全接受；瑞士心理学家荣格加以完善，提出"集体无意识"学说。然而有关梦的本质及其预知未来可能性的研究，至今仍是科学中的难解之谜。畅体元之梦也许是真的，不过尚难做出圆满解释罢了。

产龙

壬戌①间,邑②邢村③李氏妇良人死。有遗腹,忽胀如瓮,忽束如握。临蓐,一昼夜不能产。视之,见龙首,一见辄缩去。家人大惧,不敢近。有王媪者,焚香禹步④,且捺⑤且咒。未几,胞堕,不复见龙,惟数鳞,皆大如盏。继下一女,肉莹澈如晶,脏腑可数。

【注释】

①壬戌:康熙二十一年(1682)。

②邑:淄川县(今山东省淄博市淄川区)。

③邢村:乾隆《淄川县志》记东北乡(旧丰泉乡)下辖邢家庄(今淄川区罗村镇有邢家村)。

④禹步:旧时称巫师、道士作法时的步法为禹步,汉扬雄《法言·重黎》"巫步多禹",晋李轨注:"(禹)治水土,涉山川,病足,故行跛也……而俗巫多效禹步。"

⑤捺:用手向下按,这里有按摩的意思。

【赏读】

这是一篇有关"龙"的小品，实则乃乡里传闻的笔录，作者不过略加渲染而已。

李氏妇所产女婴属于现代医学所谓"脐膨出"患儿，是因先天性腹壁发育不全在脐部周围形成腹壁缺损，导致腹腔内脏脱出的新生儿畸形，程度有轻有重。据说六千至七千个新生儿中就有可能出现一例，在互联网发达的今天已经不难检索到这类新闻。"肉莹澈如晶"是对刚出生婴儿的胎膜的形象描述。原来胎儿在四至六周的时候，肠子发育快，腹腔发育慢，腹腔装不下大量的肠子，肠子等内脏有可能突出体外，六至八周以后，随着腹腔发育，肠子就会缩回腹腔，恢复正常。李氏女婴属于"巨型脐膨出"患儿，或由基因变异所致，这在现代，治疗尚且有一定难度，更何况古代的医疗条件简陋，肯定造成患儿腹腔感染，随之内脏脱出，最终死亡。文中所谓"大如盏"的龙鳞，可能是血块或胎衣部分脱落的迹象，这在现代医学中也不足为奇。

作者为我们记述了古人对"巨型脐膨出"患儿的认知，尽管涉及龙的迷信，但仍具有一定的医学研究价值。

龙取水

俗传龙取江河之水以为雨，此疑似之说耳。徐东痴①南游②，泊舟江岸，见一苍龙自云中垂下，以尾搅江水，波浪涌起，随龙身而上。遥望水光睒烟③，阔于三匹④练⑤。移时，龙尾收去，水亦顿息。俄而大雨倾注，渠道皆平。

【注释】

①徐东痴：即徐夜（1612~1684），初名元善，字长公，康熙十三年（1674）因慕三国魏嵇康（字叔夜）之为人，改名夜，字嵇庵，一字东痴，新城（今山东省淄博市桓台县）人。明末诸生，入清不求仕进，晚年喜游山水，能诗，有《徐夜诗选》二卷、《隐君诗集》四卷传世。

②南游：徐夜一生有两次南游。据张光兴、李崇葵、毕宜伸《徐夜诗选注》后附《徐夜一生大事年表》（天津古籍出版社1993年版），顺治十八年（1661）春，徐夜五十岁，曾与叔舅王与阶南游扬州、南京、苏州、杭州、桐庐、崇德

等地。康熙二十二年（1683），乡友张平澜赴江西德安任县令，相约与七十二岁的徐夜同行，舟过扬子江，波浪骤起，将所携欲至江右梓行之诗文稿尽皆掀翻江内；徐夜感愤成疾，未至德安即返乡。"龙取水"当是徐夜第二次南游所遇。

③晱烻（shǎn shǎn）：又作"晱闪"，光闪烁貌。

④匹：古代四丈为一匹，今则五十尺、一百尺不等。

⑤练：练过的布帛，一般指白绢。

【赏读】

这篇《龙取水》是一次有关水龙卷的真实记述，尽管非作者亲眼所见，仅得诸他人转述，但文字毫无夸饰虚诞之处，属于实录，有相当的认识价值。

龙卷风为自积雨云底部下垂的漏斗状云及其所伴随的非常强烈的旋风，分为陆龙卷与水龙卷。由于漏斗云内气压很低，具有很强的吮吸作用，当漏斗云伸到陆地表面时，可把大量沙尘等吸到空中，形成尘柱，称陆龙卷；当它伸到海面与江河湖泊时，能吸起高大水柱，称海龙卷或水龙卷。在中国，龙卷风常发生于每年春季和初夏的华南、华东一带，南海和台湾海峡有时也出现水龙卷，出现时间大多在下午二时至八时。徐夜所见之水龙卷出现在长江沿岸，当属罕见。龙卷风的直径几米至几百米，平均为二百五十米，一边旋转，一边移动，内部的风速可超过每小时二百千米。移动距离一般为几百米至几千米,个别可达几十千米以上。水龙卷又称"龙吸水"或"龙吊水",一般较陆龙卷为弱,水平范围也比陆龙卷小。

历史上有关下降银币雨、青蛙雨、黄豆雨等的记载,都是龙卷风将地面或水中的物体吸上天空,带到远处随雨降落所致。今天随着摄影录像技术的发达,用影像捕捉到龙卷风的发生与移动过程,已经不是异常艰难的事情。从北美"追风人"的有关影像资料可见,尽管其影响范围大大小于台风,但也可轻易将成百吨的船舶抛上陆地,可见其破坏力之一斑。

徐夜所见水龙卷属于威力较小的一次,可为研究古代气象者所取资。

蛙曲

王子巽①言：在都②时，曾见一人作剧③于市，携木盒作格，凡④十有二孔，每孔伏蛙。以细杖敲其首，辄哇然作鸣。或与金钱，则乱击蛙顶，如拊⑤云锣⑥，宫商词曲⑦，了了可辨⑧。

【注释】

①王子巽：即王敏入（生卒年不详），字子逊，一作子巽，号梓岩，邑庠生。与妻陈氏皆有孝行，一生坎坷艰难，七十余岁语及双亲仍泪涔涔下。

②都：谓清代京师，即今北京市。

③作剧：谓表演杂耍。

④凡：总共。

⑤拊（fǔ）：敲击。

⑥云锣：一名"云璈"，打击乐器，通常用十面小铜锣编悬在一个有方格的木架上，持小木槌击奏。各锣大小相同而厚薄不一，故发出的声音不同。也有用十三面、十五面、

二十四面小铜锣者。

⑦宫商词曲：意谓音阶能成曲调。宫商，宫、商、角(jué)、徵（zhǐ）、羽五音中的宫音与商音，这里泛指音律。

⑧了了：清楚。

【赏读】

这篇《蛙曲》小品为蒲松龄听友人王敏入所叙京师见闻从旁记录加工而成，当为康熙十二年至十三年间（1673~1674）作者设馆淄川仙人乡王氏家中时所撰写，蒲松龄时年三十四五岁。

明代陶宗仪《辍耕录》卷二二《禽戏》有云："余在杭州日……又见蓄虾蟆九枚，先置一小墩于席中，其最大者乃踞坐之，余八小者左右对列，大者作一声，众亦作一声，大者作数声，既而小者一一至大者前点首作声，如作礼状而退，谓之虾蟆说法。"与《蛙曲》比较，"虾蟆说法"似有两栖动物的主动意识存在，令人难以置信。清朱翊清（1795~?）《埋忧集》卷四《田鸡教书》："有人于市上出一小木匣，启其盖，取横木一条，广半尺余，高寸许，下有四足，横列柜上。向匣中㗑㗑（zhōu zhōu）数声，倏有一虾蟆跃出，以前两足案横木上，南面而踞。随有小蛙十余，一一跃出，依次以两足据横木，北面踞坐。既定，其人取小板拍一下，于是虾蟆发声一鸣，诸小蛙辄以次齐鸣。既而虾蟆阁阁乱鸣，则小蛙亦阁阁鸣不已。久之，其人复取板拍一下，则虾蟆止不复鸣，诸小蛙亦截然而止矣。其人复䎷䎷呼之，虾蟆仍跃入匣中，诸小蛙亦相随入。谓之田鸡教书。"这只是动物条件反射的巧妙运用，尚无对虾蟆鸣叫音调高低的选取。

  蛙之鸣，古有"两部鼓吹"之说，《南齐书》卷四八《孔稚珪传》："稚珪风韵清疏，好文咏……居宅盛营山水，凭几独酌，傍无杂事。门庭之内，草莱不剪，中有蛙鸣，或问之曰：'欲为陈蕃乎？'稚珪笑曰：'我以此当两部鼓吹，何必期效仲举。'"据说古代宫廷中有坐、立两部乐队演奏的音乐，气势浩大，称两部鼓吹，以蛙鸣为鼓吹，当然属于自我解嘲之语。然而蛙鸣声的频率有高低之分，则是事实，仔细加以选择，构成两个八度的五声音阶恰需蛙十二枚左右。此事看似轻易，若到大自然中一一辨识，又谈何容易！现代演出，或将碗中盛水，敲击时以水之多寡调试音阶，可以人为控制，不算难事。但若于蛙中遴选其鸣叫声高低不同且次第适有音程大二度之别者，其难度可想而知，更何况蛙或有死亡，作剧就难以为继。若言"蛙曲"可以传承，的确也有相当难度。

木雕美人

商人白有功言：在泺口^①河上，见一人荷竹簏^②，牵巨犬二。于簏中出木雕美人，高尺余，手自转动，艳妆如生。又以小锦鞯^③被犬身，便令跨坐。安置已，叱犬疾奔。美人自起，学解马^④作诸剧^⑤，镫而腹藏^⑥，腰而尾赘^⑦，跪拜起立，灵变^⑧不讹^⑨。又作昭君出塞，别取一木雕儿，插雉尾^⑩，披羊裘^⑪，跨犬从之。昭君频频回顾，羊裘儿扬鞭追逐，真如生者。

【注释】

①泺（luò）口：地名，在今山东省济南市北郊。古泺水北流由此入古济水（今黄河河道）。

②竹簏（lù）：竹制箱箧，为藏物用具。

③锦鞯（jiān）：绣花织锦的垫子，这里有模仿马鞍的用意。鞯，马鞍下的垫子。

④解（xiè）马：又称"马解""跑马卖解"，谓马术，即骑马表演各种技艺。

⑤作诸剧:谓表演各种游戏。

⑥镫(dèng)而腹藏:即"镫里藏身",谓骑在马上的人身体弯倒在马的一侧。宋孟元老《东京梦华录》卷七《驾登宝津楼诸军呈百戏》:"又存身拳曲在鞍一边,谓之'镫里藏身'。"

⑦腰而尾赘:从马腰向马尾滑坠,再攀马尾上马。尾赘,即"豹子马",谓在马奔驰中从马后腾跃上马。宋孟元老《东京梦华录》卷七《驾登宝津楼诸军呈百戏》:"或放令马先走,以身追及,握马尾而上,谓之'豹子马'。"

⑧灵变:形容变化迅速莫测。

⑨不讹:无失误。

⑩雉(zhì)尾:雉尾部之长羽,旧时戏曲中草莽英雄、女强人或小生常以之为冠饰。雉,鸟名,俗称野鸡,雄者羽色美丽,尾长,可做装饰品。

⑪羊裘:羊皮做的衣服,为匈奴侍者的装扮。

【赏读】

明代刘侗、于奕正《帝京景物略》卷五《高梁桥》:"解数者,马之解二十有四,弹之解二十有四。马之解,人马并而驰,方驰,忽跃而上,立焉,倒卓焉,鬣悬,跃而左右焉,掷鞭忽下,拾而登焉,镫而腹藏焉,鞦而尾赘焉,观者岌岌,愁将落而践也。"所记述为晚明京师(今北京市)都人春日踏青近郊时所见杂戏表演。蒲松龄喜好竟陵派幽深简古的笔墨,对竟陵派传人刘侗等所撰

《帝京景物略》极为推崇，其《聊斋文集》卷三有《〈帝京景物略选〉小引》一篇，本书已选，可参看。

这篇《木雕美人》效法刘侗等笔法灼然可见，但记述也偶有疏漏。"木雕美人"当系传统的提线木偶与动物两者加以配合的表演。所谓"提线木偶"，古称悬丝傀儡，形体完整，头、躯干、四肢分别以二三十条提线牵连于一块小牌上。演员用手操纵小牌上的提线，引发木偶动作。文中"叱犬疾奔"四字表述不明，实则当是叱犬围绕艺人做圆周运动，且其运动半径不宜过大，行进速度当然更不会是"疾奔"，否则观众何以看清楚在犬背上的木偶令人眼花缭乱的各种动作，艺人的操纵也会失去得心应手的从容。这种驯犬与木偶的综合表演，系作者所耳闻，而非亲眼看见，因而遐想中未免顾此失彼，属于智者千虑之偶失。

至于记述古代这种综合表演艺术的文献价值，对于今天的杂技艺术、木偶艺术的创新发展等，或许皆有一定的借鉴意义。值得一提的是，在我国，木偶艺术源远流长，汉代木偶制作已经极为精巧，内设机关，活动自如，竟同真人近似。1979年，山东省莱西县（今莱西市）院里乡西汉墓出土有十三件木俑，其中一件木俑全身关节均可活动。可见一千余年以后清初的美人木偶，能做出如此复杂的动作，绝非作者的异想天开。

骂鸭

邑西白家庄①居民某,盗邻鸭烹之。至夜,觉肤痒。天明视之,茸生鸭毛②,触之则痛。大惧,无术可医。夜梦一人告之曰:"汝病乃天罚③。须得失者骂,毛乃可落。"而邻翁素雅量,生平失物,未尝征于声色④。某诡告翁曰:"鸭乃某甲所盗。彼深畏骂,骂之亦可警将来。"翁笑曰:"谁有闲气⑤骂恶人。"卒不骂。某益窘,因实告邻翁。翁乃骂,其病良已⑥。

异史氏曰:"甚矣,攘⑦者之可惧也:一攘而鸭毛生!甚矣,骂者之宜戒也:一骂而盗罪减!然为善有术,彼邻翁者,是以骂行其慈者也。"

【注释】

①邑西白家庄:谓清淄川县正西乡之白家庄。

②茸生鸭毛:生出柔软纤细的鸭毛。

③天罚:上天的诛罚。《左传·昭公二十六年》:"毋速天罚,赦图不榖,则所愿也。"

④声色：泛指说话声音和脸色。三国魏刘劭《人物志·九征》："故其刚柔明畅贞固之征，著乎形容，见乎声色，发乎情味，各如其象。"

⑤闲气：因无关紧要的事惹起的气恼。宋梅尧臣《永叔赠酒》诗："始得语且横，既醉论益坚。曾不究世务，闲气争古先。"

⑥良已：痊愈。《史记》卷一二《孝武本纪》："（汉武帝）遂幸甘泉，病良已。"南朝宋裴骃集解引孟康曰："良已，盖已愈也。"

⑦攘：盗窃。

【赏读】

这是一篇带有寓言性质的小品。

在古代乡村，偷鸡摸狗一类的盗窃行为算不上什么大罪过，《墨子·非攻上》："取人牛马者，其不仁义又甚攘人犬豕鸡豚。"小说中的居民某一次盗邻鸭即肤痒生毛，当然属于虚构，其取材或源于《孟子》中的一段话。《孟子·滕文公下》："戴盈之曰：'什一，去关市之征，今兹未能，请轻之，以待来年，然后已，何如？'孟子曰：'今有人日攘其邻之鸡者，或告之曰："是非君子之道。"曰："请损之，月攘一鸡，以待来年，然后已。"如知其非义，斯速已矣，何待来年？'"

劝人为善不为恶，是聊斋先生的平生追求。小偷小摸即受到如此重罚,固然有防微杜渐的用心;不破口骂人,自然也属于君子仁德处世的体现。明清能于科举中获隽者只是读书人中的极少数,大多数儒生皓首穷经,终生难得一遇。然而正是这样一批科举失败者在广大乡村社会构成了乡绅阶层,在维持世道人心方面,起到了法律难以发挥的作用,这或许是科举选才制度制定者始料未及的。公共道德力量的存在是避免社会全面崩溃的基础,读《骂鸭》对于认识古代社会乡村的生态环境大有助益。

钱流

沂水①刘宗玉②云:其仆杜和,偶在园中,见钱流如水,深广二三尺许。杜惊喜,以两手满掬,复偃卧③其上。既而起视,则钱已尽去,惟握于手者尚存。

【注释】

①沂水:明清县名,明至清初属青州府,治所在今山东省临沂市沂水县。

②刘宗玉:即刘琮(生卒年不详),字宗玉。清吕湛恩注:"名琮。"清冯镇峦评:"康熙丁酉拔贡。"康熙丁酉为康熙五十六年(1717),其时,蒲松龄已去世两年。

③偃卧:仰卧。

【赏读】

这是一则近似于寓言的小品。

钱,古代或称之为"泉",《汉书》卷二四下《食货志下》:"故货,宝于金,利于刀,流于泉,布于布,束于帛。"唐颜师古注引如淳曰："流行如泉也。"《金史》卷四八《食货三》："钱之为泉也,贵流通而不可塞,积于官而不散则病民,散于民而不敛则阙用,必多寡轻重与物相权而后可。"晋鲁褒《钱神论》对于钱有一段形象的描写："钱之为体,有乾有坤,内则其方,外则其圆。其积如山,其流如川。动静有时,行藏有节。市井便易,不患耗折。难朽象寿,不匮象道,故能长久!为世神宝。亲爱如兄,字曰'孔方'。失之则贫弱,得之则富强。无翼而飞,无足而走。解严毅之颜,开难发之口。钱多者处前,钱少者居后。处前者为君长,在后者为臣仆。君长者丰衍而有余,臣仆者穷竭而不足。"这就是称钱为"孔方兄"的出典。钱财于人,无非身外之物,生不带来,死不带去,流转不息是其特性。"青蚨"也是钱的异称。《太平御览》卷九五〇引汉刘安《淮南万毕术》："青蚨还钱:青蚨一名鱼,或曰蒲,以其子母各置瓮中,埋东行阴垣下,三日后开之,即相从。以母血涂八十一钱,亦以子血涂八十一钱,以其钱更互市,置子用母,置母用子,皆自还也。"这也是对钱流转性的巧妙设喻。

  小说中"偃卧其上"的寓意明显,所谓身外之物并不真正属于自己,一生所可享受者也不过"握于手者"的少量资产而已!如此看来,平生唯钱是好、聚敛无度者实在是愚蠢。《红楼梦》第一回《好了歌》所唱"世人都晓神仙好,只有金银忘不了,终朝只恨聚无多,及到多时眼闭了",真是醒世之言!

魁星①

郓城②张济宇,卧而未寐,忽见光明满室。惊视之,一鬼执笔立,若魁星状。急起拜叩,光亦寻灭。由此自负,以为元魁③之先兆也。后竟落拓④无成,家亦凋落,骨肉相继死,惟生一人存焉。彼魁星者,何以不为福而为祸也?

【注释】

①魁星:中国古代传说中主文运与文章的奎星。奎星原是中国古代天文学中二十八宿之一。东汉纬书《孝经援神契》中有"奎主文章"之说,后世即附会为神,建奎星阁并塑神像以崇祀之,视为主文章兴衰之神,科举考试则奉为主中式之神,并改奎星为魁星。魁星的形象是一个如鬼般丑陋的神灵,一只脚立于鳌之上,左手捧墨,右手执笔,另一只脚向后翘起,托起后面的斗,称为"魁星点斗,独占鳌头",寓意圈点金榜题名的士子。

②郓城:明清县名,治所在今山东省菏泽市郓城县。

③元魁：科举考试殿试第一名，即状元。

④落拓：贫困失意。

【赏读】

清顾炎武《日知录》卷三二《魁》："今人所奉魁星，不知始自何年，以奎为文章之府，故立庙祀之。乃不能像奎，而改奎为'魁'。又不能像魁，而取之字形，为鬼举足而起其斗。不知奎为北方玄武七宿之一，魁为北斗之第一星，所主不同，而二字之音亦异。今以文而祀，乃不于奎而于魁，宜乎今之应试而获中者皆不识字之人与？"从其渊源字义等揭露这一奉祀的无理，语带调侃，令人解颐。清赵翼《戏题魁星画像》诗小序云："北斗为文昌之府，其第一星至第四星，总名魁星，决科者咸乞灵焉。世遂就字像形，作鬼跳跃为魁星像。近日村剧又增一手执笔、一手执银锭，盖取必定得隽之意，为赴举者发佳兆也。"可见一时风气。旧时读书人拜魁星，又拜文昌帝君，总期望美梦成真，一举成名天下闻，显示了难以自主命运的无奈。晚于蒲松龄六十余年的龚炜《巢林笔谈》卷一《梦魁得魁》一则，似与这一篇《魁星》取意南辕北辙："练川王修撰未遇时，祈梦于京师吕祖庙，梦神导至一处，无门可出。神曰：'吾为汝特辟一门。'门辟，突遇一青面神如世所画魁星者，觉而异之。

后以癸巳岁恩科竟得大魁。"

其实魁星本为虚拟，与人事绝无关联，梦中遭遇也多半为书生自我炫耀的谈资，不管日后应验与否，皆可一笑了之，万万不可当真。读这篇《魁星》，即当作如是观。

潞令①

宋国英②，东平③人，以教习④授潞城令。贪暴不仁，催科⑤尤酷，毙杖下者，狼籍于庭⑥。余乡徐白山适过之，见其横，讽曰："为民父母，威焰固至此乎？"宋扬扬作得意之词曰："喏，不敢！官虽小，莅任⑦百日，诛五十八人矣。"后半年，方据案视事⑧，忽瞪目而起，手足挠乱，似与人撑拒⑨状，自言曰："我罪当死！我罪当死！"扶入署中，逾时⑩寻卒。呜呼！幸有阴曹兼摄⑪阳政⑫，不然，颠越货多⑬，则"卓异"⑭声起矣，流毒⑮安穷⑯哉！

异史氏曰："潞子故区⑰，其人魂魄毅，故其为鬼雄⑱。今有一官握篆⑲于上，必有一二鄙流⑳，风承而痔舐之㉑。其方盛也，则竭攫未尽之膏脂，为之具锦屏㉒；其将败也，则驱诛未尽之肢体，为之乞保留㉓。官无贪廉，每莅一任，必有此两事。赫赫者㉔一日未去，则蛊蛊者㉕不敢不从。积习相传，沿为成规，其亦取笑于潞城之鬼也已！"

【注释】

①潞令：潞城县县令。潞城，明清县名，属潞安府，治所在今山西省长治市潞城区。

②宋国英：当作宋国锳（生卒年不详），贡生，康熙间曾任潞城县知县。康熙四十五年（1706）《潞城县志》卷五《官政志·职官·知县》："以下康熙年任……宋国锳，山东东平州人，贡生，卒于任。"

③东平：明清州名，治所在今山东省泰安市东平县。

④教习：这里指清代八旗官学的教职人员，清初，资深教习可选授县令，至乾隆八年始成定制，《清史稿》卷一〇六《选举一》："（乾隆）八年，定汉教习三年期满，分等引见。一等用知县，二等用知县或教职铨选。一等再教习三年，果实心训课者，知县即用。"

⑤催科：催收租税，租税有科条法规，故称。清陈康祺《郎潜纪闻》卷八："而身为州县者，又往往急催科，缓抚字，瘠百姓，肥身家。"

⑥狼籍：通"狼藉"，纵横散乱貌。

⑦莅（lì）任：就职。

⑧视事：就职治事，多指政事。

⑨撑拒：挣扎。

⑩逾时：一会儿，片刻。

⑪兼摄：本职外同时代理其他职务。

⑫阳政:原指官廷以外的政事,国内政事;这里谓阳世间的政事,与阴间对举。

⑬"颠越货多"二句:颠越货多,语本《尚书·康诰》:"凡民自得罪,寇攘奸宄,杀越人于货,暋不畏死,罔弗憝。"汉孔安国注:"凡民用得罪,为寇盗攘窃奸宄,杀人颠越人,于是以取货利。暋,强也。自强为恶而不畏死,人无不恶之者,言当消绝之。"原文大意:"百姓凡因偷窃、抢劫、内外作乱、杀死远人取其财货犯罪,又刁顽不怕死,就无人不切齿痛恨。"蒲松龄用"颠越货多"四字概括经书中的复杂含义,曲折地勾画出宋国英巧借顺从民心的名义滥杀无辜的丑恶嘴脸。

⑭卓异:清代吏部定期考核官吏,针对中央各部官员者称"京察",针对地方官员者称"大计",文官三年,武官五年,政绩突出,才能优异者称为"卓异",为最上等。此处意谓宋国英严厉惩处那些所谓"杀远人取财货"令人痛恨的"罪犯","卓异"的政声就会四处传扬。在这里,作者语带强烈的厌恶与讽刺意味。

⑮流毒:传播毒害。《尚书·泰誓中》:"有夏桀弗克若天,流毒下国。"

⑯安穷:怎能有穷尽之时,即无尽无休。

⑰潞子故区:谓春秋时赤狄部落之故地,子爵,其部落长有潞子婴儿。赤狄,为春秋时狄人的一支,大体分布于今山西潞城东北,与晋人相杂居,终为晋所灭。或说因其俗尚

赤衣而得名。《春秋公羊传·宣公十五年》:"六月癸卯,晋师灭赤狄潞氏,以潞子婴儿归。潞何以称子?潞子之为善也,躬足以亡尔。虽然,君子不可不记也。离于夷狄,而未能合于中国,晋师伐之,中国不救,狄人不有,是以亡也。"

⑱"其人"二句:意谓被杀害潞人的勇猛魂魄能追索宋国英之命。魂魄毅,魂魄英武、勇猛。鬼雄,鬼中之雄杰。语本《楚辞·九歌·国殇》:"身既死兮神以灵,魂魄毅兮为鬼雄。"魂魄,古人想象中一种能脱离人体而独立存在的精神,附体则人生,离体则人死。《左传·昭公七年》:"匹夫匹妇强死,其魂魄犹能冯依于人,以为淫厉。"

⑲握篆:掌官印,即当官。印章皆用篆文,故云。

⑳鄙流:鄙俗的人。

㉑风承而痔舐(shì)之:谓见风使舵、逢迎奉承,为谄媚无所不用其极。风承,趋附奉承。痔舐,即"吮痈舐痔",谓以口吸痈疽,以舌舔痔疮以去其毒。《庄子·列御寇》:"秦王有病召医,破痈溃痤者得车一乘,舐痔者得车五乘,所治愈下,得车愈多。"后世即以"吮痈舐痔"形容无耻逢迎媚上的龌龊行为。

㉒"其方盛也"三句:意谓当居官者得势之际,逢迎者竭力攫取尚未搜刮殆尽的民脂民膏,用钱为其歌功颂德,树立清正廉明的官声。膏脂,即"民脂民膏",比喻百姓用血汗创造的财富。锦屏,锦绣的屏风,这里喻指掩饰其为官劣迹的遮挡物。

㉓"其将败也"三句：意谓当居官者将离任或被罢黜之际，逢迎者又逼迫尚未残害杀绝的百姓，假借民意向上司乞求该官员留任。肢体，犹躯体。

㉔赫赫者：威势显赫的为官一方者及其仆从。

㉕蚩蚩者：敦厚无知的庶民百姓。《诗经·卫风·氓》："氓之蚩蚩，抱布贸丝。"毛传："蚩蚩者，敦厚之貌。"宋朱熹集注："蚩蚩，无知之貌。"

【赏读】

古代称滥用刑法残害百姓的官吏为酷吏，汉司马迁《史记》专设《酷吏列传》，《汉书》承之有《酷吏传》，《后汉书》亦有《酷吏列传》，可见酷吏问题在古代专制社会的严重性。唐代女皇武则天专用酷吏以消灭敌对势力，周兴、来俊臣无所不用其极。成语"不寒而栗""请君入瓮"，皆与酷吏相关，可见他们在中国历史上举足轻重的地位。但作为统治者的鹰犬，兔死狗烹也在所难免，人主为平衡政治或舆情，多数酷吏的下场不言而喻。

这篇《潞令》中的主人公，史有其人，并非虚构，"卒于任"也见于《潞城县志》，绝非杜撰。至于其草菅人命的作为，有作者乡人徐白山之见证，当非捕风捉影之谈。小说所揭发的不仅是宋国英这位酷吏"贪暴不仁"的为官之道，而且是他将杀人如麻的劣迹笼罩上顺从民心、为民除害的光环，从而令其残暴无道披上了"正义"

的外衣，并有得到"卓异"上考的希望。这涉及如何理解"颠越货多"四字主语为何人的问题，清代何垠注："谓颠越其人而取其货，盗也。"似乎在指责官府即盗。今人注本则认为四字是刻画宋国英"杀人掠财甚多"，从而"卓异"声起，即两者属于因果关系。这实在是一种郢书燕说。其实，"颠越货多"的主语当是无辜被杀之人，属于为官者的栽赃诬陷。作者巧用经书中语将宋国英"冠冕堂皇"的杀人理由和盘托出，即将那些被杀之人诬为无人不切齿痛恨的作奸犯科者，可"不待教而诛"，于是其百日诛五十八人，就有了"造福一方"的正义说辞，因而才可能得到"卓异"的上考。否则，仅凭明目张胆地杀人掠财为官，在任何社会都不会得到嘉奖。

"异史氏曰"中对于地方官"方盛"与"将败"二事的揭露也是异常深刻的。旧时地方官员不顾百姓死活，弄虚作假。在任时为贪污聚敛，上下其手；为装潢门面，又欺上瞒下。离任时还要搞一些诸如"留靴""万民伞""去思碑"一类的把戏，并形成套路，相沿成习。"三年清知府，十万雪花银"，封建专制社会中的地方官多属为官一任，作虐一方，这与其社会体制密不可分，聊斋先生"赫赫者一日未去，则营营者不敢不从"的慨叹，良有以也！

狼三则

　　有屠人货肉归,日已暮。欻^①一狼来,瞰担中肉,似甚涎垂^②。步亦步^③,尾行数里。屠惧,示之以刃,则稍却;既走,又从之。屠无计,默念狼所欲者肉,不如姑悬诸树而早取之。遂钩肉,翘足挂树间,示以空空,狼乃止。屠即径归。昧爽^④往取肉,遥望树上悬巨物,似人缢死状,大骇。逡巡^⑤近之,则死狼也。仰首细审,见口中含肉,肉钩刺狼腭,如鱼吞饵。时狼革价昂,直十余金,屠小裕焉。缘木求鱼^⑥,狼则罹之^⑦,亦可笑已!

　　一屠晚归,担中肉尽,止有剩骨。途中两狼,缀行^⑧甚远。屠惧,投以骨,一狼得骨止,一狼仍从;复投之,后狼止而前狼又至。骨已尽,而两狼之并驱如故^⑨。屠大窘,恐前后受其敌。顾野有麦场,场主积薪其中,苫蔽成丘^⑩。屠乃奔倚其下,弛担^⑪持刀。狼不敢前,眈眈相向。少时,一狼径去;其一犬坐^⑫于前。

久之,目似瞑,意暇甚⑬。屠暴起⑭,以刀劈狼首,又数刀,毙之。方欲行,转视积薪后,一狼洞⑮其中,意将隧入以攻其后也。身已半入,止露尻尾⑯,屠自后断其股,亦毙之。乃悟前狼假寐,盖以诱敌。狼亦黠⑰矣!而顷刻两毙,禽兽之变诈⑱几何哉,止增笑耳!

一屠暮行,为狼所逼。道傍有夜耕者所遗行室⑲,奔入伏焉。狼自苫中⑳探爪入,屠急捉之,令不可去。顾无计可以死之,惟有小刀不盈寸,遂割破爪下皮,以吹豕㉑之法吹之。极力吹,移时,觉狼不甚动,方缚以带。出视,则狼胀如牛,股直不能屈,口张不得合。遂负之以归。非屠乌㉒能作此谋也!

三事皆出于屠,则屠人之残,杀狼亦可用也。

【注释】

①欻(xū):忽然。

②涎(xián)垂:即"垂涎",谓因想吃而流口水。

③步亦步:谓屠夫行,狼即随行,紧跟不舍。

④昧爽:拂晓。

⑤逡(qūn)巡:迟疑不敢向前的样子。

⑥缘木求鱼:爬上树去捉鱼,常比喻行动和目的相反,这里调侃狼为果腹而丧生的愚蠢。语本《孟子·梁惠王上》:

"以若所为求若所欲,犹缘木而求鱼也……缘木求鱼,虽不得鱼,无后灾。以若所为求若所欲,尽心力而为之,后必有灾。"

⑦狼则罹(lí)之:意谓狼如同鱼一般被钓起。

⑧缀行:连接成行,这里是尾随的意思。

⑨"而两狼"句:语出《诗经·齐风·还》:"子之昌兮,遭我乎峱(náo)之阳兮。并驱从两狼兮,揖我谓我臧兮。"这是一首齐国的猎者相互称誉赞美的诗。

⑩苫(shàn)蔽成丘:谓将柴草堆聚成小丘并加遮蔽,这里当指麦秸垛。

⑪弛担:歇肩放下肉担。

⑫犬坐:谓如狗一般蹲坐于地。犬,名词用作状语。

⑬意暇甚:谓意态十分悠闲自在。暇,悠闲。

⑭暴起:谓猛然间跃起。

⑮洞:谓穿洞。洞,这里用如动词。

⑯尻(kāo)尾:谓狼臀与尾巴。

⑰黠(xiá):狡诈,机敏。

⑱变诈:巧变诡诈。《荀子·议兵》:"临武君曰:'不然。兵之所贵者势利也,所行者变诈也。'"

⑲行室:临时用柴草或谷秸搭盖的住所。

⑳苫(shān)中:谓茅草所编临时住所的空隙。

㉑吹豕:即"梃猪",杀猪后,在猪的腿上割一个口子,用铁棍贴着腿皮往里捅。梃成沟以后,往里吹气,使猪皮绷

紧,以便去毛除垢。

㉒乌:疑问副词。何,哪里。《吕氏春秋·明理》:"故乱世之主乌闻至乐?"汉高诱注:"乌,安也,语辞也。"

【赏读】

狼性凶残,在生产力不甚发达的古代,其危害不言而喻。有关狼的成语有狼子野心、狼心狗肺、狼奔豕突、狼狈为奸等,皆表明了人们对这种动物的憎恶之情。

这三则写屠夫与狼的小品,皆短小精悍、要言不烦,合为一篇,相互映衬,更见神采。第一则悬肉钓狼,目的原在保肉,却无意中守株待兔,捕获一狼,发了一笔小财。歪打正着,堪称上天掉下馅饼。第二则智斗二狼,犹如《孙之兵法》中"攻其无备,出其不意"的用计,可谓展闪腾挪,纵横捭阖。第三则出奇制胜,将屠夫故技发挥到极致,真乃运用之妙,存乎一心,读后令人忍俊不禁。

三则小品亦可当作警世的寓言来读,清何守奇即如此评论:"狼以贪死,以诈死,恃爪牙而亦死。乃知禽兽之行,决不可为。"所谓"作者未必然,读者何必不然",从文本接受的多样性角度而言,正是如此。

山市①

奂山②山市,邑景之一③也,然数年恒不一见。孙公子禹年④,与同人饮楼上,忽见山头有孤塔耸起,高插青冥⑤。相顾惊疑,念近中无此禅院。无何,见宫殿数十所,碧瓦飞甍⑥,始悟为山市。未几,高垣睥睨⑦,连亘六七里,居然城郭矣。中有楼若者、堂若者、坊若者,历历在目,以亿万计。忽大风起,尘气莽莽然,城市依稀而已。既而风定天清,一切乌有;惟危楼一座,直接霄汉。楼五架,窗扉皆洞开,一行有五点明处,楼外天也。层层指数:楼愈高,则明渐小;数至八层,裁⑧如星点;又,其上则黯然⑨缥缈⑩,不可计其层次矣。而楼上人往来屑屑⑪,或凭,或立,不一状。逾时,楼渐低,可见其顶,又渐如常楼,又渐如高舍,倏忽如拳,如豆,遂不可见。又闻有早行者,见山上人烟市肆,与世无别,故又名"鬼市"⑫云。

【注释】

①山市：山中蜃景，其成因与"海市蜃楼"全同，属于大气光学现象。光线经过不同密度的空气层，发生显著折射或全反射时，把远处景物显示在空中或地面而形成的各种奇异景象，常发生在海上或沙漠地区。古人误认为蜃吐气而成，故称。语本《史记》卷二七《天官书》："海旁蜃气象楼台；广野气成宫阙然。云气各象其山川人民所聚积。"蜃，传说中的蛟属，古人认为它吐气能成海市蜃楼。

②奂山：亦作"焕山"，在明清淄川县西，南北走向，绵延约二十里。

③邑景之一：据明嘉靖二十五年（1546）《淄川县志》卷六《杂志》，淄川有八异闻：峡冰印月、山鸣验雨、山市奇观、古冢异闻、出泉兆兵、获龟名城、黉山蚕谷、雷击逆居；又有八景：郑公书院、季子石桥、万山石桥、丰水牧唱、梵刹浮图、文庙古桧、般阳晓钟、昆仑山色。其中"山市奇观"可遇而不可求，不入"八景"而入"异闻"，甚是。

④孙公子禹年：即孙琰龄（生卒年不详），字禹年，兵部尚书孙之獬次子，顺治间拔贡生，截取定州同知，以养亲未赴。著有《柿岩小律》《燕游草》等。

⑤青冥：形容青苍幽远，常指青天。《楚辞·九章·悲回风》："据青冥而摅虹兮，遂倏忽而扪天。"汉王逸注："上

至玄冥，舒光耀也。所至高眇不可逮也。"

⑥飞甍（méng）：飞檐，即屋檐上翘，若飞举之势。常用于亭、台、楼、阁、庙宇、宫殿等建筑上。

⑦睥睨（pì nì）：城墙上锯齿形的短墙。

⑧裁：通"才"，仅仅。

⑨黯然：黑貌。《史记》卷四七《孔子世家》："黯然而黑，几然而长。"

⑩缥缈：高远隐约貌。

⑪屑屑：劳瘁匆迫貌。《汉书》卷九九上《王莽传上》："晨夜屑屑，寒暑勤勤，无时休息，孳孳不已者，凡以为天下，厚刘氏也。"

⑫鬼市：鬼怪群聚之处。唐无名氏《辇下岁时记·鬼市辇》："俗说务本坊西门是鬼市，或风雨曛晦，皆闻其喧聚之声。"

【赏读】

清代周亮工《书影》卷五："然人知有海市，而不知有山市。东省莱潍去邑西二十里许，有孤山，上有夷齐庙。志称春夏之交，西南风微起，则孤山移影城西。从城上望之，凡山峦林木、神祠人物，无不聚现。逾数时，渐远，渐无所睹矣。"山市之所以不如海市知名，较为苛刻的地理条件与气象条件，当是主要原因。清王士禛《池北偶谈》卷二六："文登昆嵛山有山市，恒在清晨。

遥望之，山化为海，惟露一岛。岛外悉波涛弥漫，舟船往来，山下人但觉在雾气中。淄川西焕山亦有山市，每现城郭楼橹林木人马之状，一如蓬莱海市。嘉靖二十一年，县令张其协经山南麓，始见之，烟岚郁丽，移时乃灭。自后往往见之。东郡恩县白马营，茌平马令庄，皆平原，时于雨后见此异，土人谓之地市。《老学庵笔记》云：'太原以北，晨行，则烟霭中睹城阙，状如女墙雉堞者，《天官书》所谓气也。'"淄川的奂山符合山市出没的相关条件，稗乘方志多有记述。

乾隆四十一年（1776）《淄川县志》卷一《山川》："明嘉靖二十一年，县令张其协偕僚属诣台使者，经山南麓，天方黎明，忽见城楼峻整，松柏苍秀，人物往来，其间烟霞郁丽，罨映层岩。众诧奇观，移时乃灭。后高封公鸿儒、孙贡士琰龄皆见之，所言相类云。"又同书卷八《轶事志》："康熙二十六年，续修邑志于孝水西村之借鸽楼。六月初五日，馆中诸客晚餐后行野，见村西北近山外一山，黛色而方巅，问之土人云，曰：'所未有也。'俄而峰渐高，宛如历下之崞山，众喧曰：'此山市也。'俄而其山中断，割为峭壁对峙，迤南又矗起一高峰，皆黛色，峰顶南向，祠宇林木，居山半坳。峰北一高树欹垂，渐类人形。诸客索骑往观之，比至近山，则无有矣。越初七日，又于其处见三楼并现，北楼杰构倚霄，翚飞张翼，南二楼并立，有一人出楼门，东望磬折拜伏，如是者以十数乃已。同观者为王生敏入、苏孝廉元行、刘生琮、康生枚与唐太史梦赉暨男太学生行学也，仆从及里人聚观者又十数辈。惟张明经绂以日暮入城故，所见小异。"同书卷七《艺文志》另录张绂《崏山山市记》，《轶事志》所记述者与张文略同，或即据之节录而成。张文所记山市第一次出现时间在"六月五日雨歇晚晴"之后，有云："回忆向年海市见于雨余，今山市之见也，亦复如是，大约谷王岳神，乃宇宙间灵秀所钟，惟雨后晴明，则天地阴阳之气，适符乎昭融清淑之机，故酝酿而成此异境耳。"这里谈到了山市的形成条件，值得瞩目。同卷又录赵金昆《崏山山市记》："康熙四十一年岁次壬午，六月三十日薄暮浴孝河，举目西望，一片金光灿烂，其下特现青山，高大方广，上有楼台殿阁，参差错落，雕甍粉壁，厘然可辨。一带长林丛树，层叠高下，不啻天然图画。"以上文献共记录崏山山市显现四次，分别为明嘉靖二十一年（1542）、清康熙二十六年（1687）六月初五日、康熙二十六年六月初七日、康熙四十一年（1702）六月三十日，蒲松龄所描绘之山市，究竟为后三者中的哪一次，已不可考。

山市显现的重要条件是无风，即空气处于相对稳定状态，并且分为上下两层，由于温度不同造成密度有异，从而为空气折射远方景物创造条件。崀山一带地势或有利于空气分层的产生，所以遇到无气流扰动的气象条件即可见山市，但各种条件机缘凑巧，又谈何容易！这是山市可遇而不可求的重要原因。"雨后晴明"是造成空气产生温差并上下分层的重要条件，极有利于出现山市。但此篇《山市》所言"忽大风起"后继而再显现"危楼一座"，显然已有作者虚构的成分了，因为此次山市并非蒲松龄亲历，在不明山市产生机理的时代因素限制下，描绘偶疏，也在所难免。

白亚仁《略论李澄中〈艮斋笔记〉及其与〈聊斋志异〉的共同题材》（载《蒲松龄研究》2000年第1期）举李澄中（1629~1700）《艮斋笔记》卷一所记诸城"泽市"与庐山"山市"为此篇《山市》之旁证："吾邑有泽市，与海市同。岂平原亦有蜃欤？禅家云：'此沧桑化后，积劫中现象也。'丁巳（1677）年，赵壶石曾于庐山饮酒台见山市，恍惚中有山村竹树篱落，又一饮酒台东西相对，不知其孰真假也。岂山果有陆沉耶？总归之，不可思议而已。"可参阅。

戏缢

邑人某,佻挞无赖①。偶游村外,见少妇乘马来,谓同游者:"我能令其一笑。"众未深信,约赌作筵②。某遽奔去,出马前,连声哗曰:"我要死!"因于墙头抽梁藉③一本④,横尺许,解带挂其上,引颈作缢状。妇果过而哂⑤之,众亦粲然⑥。妇去既远,某犹不动,众益笑之。近视,则舌出目瞑,而气真绝矣。梁本自经⑦,岂不亦奇哉?是可以为儇薄⑧之戒。

【注释】

①佻挞(tiāo tà)无赖:行为轻狂放荡、撒泼放刁。

②作筵(yán):请客吃饭。

③梁藉(jiē):高粱秆。

④本:量词,根。后文"梁本"指高粱秆。

⑤哂(shěn):讥笑。

⑥粲然:大笑的样子。

⑦自经:上吊自杀。

⑧儇(xuān)薄:巧佞轻佻。

【赏读】

近年四川眉山有一则令人痛心的报道,一名十二岁的六年级女生头挂绳圈喊同学看上吊,当也属戏谑,其他同学以为恶作剧,未予理会,该女生最终因机械性窒息而死亡。同是戏谑,本小品则有性质的不同,另有其社会原因。在异性面前展示自以为是的个人"魅力",本是一种求爱的生物学过程,正如雄性孔雀在异性面前开屏一般,目的在于极度炫耀自己,从而达到令雌性孔雀垂青的求偶目的。人作为高级动物,在异性面前通过各种方式显现自身的存在,虽目的或不在求偶,但那种无意识中的原始冲动却存在于生活的各个角落。

这篇《戏谑》实为社会生活中某一横断面的展示,具有性心理学上的普遍意义,尽管其悲剧的结局令人唏嘘,但有关认识价值却不容忽视。《续传灯录》卷二八:"昔有陈度支,问道于五祖演和尚。五祖云:'小艳诗中亦是说禅。'时圆悟侍立,因问云:'如何是禅?'五祖云:'频呼小玉元无事,只要檀郎认得声。''如何是祖师西来意?''庭前柏树子。''如何是佛?''麻三斤。'圆悟遂长嘘一声,忽然有悟。"将小艳诗纳入禅宗机锋,自有其普遍的人性心理基础,因而可以明心见性。

《左传·昭公元年》:"郑徐吾犯之妹美,公孙楚聘之矣,公孙黑又使强委禽焉。犯惧,告子产。子产曰:'是国无政,非子之患也。唯所欲与。'犯请于二子,请使女择焉。皆许之。子晳盛饰入,布币而出。子南戎服入。左右射,超乘而出。女自房观之,曰:'子晳信美矣,抑子南,夫也。夫夫妇妇,所谓顺也。'适子南氏。"又《左传·昭公二十八年》:"昔贾大夫恶,娶妻而美,三年不言不笑,御以如皋,射雉,获之。其妻始笑而言。贾大夫曰:'才之不可以已,我不能射,女遂不言不笑夫!'"前一故事中,徐吾犯漂亮的妹妹终于选择了有男子汉气概的公孙楚(子南)为夫,而不是衣服华丽并携带彩礼的公孙黑(子晳);后一故事中,面貌丑陋的贾国大夫被结婚三年的妻子瞧不起,然而他在一次打猎中证明了自己的才干后,终于赢得了妻子的芳心。可见这种能力的自我展示在异性面前是何等的重要,的确非同小可,只不过展示时不要用歪了心思,更不要用歪了方法或用错了地方、用错了时间。

沂水秀才

沂水某秀才,课业①山中。夜有二美人入,含笑不语,各以长袖拂榻,相将②坐,衣软无声。少间,一美人起,以白绫巾展几上,上有草书三四行,亦未审其何词。一美人置白金一铤③,可三四两许,秀才掇内④袖中。美人取巾,握手笑出,曰:"俗不可耐!"秀才扪⑤金,则乌有矣。丽人在坐,投以芳泽⑥,置不顾,而金是取,是乞儿相⑦也,尚可耐哉!狐子可儿⑧,雅态可想。

友人言此,并思不可耐事,附志之:对酸俗客⑨。市井人⑩作文语⑪。富贵态状⑫。秀才装名士⑬。信口谎言不掩。揖坐苦让上下⑭。旁观诣态。财奴哭穷。歪诗文强人观听。醉人歪缠。汉人作满洲调⑮。任憨儿登筵抓肴果。市井恶谑。体气苦逼人语⑯。歪科甲⑰谈时文⑱。语次⑲频称贵戚。假人余威装模样。

【注释】

①课业:攻读学业。

②相将:相偕与共。

③铤(dìng):量词,常用以计块状物。

④内(nà):"纳"的古字,谓放入。

⑤扪(mén):抚摸。

⑥芳泽:原意为古代妇女润发用的香油,这里形容上述美人写有草书的白绫巾。

⑦乞儿相:寒酸相。宋吴处厚《青箱杂记》卷五:"晏元献公虽起田里,而文章富贵,出于天然。尝览李庆孙《富贵曲》云:'轴装曲谱金书字,树记花名玉篆牌。'公曰:'此乃乞儿相,未尝谙富贵者。'故余每吟咏富贵,不言金玉锦绣,而唯说其气象,若'楼台侧畔杨花过,帘幕中间燕子飞''梨花院落溶溶月,柳絮池塘淡淡风'之类是也。故公自以此句语人曰:'穷儿家有这景致也无?'"

⑧可儿:可爱的人。南朝宋刘义庆《世说新语·赏誉》:"桓温行经王敦墓边过,望之云:'可儿!可儿!'"

⑨酸俗客:迂腐庸俗者。

⑩市井人:在街市贸易场所谋利的商人等。

⑪文语:掉文的语言。

⑫富贵态状:刻意外露的富与贵的状貌。

⑬名士:以诗文等著称的知名士人。南朝宋刘义庆《世说新语·任诞》:"名士不必须奇才,但使常得无事,痛饮酒,熟读《离骚》,便可称名士。"

⑭"揖坐"句:友朋聚会时,相互逊让座位,虚假客套

不休。

⑮满洲调：满洲入关后，八旗人学汉话多带儿化音，属于阿尔泰语系与汉藏语系的融合，以后逐渐形成北京方言。

⑯"体气"句：不知自己体臭（包括汗腥、口臭等）熏人而逼近他人说话。

⑰歪科甲：文采无多而侥幸科甲进身者。科甲，指科甲出身的举人、进士等。

⑱时文：即"八股文"，又称"制义"，明清科举考试的应试文体。《明史》卷七〇《选举二》："其文略仿宋经义，然代古人语气为之，体用排偶，谓之八股，通谓之制义。"

⑲语次：交谈之间。

【赏读】

作为一篇讽刺小品，《沂水秀才》所倡导的是一种读书人高自位置的文人雅致，反对的则是世俗的利欲熏心、虚假客套与某些低级趣味。

蒲松龄的雅致崇尚与晚明发展起来的"真趣"追求一脉相承。明袁宏道《叙陈正甫会心集》有云："世人所难得者唯趣。趣如山上之色、水中之味、花中之光、女中之态，虽善说者不能一语，唯会心者知之。"清初张潮《幽梦影》也有一段类似的描述："山之光，水之声，月之色，花之香，文人之韵致，美人之姿态，皆无可名状、无可执著，真足以摄招魂梦，颠倒情思。"

既然正面立论有"无可名状"的困难，也许反面求证更易动人心魄。将有关丑恶事物或世人陋习连类而及形诸文字，和盘托出，也别有一番趣味。唐代李商隐《义山杂纂》四十则当为开先河之作，全书皆以世间某类现象为题目，下列同类事。如《羞不出》列有"新妇失礼""师姑怀孕""富人乍贫"等，《煞风景》列有"松下喝道""花下晒裈""月下把火"等，《不相称》列有"先生不甚识字""瘦人相扑""老翁入倡家""屠家念经"等，读之令人解颐。

清初金圣叹评点《西厢记·考艳》一折，曾罗列出三十二则"不亦快哉"的人生得意之情境，虽属正面之论，却又不乏幽默调侃之趣。如云："夏月早起，看人于松棚下锯大竹作桶用，不亦快哉！""存得三四癞疮于私处，时呼热汤关门澡之，不亦快哉！""作县官，每日打退堂鼓时，不亦快哉！""看人风筝断，不亦快哉！"

蒲松龄将十七则"不可耐事"附志于秀才不解风情事之后，同金圣叹的三十二件"不亦快哉"异曲同工。所异者，《沂水秀才》乃专门罗列反面事物以暗中流露崇尚文人雅致的追求，并与前述秀才事相映生辉，笔墨之妙，尽在其中。

镜听①

益都②郑氏兄弟，皆文学士③。大郑早知名，父母尝过爱④之，又因子并及其妇。二郑落拓，不甚为父母所欢，遂恶次妇，至不齿礼⑤。冷暖相形，颇存芥蒂。次妇每谓二郑："等男子耳，何遂不能为妻子争气？"遂摈弗与同宿。于是二郑感愤，勤心锐思，亦遂知名。父母稍稍优顾之，然终杀⑥于兄。次妇望夫綦切⑦，是岁大比⑧，窃于除夜以镜听卜⑨。有二人初起，相推为戏，云："汝也凉凉⑩去！"妇归，凶吉不可解，亦置之。

闱⑪后，兄弟皆归。时暑气犹盛，两妇在厨下炊饭饷耕⑫，其热正苦。忽有报骑⑬登门，报大郑捷。母入厨唤大妇曰："大男中式⑭矣！汝可凉凉去。"次妇忿恻，泣且炊。俄又有报二郑捷者，次妇力掷饼杖⑮而起，曰："侬⑯也凉凉去！"此时中情⑰所激，不觉出之于口；既而思之，始知镜听之验也。

异史氏曰："贫穷则父母不子⑱，有以⑲也哉！庭帏⑳之中，固非愤激之地；然二郑妇激发男儿，亦与怨望无赖者殊不同科㉑。投杖而起,真千古之快事也!"

【注释】

①镜听:古代的一种占卜法,又称"响卜"。占者于除夕或岁首,怀镜胸前,出门听人言,据说可以占吉凶休咎。明方以智《通雅》卷四九:"响卜,一曰镜听,李郭、王建俱有《镜听词》,即今听响卜也。南楚曰街卜,以镜置胸而出听之。"

②益都:明清县名,属青州府,治所在今山东省青州市。

③文学士:旧时谓读书有文采且应科举者。

④过爱:过分爱溺。汉贾谊《新书·礼》:"天子爱天下,诸侯爱境内,大夫爱官属,士庶各爱其家。失爱不仁,过爱不义。故礼者,所以守尊卑之经,强弱之称也。"

⑤齿礼:以礼相待。

⑥杀(shài):等差,谓有所差别。

⑦綦(qí)切:极其迫切。

⑧大比:明清特指乡试。《明史》卷七〇《选举二》:"三年大比,以诸生试之直省,曰乡试。中式者为举人。"

⑨卜:古人用火灼龟甲,根据裂纹来预测吉凶,叫卜,后泛称用各种形式预测吉凶。

⑩凉凉:纳凉。

⑪闱(wéi):谓科举考试。这里指秋闱,即乡试,明清

两代每三年一次在各省省城（包括京城）举行的考试，一般在农历子、午、卯、酉年的八月举行，考中者称举人。

⑫饷耕：这里指为在庄稼地干活的人准备送至田头的午饭。

⑬报骑（jì）：即"报马"，谓骑马报告乡试中式消息的人。

⑭中式：科举考试合格。

⑮饼杖：即"擀面棒"，亦称"擀面杖"，用来压碾面团使其薄而平的圆棒。

⑯侬：我。

⑰中情：内心积郁的情感。

⑱不子：不以为子，谓不当作儿子对待。

⑲有以：有因由。语本《诗经·邶风·旄丘》："何其久也？必有以也。"

⑳庭帏：指妇女居住的内室。这里谓二郑夫妻居所。

㉑同科：同一种类。

【赏读】

作为旧时读书人的一条荣身之路，科举制度有可能令"朝为田舍郎，暮登天子堂"的理想付诸实践，因而引发出千军万马齐过独木桥的壮观景象。然而乡试中举乃至金榜题名又谈何容易！在官本位的社会中，鲤鱼能否一跃跳过龙门，决定了个中人的一生命运，也使其外在社会交往乃至内部家庭关系发生变化。清吴敬梓《儒林外史》第三回描述范进中举一节,对于范进老丈人胡屠夫前倨后恭的淋漓尽致、穷形尽相的一番刻画,可谓入木三分。

这篇小品在交代有关背景以后,专门截取生活中的一个横断面集中描写,从二郑妇忍气吞声的无奈到"力掷饼杖而起",大呼"侬也凉凉去",扬眉吐气,何等洒脱,何等快心!堪称千古一掷。"异史氏曰"所谓"投杖而起,真千古之快事也",以他人酒杯浇自己心中块垒,道出久困场屋不得青云有路的隐衷,也算是精神上暂时的一种解脱了。

鬼津①

李某昼卧,见一妇人自墙中出,蓬首如筐②,发垂蔽面;至床前,始以手自分,露面出,肥黑绝丑。某大惧,欲奔。妇猝然登床,力抱其首,便与接唇,以舌度津,冷如冰块,浸浸③入喉。欲不咽,而气不得息;咽之,稠黏塞喉。才一呼吸,而口中又满,气急复咽之。如此良久,气闭不可复忍。闻门外有人行声,妇始释手去。由此腹胀喘满④,数日不食。或教以参芦⑤汤探吐之,吐出物如卵清,病乃瘥⑥。

【注释】

①津:口中唾液。

②蓬首如筐:意谓披头散发如乱草筐。蓬首,形容头发散乱如飞蓬。语本《诗经·卫风·伯兮》:"自伯之东,首如飞蓬。"

③浸浸:渐渐。《汉书》卷九〇《严延年传》:"宾客放为盗贼,发,辄入高氏,吏不敢追。浸浸日多,道路张弓拔

刃，然后敢行，其乱如此。"

④满（mèn）：中医学名词，胀满，壅滞。《素问·大奇论》："肝满，肾满，肺满，皆实，即为肿。"唐王冰注："满，谓脉气满实也。"

⑤参芦：即"人参芦"，又称"人参芦头"，为人参根部顶端的根茎部分，性味苦微温，功能涌吐、升提，过去中医主要用于体虚的痰饮病症。明李时珍《本草纲目》卷二《序例下·张子和汗吐下三法·吐法》："凡病在胸膈中脘已上者，皆宜吐之。考之本草：吐药之苦寒者，瓜蒂、卮子、茶末、豆豉、黄连、苦参、大黄、黄芩。辛苦而寒者，常山、藜芦、郁金。甘而寒者，桐油。甘而温者，牛肉。甘苦而寒者，地黄、人参芦……"

⑥瘥（chài）：病愈。

【赏读】

李某显然患有中医所谓"痰热互结，阻于气道"之症，呼吸不畅，极易心脑缺氧，因之产生幻视幻听或于白昼做一场噩梦。"肥黑绝丑"妇人的出现，与其说是鬼物逞狂，莫如说是缺氧状态下的人体应激反应。患者于恍惚中仿佛真有白日见鬼的遭遇，在科学尚未昌明的清代初年并非不可思议。李某主诉如此，听者神乎其神，遂令奇闻不胫而走，愈传愈玄，其间不免腌臜污秽之形容，为文笔擅长的蒲松龄记下，于是就产生了这篇如同六朝志怪的小品。

  古人患咳喘之疾,镇咳祛痰多用催吐方法,小说结尾"吐出物如卵清,病乃瘥",即显示了这种治疗方法的有效性。如果将此篇小品视为古代一桩临床医案,也未尝不可。

鬼令①

教谕②展先生③,洒脱有名士风;然酒狂④,不持仪节⑤。每醉归,辄驰马殿⑥阶。阶上多古柏。一日,纵马入,触树头裂,自言:"子路⑦怒我无礼,击脑破矣!"中夜遂卒。

邑中某乙者,负贩其乡,夜宿古刹。更静⑧人稀,忽见四五人携酒入饮,展亦在焉。酒数行⑨,或以字为令曰:"田字不透风,十字在当中;十字推上去,古字赢一钟。"一人曰:"回字不透风,口字在当中;口字推上去,吕字赢一钟。"一人曰:"囹字不透风,令字在当中;令字推上去,含字赢一钟。"又一人曰:"困字不透风,木字在当中;木字推上去,杏字赢一钟。"末至展,凝思不得。众笑曰:"既不能令,须当受命。"飞一觥⑩来。展即云:"我得之矣:曰字不透风,一字在当中。"众又笑曰:"推作何物?"展吸尽曰:"一字推上去,一口一大钟!"相与大笑。未几,出门去。某不知展死,窃疑其罢官归也。及归问之,则展死已久,始悟所遇者鬼耳。

【注释】

①令：即"酒令"，宴会中助酒兴的一种游戏，推一人为令官，违令或依令该饮的都要饮酒。

②教谕：明清县学学官，掌文庙祭祀、教育所属生员，清代秩正八品。

③展先生：即展玠（生卒年不详），莱阳（今属山东）人，顺治四年（1647）贡生，历淄川教谕。康熙十七年（1678）《莱阳县志》卷六《贡举·贡士》："（顺治）丁亥贡，授阳信训导，升淄川教谕。"

④酒狂：谓纵酒使气。唐代白居易《闲出觅春戏赠诸郎官》诗："迎春日日添诗思，送老时时放酒狂。"

⑤仪节：礼仪，礼节。

⑥殿：即孔庙中奉祀孔子及其门徒的大成殿。

⑦子路：仲由（前542～前480），字子路，一字季路，春秋卞（今山东省泗水县东南）人，为孔子弟子。据说子路孔武有力，故后世将之作为勇士的代表。

⑧更静：三更后，相当于现代计时的夜十二时以后。

⑨行：这里谓依次斟酒。

⑩飞一觥（gōng）：即"飞觥"，谓宴饮中传递酒杯劝酒。飞，传递。觥，古代饮酒器，用兽角制，后也用木或青铜制。这里指酒杯。

【赏读】

明清教职官卑职冷，前途暗淡无光，进士一般不会屈就，举人也多不屑为之，因而教职多从贡生中选用。官教职者不主持诸生的岁试、科试、选贡等，也无权力可言，又因为与莘莘学子接触频繁，日久相处易生矛盾，故而每每成为诸生调侃戏谑的目标。

《鬼令》中的展教谕因酒狂而头触柏身故，即不幸成为作者笔下被揶揄的对象，尽管其中并无恶意。值得一提的是，小说中的"以字为令"，当是作者别出心裁的创制，备见巧思，很可能其构思就是围绕这一创制而展开的。改带有"口"字的内外结构的汉字为上下结构，经查阅有关汉语字典，无论常用字还是偏僻字，只有"田"变"古"、"回"变"吕"、"图"变"含"、"困"变"杏"四种，展教谕为第五位行酒令者，找不到合适的配组字，在所难免，倒不是他的学问有限。不过以"一口一大钟"聊以解嘲，也显示出展教谕的机智与幽默，这与其"名士风"是相符合的。

《聊斋志异》无论是篇幅稍长者，还是短制小品，皆为蒲松龄苦心孤诣之作，从此篇也可略见一斑。

鬼妻

　　泰安①聂鹏云,与妻某鱼水②甚谐。妻遘疫③卒,聂坐卧悲思,忽忽④若失。一夕独坐,妻忽排扉入,聂惊问:"何来?"答云:"妾已鬼矣。感君悼念,哀白地下主者⑤,聊与作幽会⑥。"聂喜,携就床寝,一切无异于常。从此星离月会⑦,积有年余。聂亦不复言娶。伯叔兄弟惧堕宗主⑧,私族于谋⑨,劝聂鸾续⑩,聂从之,聘于良家⑪。然恐妻不乐,秘之。未几,吉期⑫逼迩⑬,鬼知其情,责之曰:"我以君义,故冒幽冥之谴;今乃质盟不卒⑭,钟情者固如是乎?"聂述宗党⑮之意,鬼终不悦,谢绝而去。聂虽怜之,而计亦得⑯也。

　　迨合卺⑰之夕,夫妇俱寝,鬼忽至,就床上挝⑱新妇,大骂:"何得占我床寝!"新妇起,力与撑拒⑲。聂惕然⑳赤蹲,并无敢左右袒㉑。无何,鸡鸣,鬼乃去。新妇疑聂妻故未死,谓其赚㉒已,投缳欲自缢。聂为之缅述㉓,新妇始知为鬼。日夕复来,新妇惧避之。

鬼亦不与聂寝，但以指爪掐肤肉；已乃对烛怒相视，默默不作一语。如是数夕，聂患之。近村有良于术㉔者，削桃为杙㉕，钉墓四隅，其怪始绝。

【注释】

①泰安：明至清雍正十三年（1735）间州名，治所在今山东省泰安市。

②鱼水：比喻夫妻相得或男女情笃。语本《管子·小问》："管仲曰：'然公使我求宁戚，宁戚应我曰："浩浩乎！"吾不识。'婢子曰：'《诗》有之：浩浩者水，育育者鱼。未有室家，而安召我居？宁子其欲室乎？'"

③遘（gòu）疫：感染瘟疫。遘，遭遇。

④忽忽：失意貌。《史记》卷一〇八《韩长孺列传》："乃益东徙屯，意忽忽不乐。数月，病欧血死。"

⑤地下主者：阴曹地府的主管者。

⑥幽会：原谓相爱男女的私会，这里形容私下里相聚。

⑦星离月会：犹言时分时合，时去时来。

⑧宗主：即"宗子"，古代宗法制度称大宗的嫡长子。聂鹏云当为聂氏家族中的嫡系长房。

⑨私族于谋：私下相聚而谋。族，聚集。

⑩鸾续：妻亡后继娶。鸾，即"鸾胶"，据《海内十洲记·凤麟洲》载，西海中有凤麟洲，多仙家，煮凤喙麟角合煎作膏，能续弓弩已断之弦，名续弦胶，亦称"鸾胶"。后

多用以比喻续娶后妻。

⑪良家：汉代指医、巫、商贾、百工以外的人家，后世即称清白人家为良家。

⑫吉期：婚期。

⑬逼迩：犹逼近。

⑭质盟不卒：中途毁弃原先的海誓山盟。质盟，订盟、立誓。

⑮宗党：宗族，乡党。

⑯计亦得：考虑也是个办法。

⑰合卺（jǐn）：旧时婚礼中的一种仪式，剖一瓠为两瓢，新婚夫妇各执一瓢，斟酒以饮。后多以"合卺"代指成婚。

⑱挝（zhuā）：击打。

⑲撑拒：抵抗。

⑳惕然：惶恐貌。

㉑左右袒（tǎn）：原意是露出左臂或右臂，以示偏护某一方。语本《汉书》卷三《高后纪》："勃入军门，行令军中曰：'为吕氏右袒，为刘氏左袒。'军皆左袒。"后称偏助一方为"左袒"，两无所助曰"不为左右袒"。

㉒赚（zuàn）：哄骗，诳骗。

㉓缅述：追叙，回忆并讲述。

㉔术：这里谓法术。

㉕杙（yì）：一头尖的短木，即小木桩。

【赏读】

在古代，男子可以有三妻四妾，还要祭起"惧堕宗主"这面冠冕堂皇的旗帜；而作为女子则要从一而终，否则就有可能遭受"不贞"的诟耻。而男女爱情的排他性注定要令处于弱势的女方经常蒙受"嫉妒成性"的谴责。这篇《鬼妻》属于志怪一类的小品，但反映的情事则是现实中较为普遍的"性嫉妒"问题。清代何守奇评此篇云："世有妒者，谓骨头落地，当不复尔，今观此鬼殊不然。"这只是站在男性中心立场上的批评，实则"缘情成妒，缘爱成仇"（清代但明伦评语）是性心理学中一个重要的问题，属于人之常情。

《中国性科学百科全书》阐释"性嫉妒"云："对现实或想象的优于自己的性爱竞争者所持怨恨的情感。当同性别的人出现，而自己的性爱对象有被占有或被夺取的可能时，可产生各种复杂的情感体验和行为，先是注视、疑虑、担心或跟踪，继而转为憎恨、敌视，甚至采取暴力行为……在人类，性嫉妒是导致家庭暴力、虐待妻子、杀人、犯罪的重要原因之一……一般说来，双方相爱越深，性嫉妒的后果也越严重。自信心缺乏和要求爱情专一是嫉妒产生的两个重要原因。"让人情事理披上鬼狐花妖的外衣，令《聊斋志异》有了隽永有味的动人魅力。

夏雪

丁亥①年七月初六日，苏州大雪②。百姓皇骇③，共祷④诸大王之庙⑤。大王忽附人而言曰："如今称老爷者，皆增一'大'字；其以我神为小，消不得⑥一'大'字也？"众悚然，齐呼"大老爷"，雪立止。由此观之，神亦喜谄，宜乎治下部者之得车多矣⑦。

异史氏曰："世风之变也，下者益谄，上者益骄。即康熙四十余年中，称谓之不古，甚可笑也。举人称爷，二十年始；进士称老爷，三十年始；司、院⑧称大老爷，二十五年始。昔日大令⑨谒中丞⑩，亦不过'老大人'而止；今则此称久废矣。即有君子，亦素谄媚行乎谄媚⑪，莫敢有异词⑫也。若缙绅⑬之妻呼'太太'⑭，裁⑮数年耳。昔惟缙绅之母始有此称；以妻而得此称者，惟淫史⑯中有林、乔⑰耳，他未之见也。唐时上欲加张说⑱'大学士'⑲，说辞曰：'学士从无大名，臣不敢称⑳。'今之'大'，谁大之？初由于小人之谄，而因得贵倨㉑者之悦，居之不疑㉒，而纷纷者㉓

遂遍天下矣。窃意㉔数年以后，称爷者必进而'老'，称老者必进而'大'，但不知'大'之上造何尊称？匪夷所思已！"

丁亥年六月初三日，河南归德府㉕大雪尺余，禾皆冻死，惜乎其未知媚大王之术也。悲夫！

【注释】

①丁亥：康熙四十六年（1707）干支为丁亥。夏雪当为康熙九年庚戌六月事，详见下注。

②苏州大雪：乾隆十三年（1748）《苏州府志》卷七七《祥异》："（康熙）九年六月戊子雨雪。"戊子为六月初三日。苏州，明清府名，治所即今江苏省苏州市。

③皇骇：恐惧。皇，通"惶"。

④祷：向神祝告祈求福寿等。

⑤大王之庙：当指金龙四大王庙，故址在苏州有两处。道光四年（1824）《苏州府志》卷三四《坛庙三》："金龙四大王庙，在阊门北濠，一在清风亭南。"金龙四大王，或称金龙大王，是明清民间信仰中的漕运之神。清代赵翼《陔余丛考》卷三五《金龙大王》："江淮一带至潞河，无不有金龙大王庙。按，《涌幢小品》：神姓谢，名绪，南宋人，元兵方盛，神以戚畹，愤不乐仕，隐金龙山，筑望云亭自娱。元兵入临安，赴江死，尸僵不坏。乡人瘗之祖庙侧。明祖兵起，神示梦当佑助。会傅友德与元左丞李二战吕梁洪，士卒见空

中有披甲者来助战，元遂大溃。永乐中，凿会通渠，舟楫过河，祷无不应，于是建祠洪上。"

⑥消不得：意谓受用不起。

⑦"宜乎"句：意谓那些无耻逢迎媚上者，行为愈龌龊，所获取的好处就愈多。语本《庄子·列御寇》："秦王有病召医，破痈溃痤者得车一乘，舐痔者得车五乘，所治愈下，得车愈多。"

⑧司、院：两司与两院。司，谓主管一省行政的布政使司与主管一省刑名按劾的按察使司。院，谓总督与巡抚，明清两官例兼都察院都御史衔，故称"两院"。

⑨大令：县令。古时县官多称令，后以大令为对县官的敬称。

⑩中丞：明清巡抚的别称。巡抚为明清地方长官，掌一省财政、民政、吏治、刑狱、军政，地位略次于总督，与总督并称封疆大吏，秩从二品，例兼都察院右副都御史。

⑪"亦素"句：意谓不以谄媚为非且习以为常，相互为之。

⑫异词：不同的言论和意见。

⑬缙绅：又作"搢绅"，插笏于绅带间，旧时官宦的装束，亦借指士大夫。绅，古代仕宦者和儒者围于腰际的大带。

⑭太太：清梁绍壬《两般秋雨盦随笔》卷七《太太》云："汉哀帝尊祖母定陶恭王太后傅氏为帝太太后，后又尊

为皇太太后，此妇人称太太之始也。古者妇人称太最重，故列侯夫人，非子复为列侯，不得称太夫人。见《汉书·文帝纪》注。今则无贵贱皆称太太矣。"又明胡应麟《甲乙剩言·边道诗》谓明代中丞以上官吏之妻称太太。以后凡官僚士大夫之妻，皆可通称太太。

⑮裁：通"才"，仅仅。

⑯淫史：即"淫书"，谓内容淫秽、宣扬色情的书籍。这里指明兰陵笑笑生的小说《金瓶梅》，明代廿公《金瓶梅跋》："《金瓶梅》传为世庙时一巨公寓言，盖有所刺也……不知者竟目为淫书，不惟不知作者之旨，并亦冤却流行者之心矣。"

⑰林、乔：谓《金瓶梅》中的人物王招宣之妻——王三官之母林太太与乔五之妻乔五太太。《金瓶梅》第六十八回"应伯爵戏衔玉臂，玳安儿密访蜂媒"："王三官娘林太太，今年不上四十岁，生的好不乔样，描眉画眼，打扮的狐狸也似。他儿子镇日在院里，他专在家，只寻外遇，假托在姑姑庵里打斋。"又《金瓶梅》第四十三回"争宠爱金莲斗气，卖富贵吴月攀亲"："众堂客簇拥着乔五太太进来，生的五短身材，约七旬年纪，戴着叠翠宝珠冠，身穿大红宫绣袍儿。近面视之，鬓发皆白。"

⑱张说（yuè）：字道济（667～730），一字说之，唐洛阳（今属河南）人。历官兵部侍郎、中书令，封燕国公，曾三度为相，掌文学之任凡三十年。《旧唐书》《新唐书》皆

有传。

⑲大学士：官名，唐中宗景龙二年，修文馆置大学士四人。此大学士之始，然不常设。宋沿唐之旧，昭文馆、集贤殿大学士，皆宰相领之。

⑳"学士"二句：语本《新唐书》卷一二五《张说传》："始，帝欲授说大学士，辞曰：'学士本无大称，中宗崇宠大臣，乃有之，臣不敢以为称。'固辞乃免。"

㉑贵倨（jù）：亦作"贵踞"，谓尊贵倨傲。

㉒居之不疑：意谓自以为是而不加疑惑。语本《论语·颜渊》："在邦必达，在家必达。夫闻也者，色取仁而行违，居之不疑。在邦必闻，在家必闻。"宋邢昺疏："'夫闻也者，色取仁而行违，居之不疑'者，此言佞人色则假取仁者之色，而行则违之，安居其伪而不自疑也。"

㉓纷纷者：众多貌。宋苏轼《论会于澶渊宋灾故》："春秋之际，何其乱也。故曰春秋之盟无信盟也，春秋之会无义会也。虽然，纷纷者天下皆是也。"

㉔窃意：私下里认为，这里用作谦辞。

㉕归德府：明清府名，治所在今河南省商丘市。

【赏读】

在古代人的意识中，气候反常以及地震等灾祸往往预示人世灾祥，这就是所谓"天人感应"学说，从汉儒董仲舒倡导后即深入人心。夏天下雪，属于极其反常的气候，中原地区不多见，江南地区更是难逢。汉乐府《上邪》："上邪，我欲与君相知，长命无绝衰。山无陵，江水为竭，冬雷震震夏雨雪，天地合，乃敢与君绝。""夏雨雪"可与"江水为竭"并列，可见其罕见。元关汉卿的杂剧《窦娥冤》第三折中，以窦娥临刑前所发"如今是三伏天道，若窦娥委实冤枉，身死之后，天降三尺瑞雪，遮掩了窦娥尸首"的愿望之一，证其天大冤枉，也可见"六月雪"在人间的稀罕。如此气候异象，史书与稗乘方志皆要大书一笔。《苏州府志》卷七七《祥异》所记述之"夏雪"发生于康熙庚戌六月初三日，而非"丁亥年七月初六日"，其年份可能与《化男》（本书未选）事发生混淆，其月日可能与文末"归德府大雪尺余"事张冠李戴。而遍查乾隆十九年（1754）《归德府志》卷三四《灾祥》与光绪十一年（1885）《商丘县志》卷三《灾祥》等方志内容，皆无夏雪之记述，可见斯事诚属子虚乌有，故归德府事或为蒲松龄借题发挥下所特意虚构者，乃一实一虚，前后巧妙映衬，用来暴露当时世风日下的社会现实。

人际称谓的变迁，是反映社会风气变化的一个窗口。人与人互相戴高帽，廉价地吹捧，与浮夸的社会风气密切相关，其目的无非是为融洽与对方之关系，以求获取自身之利益。这种浮夸不实、虚荣荒诞的社会风气愈演愈烈，以致不可收拾。

清代王士禛《香祖笔记》卷一："京官旧例，各衙门称谓有一定仪注，不可那移。如翰、詹称老先生，吏部称选君、印君，员外以下称长官，科称掌科，道称道长，是也。自康熙丙子祭告回京，见闻顿异，各部司及中、行、评、博，无不称老先生者矣。此亦觚不觚之一也。"王士禛于康熙三十五年（1696）二月奉命离京，祭告西岳西镇江渎，历时不足一年，清初官场称谓变化之速令人咋舌。清代陈康祺《郎潜纪闻》："《柳南随笔》云：'前明时，缙绅惟九卿称老爷，词林称老爷，外任司道以上称老爷，余止称爷、称老爹而已。今则内而九卿，外而司道以上，俱称大老爷矣，自知府至知县，俱称太老爷矣。又举人、贡生俱称相公，即国初亦然，今则并称太爷矣。'康祺按：王氏（谓《柳南随笔》撰者王应奎）生乾隆朝，其称谓如此，已讥其僭越。今则京官四品以上，外任司道以上，无不称大人。翰林一开坊，六品亦大人；编修得差，七品亦大人。外任加道衔，即称大人。三品衔更无不大人。知府无加衔者，以至知县，皆称大老爷。佐贰六品以上，即大老爷。举贡生监，无不老爷。甚至屠沽市侩，捐道衔则大人矣，捐六品衔则大老爷矣。关内羊头，职方如狗，称谓之僭，更何足言。"更可见清中叶官场称谓变化之迅速。

录陈康祺此记，可为蒲松龄《夏雪》一篇之补充，具有历时性的认识价值。如果联系当代20世纪50年代以后，"先生""同志""小姐"等称谓的几经变化，再读这篇《夏雪》，也许就更发人深省了。

鸿①

天津②弋人③得一鸿。其雄者随至其家,哀鸣翱翔,抵暮始去。次日,弋人早出,则鸿已至,飞号从之;既而集其足下。弋人将并捉之。见其伸颈俯仰,吐出黄金半铤④。弋人悟其意,乃曰:"是将以赎妇也。"遂释雌。两鸿徘徊,若有悲喜,遂双飞而去。弋人称金,得二两六钱强。噫!禽鸟何知,而钟情若此!悲莫悲于生别离⑤,物亦然耶?

【注释】

①鸿:大雁。《易·渐》:"鸿渐于干。"唐李鼎祚集解引虞翻曰:"鸿,大雁也。"

②天津:明至清雍正三年(1725)以前之天津卫,治所即今天津市。

③弋(yì)人:射鸟者。弋,用带丝绳的箭来射。《诗经·郑风·女曰鸡鸣》:"将翱将翔,弋凫与雁。"汉郑玄笺:"弋,缴射也。"

④铤（dìng）：量词，常用以计块状物。

⑤悲莫悲于生别离：意谓人世间最悲伤的是相互间难以再见的离别。语本《楚辞·九歌·大司命》："悲莫悲兮生别离，乐莫乐兮新相知。"

【赏读】

金代元好问有一首著名的《摸鱼儿》词，前有序云："乙丑岁赴试并州，道逢捕雁者云：'今旦获一雁，杀之矣。其脱网者悲鸣不能去，竟自投于地而死。'予因买得之，葬之汾水之上，累石为识，号曰雁丘。时同行者多为赋诗，予亦有雁丘辞，旧所作无宫商，今改定之。"词云："问人间、情是何物，直教生死相许。天南地北双飞客，老翅几回寒暑。欢乐趣，离别苦。是中更有痴儿女。君应有语，渺万里层云，千山暮景，只影为谁去。　　横汾路，寂寞当年箫鼓。荒烟依旧平楚。招魂楚些何嗟及，山鬼自啼风雨。天也妒，未信与、莺儿燕子俱黄土。千秋万古。为留待骚人，狂歌痛饮，来访雁丘处。"对于雌雄两雁而言，这无疑是一幕殉情的悲剧，而本篇《鸿》则因雄雁"熟谙"人类市场交易原则而巧妙救出雌雁。

禽类如此通晓人性，南朝梁吴均《续齐谐记》所记东汉杨宝得黄雀衔白玉环四枚报恩事，可以与之媲美，恰可为偶。文学作品中极力描写动物之有情有义,或有反衬人世间冷漠无情的用心,无限感慨中总有几分苍凉的无奈!

张贡士①

安丘张贡士,寝疾②,仰卧床头。忽见心头有小人出,长仅半尺,儒冠儒服,作俳优③状。唱昆山曲④,音调清彻,说白⑤、自道名贯⑥,一与己同;所唱节末⑦,皆其生平所遭。四折⑧既毕,吟诗⑨而没。张犹记其梗概,为人述之。

【注释】

①张贡士:即张在辛(1651~1738),字卯君,号兔公、柏庭,安丘(今山东安丘)人。康熙二十五年(1686)拔贡。工诗,曾师事周亮工,精书法篆刻。咸丰《青州府志》有传。贡士,即"贡生",这里谓拔贡生,清代贡生名目之一,《清史稿》卷一〇六《选举一》:"贡生凡六:曰岁贡、恩贡、拔贡、优贡、副贡、例贡。"清制,初定六年一次,由各省学政选拔文行兼优的生员,贡入京师,称为拔贡生,简称拔贡。

②寝疾:卧病。《左传·昭公七年》:"寡君寝疾,于今

三月矣。"

③俳优:古代以乐舞谐戏为业的艺人。

④昆山曲:即"昆山腔",又称昆腔,传统戏曲剧种名。原为元末明初昆山一带流行的民间戏曲腔调,明嘉靖间经昆山人魏良辅的革新,变弋阳、海盐故调及民间曲调为昆腔,初只行于吴中,后渐流传各地,盛行于明末清初。以演唱传统剧本为主,兼用笛、笙、箫、琵琶伴奏,舞蹈优美,曲调细腻婉转,又有"水磨腔"之称。

⑤说白:即"道白",戏曲中唱词部分以外的台词。

⑥自道名贯:即"自报家门",古典戏曲中介绍人物的传统手法。指剧中主要人物第一次上场时用引子、定场诗、定场白等所作的自我介绍,包括姓名、籍贯、身世和剧中规定的情境等。名贯,姓名与籍贯。

⑦节末:情节本末。

⑧四折:这里套用元杂剧术语,意为全剧。元杂剧每本以四折为主,有时另加楔子,每折用同宫调同韵的北曲套数和宾白组成。前谓"唱昆山曲",可知其非杂剧。

⑨吟诗:剧中人物下场时所念的诗,明清传奇一般用五、七言绝句,内容多概括剧情大要,给人以启发或引人思考。

【赏读】

"人生如戏",或曰"天地大戏场,戏场小天地",

张贡士卧病中浓缩自己人生于梦中,并以昆曲形式加以演绎,其梦的确非同一般。故事主人公实有其人,是否故弄玄虚,不得而知。

清代王士禛《池北偶谈》卷二六《心头小人》所记与此略同:"安丘明经张某常昼寝,忽一小人自心头出,身才半尺许,儒衣儒冠,如伶人结束。唱昆曲,音节殊可听,说白自道名贯,一与己合,所唱节末,皆其平生所经历。四折既毕,诵诗而没。张能记其梗概,为人述之。"

铸雪斋抄本《聊斋志异》于《张贡士》后录有清胶州人高凤翰(1683~1749,字西园,号南阜)附则一:"高西园云:向读渔洋先生《池北偶谈》,见有记心头小人者,为安丘张某事。余素善安丘张卯君,意必其宗属也。一日,晤间问及,始知即卯君事。询其本末,云当病起时,所记昆山曲者,无一字遗,皆手录成册。后其嫂夫人以为不祥语,焚弃之。每从酒边茶余,犹能记其尾声,常举以诵客。今并识之,以广异闻。其词云:'诗云子曰都休讲,不过是都都平丈(相传一村塾师训童子读《论语》,字多讹谬。其尤堪笑者,读"郁郁乎文哉"为"都都平丈我")。全凭着佛留一百二十行(村塾中有训蒙要书,名《庄农杂字》。其开章云:"佛留一百二十行,惟有庄农打头强。"最为鄙俚)。'玩其语意,似自道其生平寥落,晚为农家作塾师,主人慢之,而为是曲。意者:凤世老儒，其卯君前身乎？卯君名在辛，善汉隶篆印。"

青柯亭刻本《聊斋志异》于《张贡士》后附云："高西园晤杞园先生，曾细询之，犹述其曲文，惜不能全忆。"

二十四卷抄本《聊斋志异》于《张贡士》后附云："阮亭云：岂杞园耶？大奇。"又《异史》本题此篇为《心头小人》。可见王士禛《池北偶谈》所记或全依《聊斋》所录，唯"杞园"一问，又生误导。杞园乃安丘人张贞的号，张在辛乃张贞的长子，王士禛与张贞熟识，故有"岂杞园耶"一问，并未肯定；青柯亭本附记则误子为父。袁世硕《蒲松龄著述事迹新考》（齐鲁书社1988年出版）、王平《〈聊斋志异·张贡士〉小考》（载《蒲松龄研究》1998年第3期）皆可参阅。

清代但明伦将《张贡士》作为一篇寓言来读，并加诠释云："人之一生，不过一场戏耳。只要问心，自己是何脚色，生平是何节末。要作须眉毕现，毋为巾帼贻羞；要认本来面目，毋作粉脸逢迎；要求百世流芳，毋致当场出丑。能令人共看，方有好下场。"虽属郢书燕说，却也不无启发。

孙必振①

孙必振渡江②,值大风雷,舟船荡摇,同舟大恐。忽见金甲神立云中③,手持金字牌,下示诸人。共仰视之,上书"孙必振"三字,甚真。众谓孙:"必汝有犯天谴④,请自为一舟,勿相累。"孙尚无言,众不待其肯可,视旁有小舟,共推置其上。孙既登舟,回首,则前舟覆矣。

【注释】

①孙必振:字卧云(1619~1688),一字孟起,诸城(今属山东)人。顺治十六年(1659)进士,历官怀庆府推官、山西陵川知县、河南道监察御史,命视浙江盐政,迁掌河南道。病归,卒于家。

②江:长江。孙必振《赠九公之官》诗:"一帆曾挂浙江潮,十载西湖兴未消。君到孤山寻处士,梅花折寄旧枝条。"从北方到浙江杭州须渡过长江。

③金甲神:穿戴金饰铠甲的天神。

④天谴:上天的责罚。

【赏读】

孙瑚,字景夏,从康熙四年至十五年(1665~1676)任淄川教谕十余年,蒲松龄与这位学官建立起良好的友谊关系,《聊斋志异》中《诸城某甲》《冷生》两篇以及《聊斋文集》中《邀孙学师景夏饮东阁小启》,《聊斋诗集》中《送孙广文先生景夏》七绝六首,皆涉及两人之交往。孙必振为孙瑚从弟,又是当时山东籍闻人,将有关传闻写入《聊斋志异》在所必然。

孙必振渡江遇神一事亦有所本,并非凭空结撰。陈敏杰《孙必振其人与〈孙必振〉的本事》一文(载《蒲松龄研究》2000年第2期),谓此篇本事源于明代徐燉《徐氏笔精》卷八《金字牌》:"万历己酉五月十四日,扬子江心风浪大作,有渡船载百余人几覆,忽见浪中有鬼面者,持一牌起,书'金'字一字。众谓必有金姓者在舟,当死。果有姓金者一人,众欲推之入水。金本持斋诵经,乃曰:'若活众命,吾何惜死!然数止此,安能幸免。'乃跃入水中。时风狂舟速,金仿佛若有人扶之出,巨浪送上郭璞墓墩,而立见舟翻覆,俱溺死,独金得生。江右刘观南观察亲见其事。"两相比较,主要情节毫无二致,可见蒲松龄创作此篇实有所本,虽属"真人假事"的构思,却非向壁虚构。张崇琛《蒲松龄与孙景夏》一文(载《齐鲁学刊》1993年第3期)中云:"篇中所言'金甲神'事虽虚,然'渡江'的情节则是真实的。《东武诗存》收有孙必振的一首《赠九公之官》,诗云:'一帆曾挂浙江潮,十载西湖兴未消。君到孤山寻处士,梅花折寄旧枝条。'足证必振确曾渡江并到过杭州。"

人性恶在蒲翁这篇小品《孙必振》中得到淋漓尽致的暴露,在危难面前唯求自保,不顾他人,这绝非国人劣根性的专利,法国莫泊桑的小说《羊脂球》可以对照。至于作者何以嫁接此传闻于当时名宦孙必振身上,这与民间传说的所谓"箭垛"效应息息相关,正如同宋代以来有关包公(包拯)清正廉明的传说、明末以来有关徐文长(徐渭)诙谐滑稽的传闻一样,众善归于一身,有利于广泛传播。

清代王培荀(1783~1859)《乡园忆旧录》卷七记述孙必振幼时贫困,入仕后"视金如粪土,惟恐污己",当系实录。上述张崇琛文谈及孙必振之为人亦云:"孙必振在清初算得是一位正气凛然、而又肯为民谋福利的清官……这种扶正除邪、造福于民的作法,与蒲松龄为官当使'良民受其福'的主张是完全一致的。可以设想,蒲松龄写《孙必振》篇虽未言其德政,然于孙必振之事迹并非无知;而读者透过他所叙述的故事,也是不难感受到孙必振那正直、善良的形象以及作品那民心即天意的主题的。"好一个"民心即天意"！可谓洞若观火。读者可参考。

明代陶宗仪《南村辍耕录》卷二二《虎患》："大德间，荆南境内有九人山行，值雨，避于路傍旧土洞中。忽有一虎来踞洞口，哮咆怒视，目光射人。内一人素愚，八人者密议：虎若不得人，恶得去？因绐愚者先出，我辈共掩杀之。愚者意未决，遂各解一衣，缚作人形，掷而出之。虎愈怒，八人并力排愚者于外，虎即衔至洞口，怒视如前。须臾，土洞压塌，八人皆死，愚者获生。夫当颠沛患难之际，乃欲以八人之智而陷一人之愚，其用心亦险矣，天道果梦梦耶。"此事与《金字牌》近似，也是人性恶的写照！

武夷①

武夷山有削壁千仞，人每于下拾沉香②、玉块焉。太守③闻之，督数百人作云梯④，将造顶⑤以觇⑥其异，三年始成。太守登之，将及巅，见大足伸下，一拇粗于捣衣杵⑦，大声曰："不下，将堕矣！"大惊，疾下。才至地，则架木朽折，崩坠无遗。

【注释】

①武夷：山名，位于今江西、福建两省边境，东北—西南走向，为赣江、闽江之分水岭。主峰为黄岗山，海拔两千多米，在今福建省武夷山市西北。

②沉香：香木名，产于亚热带，木质坚硬而重，黄色，有香味。心材为著名熏香料。

③太守：明清时知府的别称。

④云梯：古代攻城时攀登城墙的长梯。《墨子·公输》："公输盘为楚造云梯之械，成，将以攻宋。"

⑤造顶：到山顶上。

⑥觇(chān):观察。
⑦捣衣杵(chǔ):捣衣用的棒槌。

【赏读】

清末林则徐有一副自勉联云:"海纳百川,有容乃大;壁立千仞,无欲则刚。"《武夷》一篇中的太守不惜用民脂民膏,花费三年打造云梯,而且要亲自登顶,可谓贪财与好奇之心兼而有之。正因这个不务正业的太守内怀私欲,所以一见大足伸下,即告气馁,大愿终于落空,云梯也随其愿望化为乌有。

如此而论,这篇《武夷》小品更像一篇寓言,具有对贪心不足蛇吞象者当头棒喝的作用。清代刘瀛珍(仙舫)有评云:"人无私欲,均可造极;无如(无奈)利心一萌,自必为神灵所叱逐耳。"所论深中肯綮,可供参考。

大鼠

万历①间,宫中有鼠,大与猫等,为害甚剧。遍求民间佳猫捕制之,辄被啖食。适异国②来贡狮猫③,毛白如雪。抱投鼠屋,阖其扉,潜窥之。猫蹲良久,鼠逡巡④自穴中出,见猫,怒奔之。猫避登几上,鼠亦登,猫则跃下。如此往复,不啻⑤百次。众咸谓猫怯,以为是无能为⑥者。既而鼠跳掷渐迟,硕腹似喘,蹲地上少休。猫即疾下,爪掬顶毛,口龁⑦首领⑧。辗转争持,猫声呜呜,鼠声啾啾。启扉急视,则鼠首已嚼碎矣。然后知猫之避,非怯也,待其惰也。彼出则归,彼归则复⑨,用此智耳。噫!匹夫按剑⑩,何异鼠子⑪!

【注释】

①万历:明神宗朱翊钧的年号(1573~1620)。

②异国:当指波斯(今伊朗)。

③狮猫:即俗称之"狮子猫",毛长尾大,属于宠物猫中之名贵品种。清震钧《天咫偶闻》卷一〇:"昔龚定庵

《咏狮猫》诗云：'京师俊物首推渠。'蒋叔起超伯有《悼猫文》，亦京城狮猫也。诚以狮猫为京师尤物，上自宫掖，及士大夫，及红闺俊赏，无不首及于此。其名，旧有金钩挂玉瓶、雪中送炭、乌云盖雪、鞭打绣球诸名，实不止此，此数色亦非其至者。猫之花色变幻，有百余种，然佳者亦至为难得，纯白者尤不多见。柔毛有长四五寸者。眼必以两色为贵，名雌雄眼，都人以此与狮狗竞爽。"

④逡（qūn）巡：迟疑，欲进不进貌。

⑤不啻（chì）：不仅，何止。

⑥无能为：不能做什么。语本《左传·隐公四年》："卫国褊小，老夫耄矣，无能为也。"

⑦龁（hé）：咬。

⑧首领：头和脖子。

⑨"彼出则归"二句：意谓用运动战术调动敌人使其疲于奔命，最终战胜之。语本《左传·昭公三十年》："楚执政众而乖，莫适任患。若为三师以肄焉，一师至，彼必皆出。彼出则归，彼归则出，楚必道敝。亟肄以罢之，多方以误之。既罢而后以三军继之，必大克之。"

⑩匹夫按剑：意谓好战斗狠，属于有勇无谋。语本《孟子·梁惠王下》："夫抚剑疾视，曰：'彼恶敢当我哉！'此匹夫之勇，敌一人者也。"匹夫，谓有勇无谋的人，含轻蔑意味。

⑪鼠子：明指大鼠，暗喻卑微不足称道的人。《东观汉

记·城阳恭王祉传》:"敞怒叱太守曰:'鼠子何敢尔!'"

【赏读】

《孙子·军争》:"是故朝气锐,昼气惰,暮气归;善用兵者,避其锐气,击其惰归,此治气者也。"这篇《大鼠》当属于寓言小品,以鼠猫之战往复百次回合的生动描画,阐明大智若愚、大勇若怯并且智取优于斗狠的道理,很有认识价值。

明代沈德符《万历野获编》卷二:"西苑永寿宫有狮猫死,上痛惜之,为制金棺葬之万寿山之麓,又命在直诸老为文,荐度超升。俱以题窘不能发挥,惟礼侍学士袁炜文中有'化狮成龙'等语,最惬圣意。未几,即改少宰,升宗伯,加一品入内阁,只半年内事耳。"明代万历朝宫中豢养宠物猫之风以及昏庸荒唐的官场升迁门道可见一斑,《大鼠》之取材以万历间宫中为背景,蒲松龄并非全凭杜撰。

然而狮猫是否为捕鼠能手,却值得商榷。明代"前七子"之一的王廷相曾撰写过一篇题为《狮猫述》的文章,也属于寓言之作。不过这只"娇然可爱"的狮猫却不能捕鼠,在群鼠面前"逡巡前却,若有逊避之状",以致作者感叹地说:"色相之美,夫焉足取!"王廷相撰文之用意在于对"国有狮臣"亦即"贪贿嗜势""嫉贤妒才"者的讨伐,辛辣嘲讽朝中奸佞,入木三分!如此而论,对于寓言之作,自以能识其寓意为首务,至于是否写实,则在其次,不必过于认真了。

牧竖①

两牧竖入山,至狼穴,穴有小狼二,谋分捉之。各登一树,相去数十步。少选②,大狼至,入穴失子,意甚仓皇③。竖于树上扭小狼蹄耳,故令嗥。大狼闻声仰视,怒奔树下,号且爬抓。其一竖又在彼树致小狼鸣急,狼辍声四顾,始望见之,乃舍此趋彼,跑号如前状。前树又鸣,又转奔之。口无停声,足无停趾,数十往复,奔渐迟,声渐弱;既而奄奄④僵卧,久之不动。竖下视之,气已绝矣。

今有豪强子⑤,怒目按剑,若将搏噬⑥;为所怒者,乃阖扉⑦去。豪力尽声嘶,更无敌者,岂不畅然自雄⑧?不知此禽兽之威,人故弄⑨之以为戏耳。

【注释】

①牧竖:牧童。
②少选:不多久。
③仓皇:亦作"仓惶""仓遑",谓匆忙急迫。

④奄奄（yān yān）：气息微弱貌。

⑤豪强子：称霸横行的人。

⑥搏噬（shì）：搏击吞噬，比喻打击陷害或侵略吞并。《列子·黄帝》："异类杂居，不相搏噬也。"

⑦阖扉：意谓关门。

⑧畅然自雄：谓气势旺盛，自以为了不起。

⑨弄：即"戏弄"，谓轻侮捉弄。

【赏读】

这又是一篇寓言小品，可与前选《大鼠》一篇参看。两者皆以兽为喻，阐明真正有实力者处世应变乃至出奇制胜的道理，鞭辟入里，发人深省。清代冯镇峦有评云："《老子》云：'柔胜刚，弱胜强。'勾践之于夫差，汉高之于项羽，大概如此。即春秋、战国亦往往有用之者。"借题发挥，甚得要领。两名牧童利用兽类的舐犊之情累毙大狼，尽管残忍，却是寻求薄弱环节制敌于死命战术的运用。

在中国古代传说中，猿猴似更通乎人性。南朝宋刘义庆《世说新语·黜免》："桓公入蜀，至三峡中，部伍中有得猿子者。其母缘岸哀号，行百余里不去，遂跳上船，至便即绝。破其腹中，肠皆寸寸断。公闻之怒，命黜其人。"无独有偶，南宋周密《齐东野语》卷一二《捕猿戒》："武平素产金丝猿，大者难驯，小者则其母抱持不少置。法当先以药矢毙其母,母既中矢,度不能自免,则以乳汁遍洒林叶间,以饮其子,然后堕地就死。乃取其母皮痛鞭之,其子亟悲鸣而下,束手就获。盖每夕必寝其皮而后安,否则不可育也。噫!此所谓兽状而人心者乎!取之者不仁甚矣。"母爱,人与兽有相通之处,利用母爱,不择手段达到某种目的,终究胜之不武。

"今有豪强子"一段为作者对小说的解读与诠释,张同胜《〈聊斋志异·牧竖〉的哲学诠释学解读》(载《蒲松龄研究》2008年第4期)认为,运用哲学诠释学的理论方法分析《牧竖》,"作者的写作意图与读者对于故事寓意的解读之间存在着差异","不同的读者由于人生阅历不同,感悟不同,诠释也是不同"。那么作为读者,你对文本解读的取向如何呢?

富翁

富翁某,商贾多贷其资①。一日出,有少年从马后,问之,亦假本②者。翁诺之。既至家,适几上有钱数十,少年无事,以手叠钱,高下堆垒③之。翁谢去④,竟不与资。或问故,曰:"此必善博⑤,非端人⑥也。所熟之技,不觉形于手足矣。"访之,果然。

【注释】

①贷其资:即"贷资",谓借贷资金。

②假本:借资用作本钱以谋生利。

③高下堆垒:叠成不同的钱列。

④谢去:辞别,告辞,推辞。

⑤博:这里谓以金钱赌输赢的一种赌博,即"摊钱",亦称"摊铺",唐李匡乂《资暇集》卷中:"钱戏有每以四文为一列者,即史传云云所意钱是也,俗谓之摊钱,亦曰摊铺。"

⑥端人:正直的人。《孟子·离娄下》:"夫尹公之他,

端人也，其取友必端矣。"汉代赵岐注："端人，用心不邪僻。"

【赏读】

人之平素言谈举止乃至精神面貌，会无形中透露其身份，俗称"挂相"。少年赌徒因"以手叠钱"，无意中暴露了自己的身份并被富翁所识破，解除了一笔可能的借贷关系。

在任何社会，借钱给赌徒都要冒极大的风险，很可能血本无归，本身就无异于一场毫无翻本希望的赌博。明沈德符《万历野获编》补遗卷三《赌博厉禁》："今天下赌博盛行，其始失货财，甚则鬻田宅，又甚则为穿窬，浸成大伙劫贼。盖因本朝法轻，愚民易犯。宋时淳化二年闰二月，太宗下令开封府，凡坊市有赌博者，俱行处斩，邻比匿不闻者问罪。此法至善，盖人情畏死，自然衰止。又有嗜赌者，将妻妾卖奸以偿负进，亦有并妻注而输去者。"可见赌博对于社会稳定的严重危害性。

富翁不借钱给赌徒，不仅是忧虑钱财丧失，恐怕也有规避受牵连打官司的因素在内。识人最难，练就一双慧眼在任何社会都是必要的。

曹操①冢

许城②外有河水汹涌，近崖深黯。盛夏时，有人入浴，忽然若被刀斧，尸断浮出，后一人亦如之。转相惊怪。邑宰③闻之，遣多人闸断上流，竭其水。见崖下有深洞，中置转轮，轮上排利刃如霜。去轮攻入有小碑，字皆汉篆。细视之，则曹孟德墓也。破棺散骨，所殉金宝尽取之。

异史氏曰："后贤④诗云：'尽掘七十二疑冢⑤，必有一冢葬君尸。'宁知竟在七十二冢之外乎？奸哉瞒也！然千余年而朽骨不保，变诈⑥亦复何益？呜呼，瞒之智，正瞒之愚耳！"

【注释】

①曹操：字孟德（155~220），小名阿瞒，汉沛国谯（今安徽省亳州市）人。年二十举孝廉，历官顿丘令。后以镇压黄巾军起家，建安元年（196）迎汉献帝都许，挟天子以令诸侯，先后击败袁术、袁绍、刘表，统一黄河流域，位

至丞相、大将军，封魏王。卒后，其子曹丕代汉，追尊曹操为太祖武帝。《三国志》言其身后入葬云："令曰：'古之葬者，必居瘠薄之地。其规西门豹祠西原上为寿陵，因高为基，不封不树。'"又云："庚子，王崩于洛阳，年六十六。遗令曰：'天下尚未安定，未得遵古也。葬毕，皆除服。其将兵屯戍者，皆不得离屯部。有司各率乃职。敛以时服，无藏金玉珍宝。'谥曰武王。二月丁卯，葬高陵。"

②许城：明清许州，治所在今河南省许昌市。

③邑宰：这里谓许州知州。

④后贤：即俞应符（生卒年不详），字德瑞，钱塘（今浙江省杭州市）人。宋孝宗淳熙十一年（1184）进士。历官秘书丞兼国史院编修官、实录院检讨官、刑部侍郎兼侍讲、右谏议大夫、签书枢密院事、参知政事。

⑤七十二疑冢：相传曹操怕死后被人掘墓，故设疑冢七十二处以迷惑世人。明代陶宗仪《南村辍耕录》卷二六《疑冢》："曹操疑冢七十二，在漳河上。宋俞应符有诗题之曰：'生前欺天绝汉统，死后欺人设疑冢。人生用智死即休，何有余机到丘垄。''人言疑冢我不疑，我有一法君未知。直须尽发疑冢七十二，必有一冢藏君尸。'此亦诗之斧钺也。"疑冢，为迷惑人而虚设的坟墓。《旧唐书》卷一八八《孝友传·张琇》："市人敛钱，于死所造义井，并葬瑝、琇于北邙，又恐万顷家人发之，并作疑冢数所。"

⑥变诈：巧变诡诈。《荀子·议兵》："临武君曰：'不

然。兵之所贵者势利也,所行者变诈也。'"

【赏读】

以今人的眼光看曹操,他无疑是一位政治家、军事家,属于有作为的历史人物。然而在古人心目中,特别是在宋代以后,曹操与"乱世之奸雄"常常联系在一起。小说《三国演义》问世以后,其拥刘反曹的政治倾向,更令曹操成为一位万人唾骂的乱臣贼子,戏剧舞台上的他则被涂上了白脸。

东汉末年,天下大乱,群雄并起,曹操为解决军饷问题,军中甚至设置"发丘中郎将""摸金校尉"的官衔,专司盗掘古墓。《三国志》卷六《袁绍传》"太祖至,击破备,备奔绍",南朝宋裴松之注引《魏氏春秋》载袁绍《檄州郡文》云:"又梁孝王,先帝母弟,坟陵尊显,松柏桑梓,犹宜恭肃。而操率将校吏士亲临发掘,破棺裸尸,略取金宝,至令圣朝流涕,士民伤怀。又署发丘中郎将、摸金校尉,所过隳突,无骸不露。身处三公之官,而行桀虏之态,殄国虐民,毒流人鬼。"曹操似乎也怕死后被人盗墓,故其遗令有云:"敛以时服,葬于邺之西冈,上与西门豹祠相近,无藏金玉珍宝。吾婢妾与伎人皆勤苦,使著铜雀台,善待之。于台堂上安六尺床,施穗帐,朝晡上脯糒之属,月旦,十五日,自朝至午,辄向帐中作伎乐。汝等时时登铜雀台,望吾西陵墓田。余香可分与诸夫人,不命祭。诸舍中无所为,可学作组履卖也。"后人因曹操生性狡诈,于是对其死后墓地选择也猜测万端,"七十二疑冢"之说不胫而走。明代陶宗仪《南村辍耕录》外,明代李贤、彭时等《明一统志》卷二八《曹操疑冢》也有记述:"在讲武城外,凡七十二处,森然弥望,高者如小山,布列直至磁州而止。宋王安石诗:'青山如浪入漳州,铜雀台西八九丘。蝼蚁往还空陇亩,麒麟埋没几春秋。'京镗诗:'疑冢多留七十余,谋身自谓永无虞。不知三马同槽梦,曾为儿孙远虑无。'"诸如此类之吟咏,又有宋代罗公升《曹操疑冢》诗:"汉文因山事已定,曹操疑冢忧更深。假饶掩得腥臊骨,难掩欺孤一片心。"明代夏言《邺城》诗:"不见西陵旧筑台,城南疑冢故垒垒。奸雄老去豪华尽,落日寒原生野哀。"较为持平者乃宋代陈昌言《邺都》诗:"山势崔嵬望太行,星轺迢递过临漳。华林园废花争发,铜雀台空草自芳。何必三分夸霸业,独怜千古擅文章。生逢乱世终非幸,疑冢累累挂夕阳。"有关曹操的疑冢究竟在何处,蒲松龄的同时人王士禛《居易录》卷二九也有记述:"曹县王中丞叔武(崇文)《杂说》云:'正德十一年河北旱,饥民发曹操疑冢凡十三处,皆有尸及银花烛台之属。内一冢磨甓为室,尸卧土床,无棺椁,青巾黄衣，黄须黑发，宛如生者，盖用水银以殓，故不腐也。'然其为操疑冢与否，亦不可考。"其《香祖笔记》卷七亦有记云："曹孟德作疑冢七十二，又遗令婕妤伎人'时时登铜雀台，望吾西陵墓田'。予常笑之，谓操体魄果藏西陵，即不必作疑冢；既作疑冢，体魄且不知散落何许，虽望陵作伎，宁复闻之，可谓诈而愚矣。故友刘考功公㦣、董侍御玉虬皆为捧腹而嗤之。"所有这些记述大多反映了后世人对曹操的负面评价。蒲松龄的这篇《曹操冢》，反映了旧时读书人的忠奸观与正统论，自有其认识价值。

值得一提的是，2009年末，一则考古消息轰动华夏大地，在今河南省安阳县安丰乡西高穴村2号墓（此地与古邺城遗址隔漳河相望，在其以西偏南近三十里处）中出土许多石牌，有以汉八分体书写"魏武王常所用挌虎大戟"等内容，另有一"魏武王常所用慰项石"，收缴于盗墓者；墓中男性骨架一，骨龄六十多岁，与曹操终年六十六岁近似，另有两女性骨架。当地考古人士认为此墓即为曹操墓，从而"千古谜团终破解"，但质疑者也大有人在。看来曹操高陵何在这一问题，离最终解决尚有一段距离。

拆楼人

何冏卿①,平阴人。初令秦中②。一卖油者有薄罪,其言戆③,何怒,杖毙之。后仕至铨司④,家资富饶。建一楼,上梁日,亲宾称觞⑤为贺。忽见卖油者入,阴自骇疑。俄报妾生子,愀然⑥曰:"楼工未成,拆楼人已至矣!"人谓其戏,而不知其实有所见也。后子既长,最顽,荡其家。佣为人役,每得钱数文,辄买香油食之。

异史氏曰:"常见富贵家楼第连亘⑦,死之后,再过已墟。此必有拆楼人降生其家可知也。身居人上,乌⑧可不早自惕⑨哉!"

【注释】

①何冏卿:即何海晏(1525~?),字治象,号敬庵,平阴(今属山东)人。嘉靖二十三年(1544)进士,授四川顺庆府推官,历官礼部主事、吏部文选司郎中,迁太仆寺少卿、河南左参政。著有《敬庵斋集》《候虫鸣诗集》等。冏

卿，旧时称太仆寺卿为"冏卿"，语本《尚书·冏命序》："穆王命伯冏为周太仆正。"

②秦中：或称"关中"，今陕西中部平原地区，以春秋、战国时地属秦国而得名。据《平阴县志》，何海晏无秦中为令的记录，他曾任职顺庆府，府治在今四川省南充市，此处似以作"蜀中"为宜。

③戆（zhuàng）：愚鲁而刚直。

④铨司：主管选授官职的官署。这里即谓吏部文选司郎中。

⑤称觞：举杯祝酒。

⑥愀（qiǎo）然：忧愁貌。

⑦连亘：绵延不断。

⑧乌：疑问副词。何，哪里。

⑨惕：畏惧，戒惧。《左传·襄公二十二年》："无日不惕，岂敢忘职。"晋杜预注："惕，惧也。"

【赏读】

本文可与本书第一篇《四十千》相参看。旧时富贵人家易生出类似于今天所谓"坑爹"的败家子，常被人呼为"讨债鬼"，将对世事沧桑、人生无常的感慨披上果报不爽的外套，似乎唯有如此方能平复心理的失衡。专制社会为官者作威作福，草菅人命，若良心未泯，事过之后未尝不心怀忐忑，惧怕报应。《拆楼人》即反映了旧时并非恶贯满盈的官僚对于"草民"擅作威福后的追悔心理，何某之疑心生暗鬼，未尝不是化解内心愧疚的一种托词。

其实生子不肖，败家"坑爹"，在等级分明的社会并不罕见，冷眼人旁观之下，也不免感慨系之。清代孔尚任《桃花扇》续四十出《余韵》中有剧中人苏昆生所唱《离亭宴带歇指煞》："俺曾见金陵玉殿莺啼晓，秦淮水榭花开早，谁知道容易冰消。眼看他起朱楼，眼看他宴宾客，眼看他楼塌了。这青苔碧瓦堆，俺曾睡风流觉，将五十年兴亡看饱。那乌衣巷不姓王，莫愁湖鬼夜哭，凤凰台栖枭鸟。残山梦最真，旧境丢难掉，不信这舆图换稿。诌一套哀江南，放悲声唱到老。"曲中将家国兴亡之思与富贵人家起楼、塌楼的盛衰过程联系在一起，更见其悲凉的深沉。《孟子·离娄下》："君子之泽，五世而斩。"当属于客观规律，世界上没有居恒不变的事物，也没有长盛不衰的家族。明代方孝孺写过一篇《深虑论》，内中有云："盖智可以谋人，而不可以谋天。良医之子，多死于病；良巫之子，多死于鬼。彼岂工于活人而拙于活己之子哉？乃工于谋人而拙于谋天也。"若将"天"置换为"规律"，方氏此论就不啻为暮鼓晨钟了。

然而无论如何，做人须与人为善则是千古不变的道理，诚如本篇"异史氏曰"所云："身居人上，乌可不早自惕哉！"这对于今天也不无警示意义。

蚰蜒[①]

　　学使朱翕三[②]家,门限[③]下有蚰蜒,长数尺。每遇风雨即出,盘旋地上,如白练[④]然。按蚰蜒形若蜈蚣,昼不能见,夜则出,闻腥辄集。或云:蜈蚣无目而多贪也。

【注释】

①蚰蜒(yóu yán):节足动物,似蜈蚣而略小,体色黄褐,有细长的脚十五对,生活在阴湿地方,捕食小虫。据底本"校记":"底本:青本。参校本:铸本、异史本。"底本所录正文仅二十一字:"学使朱三家,有蚰蜒长数尺。每遇风雨即出,如白练然。"按:底本所依青柯亭本似有删削,涉及人名不完整,取意亦难明,故本书正文依异史本校订。

②学使朱翕三:即朱雯(生卒年不详),字翕三,石门(今浙江省桐乡市)人。康熙三年(1664)进士,历官孝感知县、江宁同知,康熙三十年以山东按察司副使提督全省学

政，迁济东道。道光元年（1821）《石门县志》附传。学使，即"学政"，又称"提督学政"，亦称"督学使者"。清代派学政往各省，按期至所属各府、厅考试童生与生员，主持岁试、科试；均由进士出身的官吏中简派，三年一任。不问本人官阶大小，在任学政期间，可与督、抚平行。

③门限：门槛，门框下部挨着地面的横木或长石等。

④白练：白色熟绢。

【赏读】

《聊斋志异·何仙》也对这位朱学使颇有微词，皆指名道姓，大约反映了淄川县学诸生对经他之手缩减本县科试通过名额的共同反感。科试为诸生参加乡试前的预备试，合格者方能入闱，若减少淄川县的通过名额，显然不利于该县的诸多秀才，这或许是蒲松龄等生员反感这位朱学使的重要原因。

长数尺的蚰蜒，未见文献记述，但因其形丑陋，一般人多畏而远之。用这种动物影射所恨之上官，可谓别出心裁。明代陆容《菽园杂记》卷一五："北方有虫名蚰蜒，状类蜈蚣而细，好入人耳。闻之同寮张大器云：人有蚰蜒入耳不能出，初无所苦，久之觉脑痛。疑其入脑，甚苦之，而莫能为计也。一日将午饭，枕案而睡，适有鸡肉一盘在旁，梦中忽喷嚏，觉有物出鼻中，视之，乃蚰蜒在鸡肉上，自此脑痛不复作矣。又同寮苏文简在山海关时,蚰蜒入其仆耳。文简知鸡能引出,急炒鸡置其耳旁,少顷,觉有声锄然,乃此虫跃出也。"看来这种动物实在令人厌恶。

车夫

有车夫载重登坡,方极力①时,一狼来啮其臀。欲释手,则货敝②身压,忍痛推之。既上,则狼已龁片肉而去③。乘其不能为力之际,而窃尝一脔④,亦黠⑤而可笑也。

【注释】

①极力:尽一切办法。唐杜甫《剑门》诗:"并吞与割据,极力不相让。"

②敝:损坏。谓车退行倾覆而致货物摔坏。

③龁(hé):咬。

④一脔(luán):一块切成方形的肉。《庄子·至乐》:"奏九韶以为乐,具太牢以为膳。鸟乃眩视忧悲,不敢食一脔。"

⑤黠(xiá):狡猾。

【赏读】

《孙子·军争》:"故善用兵者,避其锐气,击其惰归,此治气者也。"《孙子·计》:"出其不意,攻其无备。"兵家克敌制胜无所不用其极,"三十六计"中"趁火打劫"即为其一。狼为畜类,智商与人类相比不能同日而语,然而在生存的竞争中也能有暗合兵家策略的捕食伎俩,堪称"运用之妙,存乎一心"。

将人世间偶见之凶险化为笑谈,作者是否有寓意?读者可自行解读。

土化兔

张靖逆侯勇①镇兰州②时，出猎获兔甚多，中有半身或两股尚为土质。故一时秦中争传土能化兔。此亦物理③之不可解者。

【注释】

①张靖逆侯勇：即张勇（1616~1684），字非熊，咸宁（今陕西西安）人。原为明朝副将，顺治三年（1646）降清，授游击，进击李自成余部屡立战功，迁甘肃总兵；又随洪承畴经略湖广，进军滇黔，授云南提督，抗击吴三桂策反，战功卓著。康熙十四年（1675）封靖逆侯，后又加少傅兼太子太师。康熙二十三年（1684）因病卒于甘州，谥襄壮。雍正十年（1732）入祀贤良祠，乾隆三十二年（1767）追赐一等侯爵世袭罔替。《清史列传》《清史稿》皆有传。

②兰州：清代府名，治所在今甘肃省兰州市。

③物理：谓事物的道理、规律。

【赏读】

在古代传说中，羊与土有天然的关系。《太平广记》卷二九一引《陇州图经·土羊神》："陇州汧源县有土羊神庙，昔秦始皇开御道，见二白羊斗，遣使逐之，至此化为土堆。使者惊而回。秦始皇乃幸其所，见二人拜于路隅，始皇问之，答曰：'臣非人，乃土羊之神也。以君至此，故来相谒。'言讫而灭。始皇逐令立庙，至今祭享不绝。"这一传说的源头或与《国语》卷五《鲁语下》有关"羵羊"的记述有关："季桓子穿井，获如土缶，其中有羊焉。使问之仲尼曰：'吾穿井而获狗，何也？'对曰：'以丘之所闻，羊也。丘闻之：木石之怪曰夔、魍魉，水之怪曰龙、罔象，土之怪曰羵羊。'"羵羊，又作"坟羊"，《史记》卷四七《孔子世家》："丘闻之，木石之怪夔、罔阆，水之怪龙、罔象，土之怪坟羊。"南朝宋裴骃集解引唐固曰："坟羊，雌雄未成者也。"然而兔与土的这种变化关系尚未发现于典籍，不过称呼幼兔为"兔崽子"，多用作詈词，却是古已有之。

这篇小品《土化兔》中的张勇所猎获之兔"中有半身或两股尚为土质"，即"两截兔"，或许是当时民族情感较为强烈的儒生对明清易代之际"两截人"的一种冷嘲热讽。所谓"两截人"，就是古人对于前后不一之人的谑称，旧题明李贽《史纲评要·宋纪·哲宗》有云："（宋）哲宗竟如两截人：绍圣以前，贤君也；绍圣以后何如主，不忍言矣。"明代文武官员前后降清者不在少数，但如张勇如此为新朝舍身卖命者也并不多见。据《清史列传》载，张勇在从洪承畴南下湖广的过程中，为取得清廷的信任，矢忠不二，"以家口众，乞赐宅京城"，显然是他主动将家属作为人质的举措。《清史稿》论曰："世称河西四将，以勇为冠，忠勇笃诚，识拔裨佐，同时至专阃，奉指挥维谨。高宗许为古名将，允哉！"清初读书人不满于张勇卖身投靠新朝的行径而造作"土化兔"的"闲话"，传播四方，皮里阳秋，当属微言大义；蒲松龄以传闻为志怪记录于《聊斋志异》，其用心如何，今天已难以悬揣。不过，青柯亭刊本《聊斋志异》并无此篇，或许是有所忌讳而然罢。

鸟使

苑城①史乌程②家居,忽有鸟集屋上,香色③类鸦。史见之,告家人曰:"夫人④遣鸟使告我矣。急备后事,某日当死。"至日果卒。殡⑤日,鸦复至,随榇⑥缓飞,由苑之新⑦。至殡宫⑧,始不复见。长山吴木欣⑨目睹之。

【注释】

①苑城:集市名,或称"苑城店",在明清长山县北。康熙五十五年(1716)《长山县志》:"苑城,在县北二十里。五、十日集。"长山,明清县名,属济南府,治今山东邹平一带。

②史乌程:生平不详。

③香色:义同"声色"。香,声色美。《正字通·香部》:"香,凡物有声色谓之香。"北周庾信《郊行值雪》:"阵云全不动,寒山无物香。"

④夫人:这里似当指当地传说中三国魏文学家吴质之女、

刘府君（刘瑶）妻刘夫人，旧长山县长白山西有夫人墓。康熙五十五年（1716）《长山县志》卷七《轶事》："长白山西有夫人墓。魏孝昭时，清河崔罗什弱冠被征，夜经于此。忽见朱门粉壁有青衣出，语曰：'女郎，平陵刘府君妻、侍中吴质女，府君先行，故欲相见。'遂引入就床座，女郎在户东立，与什叙温凉。什遂问曰：'魏帝以尊公为元城令，然否？'女曰：'家君元城之日，妾生之年。'什乃与论汉魏事，系与魏史合。"按，《县志》此记系节录于唐段成式《酉阳杂俎》卷一三《冥迹》（《太平广记》卷三二六载录），内有云："什曰：'贵夫刘氏，愿告其名。'女曰：'狂夫刘孔才之第二子，名瑶，字仲璋。比有罪被摄，仍去不返。'"文中"魏孝昭"，似当作"齐孝昭"，乃北齐孝昭帝高演（535～561），在位不到两年。

⑤殡（bìn）：这里谓下葬。

⑥櫘（huì）：棺材。

⑦新：谓新城，明清县名，治所在今山东省淄博市桓台县。新城与苑城接壤，在苑城以东。

⑧殡宫：指坟墓。

⑨吴木欣：即吴长荣（1656～1705），字木欣，一字仁居，号青立，又号茧斋，长山人，贡监生。著有《班马阙疑论》《宝诚堂随笔录》《茧斋诗集》等。吴长荣为蒲松龄忘年小友朱缃的从姊丈，蒲松龄有《题吴木欣〈〈班马论〉〉》《题吴木欣〈戒谑论〉》二文（本书已选），可见交谊。康

熙五十五年(1716)《长山县志》有传,谓其:"性聪慧,志卓迈,制行矜名节,为文尚识力。年未五十,郁愤以死,士论惜之。"

【赏读】

唐李商隐《无题》诗:"蓬山此去无多路,青鸟殷勤为探看。"青鸟是神话传说中为西王母取食传信的神鸟。《艺文类聚》卷九一引班固《汉武故事》:"七月七日,上(汉武帝)于承华殿斋,正中,忽有一青鸟从西方来,集殿前。上问东方朔,朔曰:'此西王母欲来也。'有顷,王母至,有二青鸟如鸟,侠侍王母旁。"后世遂以"青鸟"为信使的代称。

本篇《鸟使》中的鸦也是作为"刘夫人"的信使出现的,史乌程是否受到西王母之青鸟传说的影响而将鸦作为传达自己死期的灵物?可能的情况是,史乌程对于存在于本乡本土的夫人墓甚感兴趣,自己意欲如同南北朝时的文士崔罗什一样,也有冢中获得刘夫人一番礼遇的荣耀,于是朝思暮想,凝盼成疾。预知大限,显然已是病入膏肓下的谵语,又孰料一语成谶,回天乏术,终于呜呼哀哉。这从旁观者的视角加以考察,自然奇妙无比,不可思议。

小说中的"夫人"一词尤当留意,注家无注,译者束手，无异于以其昏昏，使人昭昭。所谓"夫人"也者，在古代属于命妇的封号，平头百姓绝不会随便以之称谓自己的已故妻子或其他亲属，因而出自史乌程之口的"夫人"，又不加任何定语，必也特指当地人所熟悉之神灵，长山县境长白山西之夫人墓的存在，为我们提供了诠释的余地。白日见鬼，此其是也。

至于出殡日有鸦相送，这在未经开发的旷野——特别是坟地中并不罕见。鲁迅的小说《药》在结尾描写坟地的场景："他们走不上二三十步远，忽听得背后'哑——'的一声大叫；两个人都竦然的回过头，只见那乌鸦张开两翅，一挫身，直向着远处的天空，箭也似的飞去了。"

卷二 序引贺言

嗟乎!
惊霜寒雀,抱树无温;
吊月秋虫,偎阑自热。
知我者,其在青林黑塞间乎!

聊斋自志

披萝带荔,三闾氏感而为骚①;牛鬼蛇神,长爪郎吟而成癖②。自鸣天籁③,不择好音④,有由然矣⑤。松⑥落落⑦秋萤之火⑧,魑魅争光⑨;逐逐野马之尘,罔两见笑⑩。才非干宝⑪,雅爱⑫搜神⑬;情类黄州⑭,喜人谈鬼⑮。闻则命笔⑯,遂以成编⑰。久之,四方同人⑱,又以邮筒⑲相寄,因而物以好聚⑳,所积益夥㉑。甚者,人非化外㉒,事或奇于断发之乡㉓;睫在眼前㉔,怪有过于飞头之国㉕。遄飞逸兴㉖,狂固难辞;永托旷怀㉗,痴㉘且不讳㉙。展如之人㉚,得毋向我胡卢㉛耶?然五父衢头,或涉滥听㉜;而三生石上,颇悟前因㉝。放纵之言,有未可概以人废者㉞。

松悬弧㉟时,先大人㊱梦一病瘠瞿昙㊲,偏袒㊳入室,药膏如钱㊴,圆黏乳际。寤㊵而松生,果符墨志㊶。且也,少羸㊷多病,长命不犹㊸。门庭之凄寂,则冷淡如僧;笔墨之耕耘㊹,则萧条似钵㊺。每搔头自念,勿亦面壁人㊻果是吾前身耶?盖有漏根因,未结人天之果[47]；而随风荡堕，竟成藩溷之花[48]。茫茫六道[49]，何可谓无其理哉！独是子夜[50]荧荧[51]，灯昏欲蕊[52]；萧斋[53]瑟瑟，案冷疑冰[54]。集腋为裘[55]，妄续[56]幽冥之录[57]；浮白[58]载笔[59]，仅成孤愤[60]之书。寄托如此，亦足悲矣[61]。嗟乎！惊霜寒雀，抱树无温[62]；吊月秋虫，偎阑自热[63]。知我者，其在青林黑塞[64]间乎！

康熙己未[65]春日
任笃行辑校《全校会注集评聊斋志异》卷首

【注释】

①"披萝"二句：点明《聊斋志异》对于写"鬼"的热衷。意谓战国楚屈原在祭祀神鬼的仪式中因感叹女性山神对情爱的追求而写下了楚骚体诗篇《山鬼》。披萝带荔，谓楚地民间祭祀中女巫所扮山鬼的装束。语本《楚辞·九歌·山鬼》："若有人兮山之阿，被薜荔兮带女萝。"女萝，或称松萝，一种附生于松树呈丝状下垂的植物；薜荔（bì lì），或称木莲，常绿藤本植物，蔓生。三闾氏，谓屈原（约前339~前278），名平，字原，又自云名正则，字灵均，战国楚人，仕楚怀王之左徒，主张变法，因而受到朝中奸佞排挤，被疏远。继而任三闾大夫，掌管楚国昭、屈、景三姓贵族。楚顷襄王立，屈原又遭放逐，流浪于沅、湘一带，深感楚国濒于危亡，投汨罗江而死。《史记》有传。骚，诗体的一种，即楚辞体。这里谓《九歌·山鬼》。

②"牛鬼"二句:点明《聊斋志异》对于描写狐妖花魅的追求。意谓唐代诗人李贺诗风怪诞虚幻,对于牛首之鬼与蛇身之神等形象的吟咏成癖。牛鬼蛇神,语本唐杜牧《〈李贺集〉序》:"鲸呿鳌掷,牛鬼蛇神,不足为其虚荒诞幻也。"长爪郎,李贺的别称,语本唐李商隐《李长吉小传》:"长吉细瘦,通眉,长指爪。"李贺(790~816),字长吉,唐福昌(今河南省洛阳市宜阳县)人,郡望陇西,以家居福昌之昌谷,后人或称李昌谷。其诗务求新奇,有"鬼才"之称。《旧唐书》《新唐书》皆有传。癖,嗜好,这里谓吟诗成癖。李商隐《李长吉小传》写道:"每旦日出,与诸公游……恒从小奚奴,骑疲驴,背一古破锦囊,遇有所得,即书投囊中。"

③自鸣天籁:意谓《聊斋志异》与屈原、李贺之作相同,皆以自我抒发真性情为宗旨。天籁,原指自然界的风声、鸟声、流水声等响动,这里喻指诗文浑然天成有自然之趣。《庄子·齐物论》:"女闻人籁而未闻地籁,女闻地籁而未闻天籁夫……夫吹万不同,而使其自己也,咸其自取,怒者其谁邪!"

④好音:悦耳之音。语出《诗经·鲁颂·泮水》:"食我桑黮,怀我好音。"

⑤有由然矣:谓上述情事是有来由的。语本《汉书》卷八一《匡衡传》:"此非其天性,有由然也。"由然,原委或来由。

⑥松:蒲松龄自称。

⑦落落:与人疏远寡合,形容孤高。晋左思《咏史》其八:"落落穷巷士,抱影守空庐。"

⑧秋萤之火:秋夜萤火虫的微弱光亮,比喻自己才识与能力有限,属于自谦之辞。唐杜甫《见萤火》诗:"巫山秋夜萤火飞,疏帘巧入坐人衣。"萤火虫,晋崔豹《古今注》卷中《鱼虫第五》:"萤火,一名耀夜,一名景天,一名熠耀,一名丹良,一名燐,一名丹鸟,一名夜光,一名宵烛,腐草为之,食蚊蚋。"

⑨魑魅(chī mèi)争光:语本晋裴启《语林》:"嵇中散夜灯火下弹琴,忽有一人,面甚小,斯须转大,遂长丈余,黑单衣皂带。嵇视之即熟,吹火灭,曰:'吾耻与魑魅争光!'"这里反用其意,谓《聊斋志异》凭借书写鬼怪抒发幽情。魑魅,古代谓害人的山泽之神怪,这里即泛指鬼怪。

⑩"逐逐(dí dí)"二句:意谓自己与时俯仰、追名逐利,不免为鬼物所笑,带有自嘲意味。逐逐,急于得利貌。《易·颐》:"虎视眈眈,其欲逐逐。"野马,这里即指尘埃。《庄子·逍遥游》:"野马也,尘埃也。生物之以息相吹也。"罔两见笑,语本《南史》卷一七《刘粹传》附《刘损传》:"损同郡宗人有刘伯龙者,少而贫薄。及长,历位尚书左丞、少府、武陵太守,贫窭尤甚。常在家慨然,召左右将营什一之方,忽见一鬼在傍抚掌大笑。伯龙叹曰:'贫穷固有命,

乃复为鬼所笑也。'遂止。"罔两，通"魍魉"，古代传说中的山川精怪。

⑪干宝：字令升（？~336），东晋新蔡（今属河南）人，史学家、文学家。博学，以才器召为著作郎，历官山阴令、始安太守、司徒右长史，迁散骑常侍。著有《晋纪》二十卷（已佚）、《搜神记》（今存二十卷，为明人重辑）。《晋书》卷八二有传，谓其："撰集古今神祇灵异人物变化，名为《搜神记》，凡二十卷。以示刘惔，惔曰：'卿可谓鬼之董狐。'"其《搜神记序》自谓："及其著述，亦足以明神道之不诬也。"

⑫雅爱：素来爱好。

⑬搜神：谓搜辑有关神鬼一类的故事。

⑭黄州：苏轼（1036~1101），字子瞻，号东坡居士，眉州眉山（今属四川）人。嘉祐二年（1057）进士，直史馆，因反对王安石新法，通判杭州，徙湖州，又因乌台诗案，贬黄州团练副使。宋哲宗时召还，为翰林学士、端明殿侍读学士，曾知登州、杭州、颍州，官至礼部尚书。绍圣中又贬惠州、琼州，赦还途中卒于常州，谥文忠。善诗词，工书画，著有《东坡七集》一百一十卷。这里即以苏轼曾贬官黄州（今湖北省黄冈市）借代其人。

⑮谈鬼：用苏轼贬官黄州与岭南的传说故事。宋代叶梦得《避暑录话》卷上："子瞻在黄州及岭表，每旦起，不招客相与语，则必出而访客，所与游者亦不尽择，各随其人高

下,谈谐放荡,不复为畛畦,有不能谈者则强之说鬼,或辞无有,则曰:'姑妄言之。'于是闻者无不绝倒,皆尽欢而后去。"

⑯命笔:谓执笔写《聊斋志异》。

⑰编:书的计数单位。这里即谓汇编成书。

⑱同人:志同道合的朋友。语本《易》卦名,《易·同人》:"同人于野,亨。"唐孔颖达疏:"同人,谓和同于人。"即离下乾上,意为与人和谐。

⑲邮筒:古代封寄书信的竹筒。宋欧阳修《送梅龙图公仪知杭州》诗:"邮筒不绝如飞翼,客至还无菜甲羹。"

⑳物以好(hào)聚:谓事物因人之爱好而聚集。这里谓有关谈狐说鬼故事的汇聚。

㉑夥(huǒ):众多。

㉒化外:古代谓政令教化所达不到的地方。

㉓断发之乡:先秦时古楚地与吴越一带(今湖北、湖南、江苏南部、浙江与福建一带)人民地处偏僻,未受中原习俗影响,截短头发,被认为是蛮荒之地。《庄子·逍遥游》:"宋人资章甫而适诸越,越人断发文身,无所用之。"《史记》卷四《周本纪》:"长子太伯、虞仲知古公欲立季历以传昌,乃二人亡如荆蛮,文身断发,以让季历。"南朝宋裴骃集解引应劭曰:"常在水中,故断其发,文其身,以象龙子,故不见伤害。"

㉔睫在眼前:谓距离极近之处。语本唐杜牧《登池州九

峰楼寄张祜》诗："睫在眼前长不见,道非身外更何求。"

㉕飞头之国:谓传说中离奇怪诞的国度。东晋王嘉《拾遗记》卷九:"因墀国献五足兽,状如师子……问其使者:'五足兽是何变化?'对曰:'东方有解形之民,使头飞于南海,左手飞于东山,右手飞于西泽,自脐以下,两足孤立。至暮,头还肩上,两手遇疾风飘于海外,落玄洲之上,化为五足兽,则一指为一足也。其人既失两手,使旁人割里肉以为两臂,宛然如旧也。'因墀国在西域之北。"唐代段成式《酉阳杂俎》卷四《境异》:"岭南溪洞中,往往有飞头者,故有飞头獠子之号。头将飞一日前,颈有痕,匝项如红缕,妻子遂看守之。其人及夜状如病,头忽生翼,脱身而去,乃于岸泥寻蟹蚓之类食之。将晓飞还,如梦觉,其腹实矣。"明代费信《星槎胜览》卷一《占城国》:"尸头蛮者,本是妇人也,但无瞳人为异。其妇与家人同寝,夜深飞头而去,食人粪尖,飞回复合其体,仍活如旧。若知而封固其项,或移体别处,则死矣。"

㉖遄(chuán)飞逸兴:谓超逸豪放的意兴勃发。语本唐王勃《滕王阁序》:"遥吟俯畅,逸兴遄飞。"遄,疾速。

㉗旷怀:豁达的襟怀。

㉘痴:谓对于情事的迷恋。明冯梦龙《情史》卷七论情痴云:"人生烦恼思虑种种,因有情而起。浮沤石火,能有几何,而以情自思乎?自达者观之,凡情皆痴也。"

㉙不讳:不隐讳。

㉚展如之人:品行诚真的人。《诗经·鄘风·君子偕老》:"展如之人兮,邦之媛也。"宋朱熹集注:"展,诚也。"

㉛胡卢:亦作"卢胡",喉间的笑声。《孔丛子》卷上《抗志》:"卫君乃胡卢大笑曰:'寡人不好农。'"《后汉书》卷七八《应劭传》:"夫睹之者掩口卢胡而笑,斯文之族,无乃类旃。"

㉜"然五父"二句:意谓道听途说之传闻或失实,难以取信。五父衢,古代地名,在今山东曲阜东南。《左传·襄公十一年》:"季武子将作三军……乃盟诸僖闳,诅诸五父之衢。"晋杜预注:"五父衢,道名,在鲁国东南。"衢(qú),四通八达的道路。滥听,虚妄不实之传闻,《左传·昭公八年》:"石不能言,或冯焉;不然,民听滥也。"唐孔颖达疏:"民听滥,失实,无言而妄称有言也。"

㉝"而三生"二句:意谓人生遇合皆由因缘前定。三生石,据唐代袁郊《甘泽谣·圆观》记述,唐代李源与僧圆观为友,两人同游三峡,见妇人引汲,圆观说:"其中孕妇姓王者,是某托身之所。"更约十二年后中秋月夜,相会于杭州天竺寺外。这一天夜晚,圆观果然去世,而王姓孕妇产子。及期,源赴约,闻牧童歌《竹枝词》:"三生石上旧精魂,赏月吟风不要论。惭愧情人远相访,此身虽异性长存。"李源因知牧童即圆观之后身。后人即将杭州天竺寺后山一处附会为李源和圆观相会之三生石。参见明田汝成《西湖游览志》卷一一《北山胜迹》、清古吴墨浪子《西湖佳话·三生

石迹》。三生，佛教谓前生、今生、来生为"三生"。前因，佛教谓事皆种因于前世，故称"前因"。

㉞"放纵"二句：意谓所云尽管放任而不受约束。亦不能因人废言。《论语·卫灵公》："子曰：'君子不以言举人，不以人废言。'"

㉟悬弧：自谓出生之时，语本《礼记·内则》："子生，男子设弧于门左，女子设帨于门右。"古人尚武，家中生男，则于门左挂弓一张，后因称生男为"悬弧"。

㊱先大人：作者自谓已亡故的父亲，即蒲槃，字敏吾，少困童子业，中岁为贾。

㊲病瘠瞿昙：带病瘦弱的僧人。瞿昙，佛祖释迦牟尼的姓，一译乔答摩，常作佛之代称，这里借指一般僧人。

㊳偏袒：佛教徒穿袈裟，袒露右肩，以表示恭敬，并便于执持法器。《释氏要览》卷中："偏袒，天竺之仪也，此礼自曹魏世寖至今也。律云偏袒露右肩，即肉袒也。律云一切供养，皆偏袒，示有便于执作也。"

㊴药膏如钱：如铜钱般大小的膏状外敷药。

㊵寤（wù）：睡醒。

㊶果符墨志：意谓自己出生后乳际有一块黑色胎记，与其父所梦者相符。暗示自己即为病瘦僧人转世。

㊷少羸（shào léi）：自幼瘦弱。

㊸长（zhǎng）命不犹：意谓长大后命运不如常人。不犹，不如、不同。语出《诗经·召南·小星》："抱衾与裯，

寔命不犹。"毛传:"犹,若也。"

㊹"笔墨"句:意谓自己半生为生计以幕友、塾师为业。作者五十八岁写有七律《家居》三首,其一有句云:"久以鹤梅当妻子,直将家舍作邮亭。"可称其笔墨耕耘之写照。

㊺钵:梵语钵多罗的省称,为僧人外出募化之餐具,这里比喻生活清苦。

㊻面壁人:谓僧人。面壁,佛教谓坐禅。据宋普济《五灯会元》卷一《东土祖师》记述,古印度高僧菩提达摩航海来到中国,先应梁武帝邀请至建康,话不投机,又渡江北上,"当魏孝明帝孝昌三年也,寓止于嵩山少林寺,面壁而坐,终日默然,人莫之测,谓之壁观婆罗门"。路大荒《蒲柳泉先生年谱》"康熙三十六年丁丑(1697),先生五十八岁"下记云:"斗室落成,颜之曰面壁居,赋七律四首纪之。"

㊼"盖有漏根因"二句:意谓自己前世今生皆未脱离人世之烦恼,因而难以超脱苦海,升天成佛。漏、根、因,皆为梵语之意译,以"漏"为烦恼之异名,含有烦恼之事物,谓之"有漏";"根"通常指器官、机能、能力之意;"因"谓能引生结果之原因。人天,佛教谓人界及天界,系六道、十界中之二界,皆为迷妄之界;这里当指脱离轮回之苦的成佛境界。果,佛教谓由前因而生的后果。

㊽"而随风"二句:意谓自己转世如同落花不幸触藩篱

而飘坠于厕所中，身遭贫贱，命运不佳。语本《南史》卷五七《范云传》附《范缜传》："时竟陵王子良盛招宾客，缜亦预焉。尝侍子良，子良精信释教，而缜盛称无佛。子良问曰：'君不信因果，何得富贵贫贱？'缜答曰：'人生如树花同发，随风而堕，自有拂帘幌坠于茵席之上，自有关篱墙落于粪溷之中。坠茵席者，殿下是也；落粪溷者，下官是也。贵贱虽复殊途，因果竟在何处？'子良不能屈，然深怪之。退论其理，著《神灭论》。"藩，篱笆。溷（hùn），厕所。

㊾六道：佛教语，谓凡俗众生因善恶业因而流转轮回的六种世界，又称六趣，即天道、人道、阿修罗道、畜生道、饿鬼道和地狱道。佛教认为，一切众生从无始以来，即在"六道"中轮回，循环往复，如车轮旋转不息，造善业得乐报，如天、人二道；造恶业得苦报，如地狱、饿鬼、畜生等恶道。

㊿子夜：夜半子时，相当于现代计时的二十三时至次日一时之间。

(51)荧荧：谓灯火闪烁貌。汉代秦嘉《赠妇诗》："飘飘帷帐，荧荧华烛。"

(52)蕊：结成灯花，用作动词。灯花结成，妨碍光亮，故前曰"灯昏"。

(53)萧斋：这里谓书斋。唐代李肇《唐国史补》卷中："梁武帝造寺，令萧子云飞白大书'萧'字，至今一'萧'

字存焉。李约竭产自江南买归东洛,匾于小亭以玩之,号为'萧斋'。"后人即称寺庙、书斋为"萧斋"。

㊹疑冰:谓寒冷。南朝陈陆琼《长相思》:"室冷镜疑冰,庭幽花似雪。"

㊺集腋为裘:比喻搜集花魅狐妖故事积少成多。腋,指狐狸腋下的毛皮。语本《慎子·知忠》:"故廊庙之材,盖非一木之枝也;粹白之裘,盖非一狐之皮也。"

㊻妄续:谓轻率随便地续写,含有自谦意。

㊼幽冥之录:即《幽冥录》,通作《幽明录》,南朝宋刘义庆所撰志怪小说集。幽冥,玄远、微妙。宋李昉等编《太平广记》引书或作《幽冥录》,《隋书·经籍志》《旧唐书·经籍志》著录作《幽明录》,有二十卷与三十卷之别,宋时已佚,今有辑本一卷。

㊽浮白:原意为罚饮一满杯酒,后引申为满饮或畅快饮酒。汉刘向《说苑》卷一一《善说》:"魏文侯与大夫饮酒,使公乘不仁为觞政,曰:'饮不釂者,浮以大白。'"

㊾载笔:携带文具以记录王事。语本《礼记·曲礼上》:"史载笔,士载言。"这里即指执笔为文。

㊿孤愤:这里谓因孤高嫉俗而产生的愤慨之情。原为先秦韩非所著的书篇名。《史记》卷六三《老子韩非列传》:"(韩非)悲廉直不容于邪枉之臣,观往者得失之变,故作《孤愤》《五蠹》《内外储》《说林》《说难》十余万言。"唐司马贞索隐:"《孤愤》,愤孤直不容于时也。"《史记》卷

一三〇《太史公自序》:"韩非囚秦,《说难》《孤愤》;《诗》三百篇,大抵贤圣发愤之所为作也。此人皆意有所郁结,不得通其道也,故述往事,思来者。"

㉑亦足悲矣:语本宋苏轼《伊尹论》:"是以役役至于老死而不暇,亦足悲矣。"

㉒"惊霜"二句:作者自伤之语,意谓自己如秋后霜天中的麻雀,栖于枝头,无温暖可寻觅。惊霜,唐李商隐《燕台四首·秋》诗:"帘钩鹦鹉夜惊霜,唤起南云绕云梦。"寒雀,南朝梁沈约《郊居赋》:"秋蜩吟叶,寒雀噪枝。"无温,晋陆机《园葵诗二首》其一:"曾云无温夜,严霜有凝威。"

㉓"吊月"二句:作者自伤之语,意谓自己如月下孤寂悲鸣的秋虫,偎依于栏杆之下,以自身暖气求得些许慰藉。吊月,对月自怜,比喻孤独寂寞。唐代李贺《宫娃歌》:"啼蛄吊月钩栏下,屈膝铜铺锁阿甄。"明代杨慎《九日微冷》诗:"吊月吟蛩苦,迎霜候雁稀。"秋虫,谓蟋蟀一类秋夜的鸣虫。阑,栅栏、栏杆。

㉔青林黑塞:谓魂魄所依、超脱尘寰的冥冥世界。比喻知己朋友所在之处。语本唐杜甫《梦李白二首》其一:"魂来枫林青,魂返关塞黑。"

㉕康熙己未:即清康熙十八年(1679)。

【赏读】

这篇《聊斋自志》,异史本、铸雪斋抄本等题作《自序》,属于骈文,系作者精心结撰,故文采飞扬,时作者年四十岁。路大荒《蒲柳泉先生年谱》谓:"是年春,'志异'书大体已成。"这一年春,山东、河南与大江南北皆受灾严重,"山东行旅俱绝"(参见李文海主编《清史编年》第二卷第319页)。作者是年始设馆于西铺毕际有家,但染病在身,有七律《抱病》与五律《病中》等诗可证,又有五律《四十》,颔联云:"贫因荒益累,愁与病相寻。"可见其在壮岁无成、贫病交加与家乡频遭荒年的多重打击下的窘迫状况,沮丧之情可以想见,但《聊斋志异》已经初见规模,又令作者欣然自慰,故《自志》中自恋、自谦、自嘲、自伤、自负、自卑之情兼而有之。其"孤愤"之喻与"青林黑塞"之玄想,可作我们理解《聊斋志异》一书宗旨之管钥。

清乾嘉间诸城人刘塽有《聊斋志异用前韵》古风一首,内有云:"古人著书当建树,个里金针未易悟。几人读书能眼明,解道聊斋用情处。"(《挹秀山房诗集》卷二)《聊斋》用情之处几乎无处不在,无论人鬼殊途,生生死死,还是秋波频传,心心相印,皆有一"情"字深寓其中。一部《聊斋》即是一部"情史",儿女之情,夫妇之情,父兄之情,友朋之情,缱绻缠绵之情,感伤悲愤之情,调侃戏谑之情,欢欣怡乐之情,无不有之,无不惟妙惟肖。年长于蒲松龄二十九岁的李渔在其《闲情偶寄·声容部》中曾云:"想当然之妙境,较身醉温柔乡者倍觉有情……幻境之妙,十倍于真。"

《聊斋》用情,大都出自幻境,所谓"幻由人生",因而迭出妙境。其篇章虽有想入非非之处,但真心、善心始终贯彻,其所构筑的理想之情感世界,可为世间郁郁者写心,为怀才不遇者吐气,讲求公道人心,鄙夷邪恶势力,故能在文言小说中独树一帜、声名不朽,信非苟作!知《聊斋》者,正不必非得寻觅于"青林黑塞"间也!

《帝京景物选略》①小引

古游记,汗牛马②,浩瀚之,檃括③之,能事④则尽。先生之文⑤也否:字为读⑥,句为折⑦,无读不峭,无折不幽⑧,创矣。其所为创,不直⑨学,才也。尺幅⑩耳,花有须,须可数⑪;泡有影,影可捉⑫;鱼有乐,乐可知⑬。凌波微步⑭,步每不咫⑮,一咫一莲生⑯,步步迹,咫咫印,细珊珊⑰,香尘⑱满,几乎坐绣而行锦矣⑲。昔子昂画马,身栩栩然马⑳;疑先生写树,身则梗叶;写花,则便须蕊;写山若㉑水,则又丘壑影、细浪纹也。

甲子㉒,于绰然堂㉓得是书,跫然㉔喜。其册八,其目一百又廿九,言累数十万,录之须岁月,烦僮手指也。然其诗也赘㉕,弃之;其记也繁,稍稍去取㉖之。狐取其白㉗,尽美则已。为篇七十又七,为页八十又三,简而可携,便卧游㉘也。

【注释】

①《帝京景物选略》：康熙二十三年甲子（1684），正在淄川西铺乡宦望族毕际有家坐馆的蒲松龄见到明末人撰写的游记小品集《帝京景物略》，欣喜之余，节选抄录若干，成《帝京景物选略》一书。可惜这部节选本已佚，难以窥其编选原则。《帝京景物略》今存，明刘侗、于奕正著（周损负责采集古今有关诗歌，未列名）。八卷一百二十九篇（今传本卷二《观象台》、卷五《大佛寺》有目无文），广泛载录明代京师（今北京市）山川、园林、人物、风俗及其相关诗篇。崇祯八年（1635）初刻。

②汗牛马：又作"汗马牛"。马、牛因拉车运书而出汗。形容书极多。宋陆游《纵笔》诗："气本充天地，书非汗马牛。"

③檃（yǐn）括：就原有的文章、著作加以剪裁、改写。南朝梁刘勰《文心雕龙·熔裁》："蹊要所司，职在镕裁，檃括情理，矫揉文采也。"

④能事：所擅长之事。

⑤先生之文：指刘侗、于奕正《帝京景物略》。

⑥读（dòu）：语句中的停顿。古代诵读文章，分句和读，短的停顿叫读，稍长的停顿叫句。后亦把"读"写成"逗"。这里当形容行文简洁，要言不烦。

⑦句为折：即折腰句。指格律诗中的七律，通常是上四

下三格，间有上三下四或上五下二，皆为折腰句。这里形容其行文句式不蹈故常，新颖奇异。

⑧"无读不峭"二句：形容具有明末钟惺、谭元春竟陵派文风的《帝京景物略》文字幽深孤峭。

⑨不直：不只，不仅。

⑩尺幅：这里形容篇幅短小的小品文字，有尺幅千里之妙。

⑪"花有须"二句：比喻文字清晰。须，花须，即花蕊。唐代杜甫《陪李金吾花下饮》诗："见轻吹鸟毳，随意数花须。"

⑫"泡有影"二句：比喻文字精妙的写实风格。泡影，泡泡和影子，佛教用以比喻事物的虚幻不实，生灭无常。

⑬"鱼有乐"二句：比喻文字别有会心，有自得其乐之趣。语出《庄子·秋水》，记述庄子与惠子游于濠梁之上，见儵鱼出游从容，彼此辩论鱼知乐否。

⑭凌波微步：比喻文字节奏分明，如同女子步履轻盈。语出三国魏曹植《洛神赋》："体迅飞凫，飘忽若神。凌波微步，罗袜生尘。"

⑮咫（zhǐ）：周制八寸曰咫，合今市尺六寸二分二厘。以步伐微小比喻文字舒缓，从容不迫。

⑯一咫一莲生：即"步步生莲花"，比喻文字轻盈可爱。语出《资治通鉴》卷一四三《齐纪九·东昏侯下》："（齐东昏侯）凿金为莲华以帖地，令潘妃行其上，曰：'此步步生

莲华也。'"

⑰珊珊：缓慢移动貌，常用以形容女子步态。这里比喻文字优美。

⑱香尘：芳香之尘。多指女子之步履而起者。

⑲"几乎"句：谓读《帝京景物略》就如同在锦绣中坐卧行进。

⑳"昔子昂"二句：清代卞永誉《式古堂书画汇考》卷四六著录《赵文敏浴马图卷》，谓赵孟頫为画好滚尘马，"尝据床学滚尘状，管夫人自牖中窥之，正见一匹滚尘马"。子昂，即赵孟頫（1254~1322），他书画绝伦，无不精妙。卒谥文敏，著有《松雪斋集》。《元史》卷一七二有传。《元史》本传："其画山水、木石、花竹、人马，尤精致。"栩栩，欢喜自得貌。语出《庄子·齐物论》："昔者庄周梦为胡蝶，栩栩然胡蝶也。"

㉑若：连词。和，及。

㉒甲子：即康熙二十三年（1684）。

㉓绰然堂：淄川西铺毕际有家建筑名，为蒲松龄授徒、住宿与读书之所，今存。门上所悬"绰然堂"匾额为明代户部尚书、毕际有的父亲毕自严所题写，现收藏于蒲松龄纪念馆。

㉔趩（qióng）然：喜貌。

㉕其诗也赘：谓《帝京景物略》中由周损采集的有关诗歌，蒲松龄认为多余。

㉖去取：舍弃或保留。

㉗狐取其白：谓只取狐狸腋下的白毛皮，是取其精华的意思。狐白，为狐腋下皮毛，其色纯白，集以为裘，轻柔难得，世人所贵重之。

㉘卧游：谓通过看内容生动的游记以代实地游览。语出《宋书·隐逸》："（宗炳）有疾还江陵，叹曰：'老疾俱至，名山恐难偏睹，唯当澄怀观道，卧以游之。'凡所游履，皆图之于室。"

【赏读】

这篇小引写于蒲松龄四十五岁那一年。《帝京景物略》多不入清代官宦文人的法眼，如纪昀等《四库全书总目提要》卷七七《地理类存目》著录有云："侗本楚人，多染竟陵之习，其文皆幺弦侧调，惟以纤诡相矜。"贬损之意显然。处于草根阶层的文人蒲松龄由衷喜爱《帝京景物略》的内容与文笔，《聊斋志异》中《促织》篇有关蟋蟀名目、捕捉、养育等知识，即取材于《帝京景物略》卷三《胡家村》，其中有"坟兆万接"一词，蒲松龄以为言简意赅，就直接将四字移用于前一篇《公孙九娘》中。其他如《云翠仙》《八大王》《褚生》等篇章的写景状物，也都可以发现《帝京景物略》对其写作的影响。至于《跳神》一篇，清代但明伦评云："典奥如《尚书》古文，瑰异如《冬官考工》。"其实仔细品味，

《跳神》受明末文坛竟陵一派文字的影响似乎更为深刻。

这篇小引用语简练,用典如盐著水中,浑然无迹。全篇有意模仿《帝京景物略》的文风,大有竟陵派简古的色彩,可谓善于学习前人者。

《庄列选略》①小引

千古之奇文，至《庄》《列》止矣。世有恶其道而并废其言者，愚；有因其文之可爱而探之于冥冥②者，则大愚。盖其立教③，祖述④杨⑤、老⑥，仲尼之徒⑦所不敢信；而要⑧其文，洸洋⑨恣肆⑩，诚足沾溉⑪后学。时文家⑫窃其唾余，便觉改观，则借杨、老之糟粕，阐孔、孟之神理⑬，当亦游、夏⑭所心许⑮也。而诘屈聱牙⑯之句，诠注者言人人殊⑰，或至牵合⑱其理，而并强其句，益使捧卷者吃吃⑲而不可读，亦见其惑已。余素嗜其书，遂猎狐而取其白⑳，间或率凭管见，以为臆说，但求其顺理而便于诵。其虚无之奥义，固余所不甚解，即有所能使余解者，余亦不乐听也。书成，轩轩㉑自喜，曰："以庄、列之奇才，今并驱而就七十子㉒之列，宁非快事哉？"惟与弟子辈闭门叹赏，而又不敢出以示人，大方者㉓亦无从而非笑之也。庄子不知何时人，书中有见鲁哀㉔一段，又云陈氏弑君，享国十二世㉕，则自为矛盾。诸儒谓中有赝作，诚然哉！

然篇引《列子》甚多，则《列》当在《庄》前。愚意尤注《庄》，故以《列》附其后，凡见于《庄》者[26]，悉不载。

丁丑闰月念五日[27]

【注释】

①《庄列选略》：康熙三十六年（1697），蒲松龄节选抄录《庄子》《列子》的选本，今佚不存。《庄子》，又名《南华真经》，道家著作。《列子》，托名列御寇所著的论集。今本《列子》八篇，已非《汉书·艺文志》著录的原书，从思想内容和语言使用上看，可能是魏晋人的作品，今人杨伯峻《列子集释》是目前比较完备的注本。

②冥冥（míng míng）：幽深貌。

③立教：树立教化。

④祖述：效法，仿效。

⑤杨：即杨朱，战国初期思想家，杨朱学派的创始人。生平事迹不详，其学说散见于《孟子》《庄子》《韩非子》《吕氏春秋》《淮南子》诸书。其思想特点是"为我""贵己"和"轻物重生"，即将自己的生命看得比什么都重要，对周围的事物与利害漠不关心。

⑥老：即老子（生卒年不详），道家学派创始人。

⑦仲尼之徒：与孔子同类的儒家学人。孔子，字仲尼。清代黄生《义府》卷上："孟子、仲尼之徒，徒，犹属也，

非师徒之徒。"

⑧要:总之,总归。

⑨洸(huàng)洋:水势盛大貌。比喻言辞或文章恣肆放纵。《史记·老庄申韩列传》:"其言洸洋自恣以适己,故自王公大人不能器之。"

⑩恣肆:文章豪放,无拘束。

⑪沾溉:浸润浇灌。比喻使人受益。

⑫时文家:明清从事八股举业的读书人。时文,时下流行的文体,旧时对科举应试文体的通称。唐宋时指律赋,明清时特指八股文。

⑬孔、孟之神理:以孔孟儒家思想为精神内涵的学问。明清科举考试中体裁为八股的"四书文"以宋代朱熹所注者为依归,阐发孔孟之道。"四书文"为考生中式与否的关键考题。

⑭游、夏:孔子弟子中精通古代文献《诗经》《尚书》《周易》的两位学生。《论语·先进》:"文学:子游,子夏。"这里当为对后世从事文学者的代称。

⑮心许:默许。

⑯诘屈聱牙:也作"诘曲聱牙",形容文句艰涩,不通顺畅达。这里主要指《庄子》的文风。

⑰言人人殊:各人说的都不一样。形容对同一事物的看法各不相同。

⑱牵合:牵强凑合。

⑲吃吃：形容诵读结结巴巴。

⑳"遂猎狐"句：意谓取用最为精华的地方。白，狐白。参见《〈帝京景物选略〉小引》注㉗。

㉑轩轩：扬扬自得貌。

㉒七十子：即"七十二子"，指孔子门下才德出众的七十二个学生。七十，举其成数。《史记·孔子世家》："孔子以诗书礼乐教，弟子盖三千焉，身通六艺者七十有二人。"

㉓大方者：识见广博或有专长的人。

㉔见鲁哀：语出《庄子·田子方》："庄子见鲁哀公。"鲁哀公（？~前468），姬姓，名将，鲁定公之子，春秋时期鲁国第二十六任君主，前494~前468年在位。

㉕"又云"二句：语出《庄子·胠箧》："然而田成子一旦杀齐君而盗其国。所盗者岂独其国邪？并与其圣知之法而盗之。故田成子有乎盗贼之名，而身处尧舜之安；小国不敢非，大国不敢诛，十二世有齐国。则是不乃窃齐国，并与其圣智之法以守其盗贼之身乎？"此即田陈篡齐一事。春秋齐国本为姜子牙的封国，国君姜姓，是为"姜齐"。齐桓公称霸诸侯时，陈国的公族田氏投奔齐国，经过几代人的努力，田（陈）氏势力逐渐扩张，至公元前481年，田成子弑齐简公，另立齐平公。公元前386年，田和放逐齐康公于海上，自立为齐国国君，并得到周天子的承认，是为"田齐"。蒲松龄认为曾见鲁哀公的庄子活不到田陈篡齐之日，故下文曰"自为矛盾"。其实《庄子》中《田子方》《胠箧》皆属

外篇,并非庄周所撰。

㉖"凡见于"句:《庄子·齐物论》有"狙公赋芧"的故事,只有寥寥数句,《列子·黄帝》已将它扩大成一篇结构完整的寓言。

㉗丁丑闰月念五日:即康熙三十六年闰三月二十五日(1697年5月15日)。念,即廿,二十的俗称。

【赏读】

这篇小引写于蒲松龄五十八岁那一年。多方取材,转益多师,是蒲松龄撰写《聊斋志异》的有效手段,这无疑令其小说的文言书写达到了炉火纯青的境界。在《聊斋志异》的语词、掌故乃至艺术手法中,我们不难发现《尚书》《周易》《诗经》《左传》《史记》《汉书》《后汉书》《三国志》《晋书》《世说新语》《太平广记》及"三礼""四书"的踪影。《庄子》《列子》等子部别集以及《帝京景物略》等游记小品,也在蒲松龄的有意关注之列。如《列子·汤问》篇有书写扁鹊为鲁公扈、赵齐婴二人换心的故事,情节离奇曲折。或谓《聊斋志异·陆判》写陆判为朱尔旦换心,疑即以此为蓝本写成。

这篇小引坦言这部《庄列选略》的编选目的是帮助其诸弟子学习作文之法,并非自学的秘籍,因而其行文就不得不有所顾忌。为教诲生徒掌握好八股功令文的写作,就必须维护孔孟儒家的正统地位,不能泛滥杂著。

所谓"惟与弟子辈闭门叹赏",当属掩人耳目的文字,巧妙地道出了这种感情上的无奈。

仅就其个人而论,无论《庄子》还是《列子》,波谲云诡、汪洋恣肆的语言风格与愤世嫉俗、想象瑰丽的奇情妙趣,都对《聊斋志异》的创作产生了不容忽视的影响。

郢中社①序

谢家嘲风弄月②,遂足为学士③之章程乎哉?余不谓其然。顾当今以时艺④试士,则诗之为物,亦魔道⑤也,分以外⑥者也。然酒茗之燕好⑦,人人有之。而窃见夫酒朋赌社,两两相征逐⑧,笑谑哄堂,遂至如太真终日无鄙语⑨;不则喝雉呼卢⑩,以消永夜⑪,一掷千金,是为豪⑫耳。耗精神于号呼,掷光阴于醉梦,殊可惜也!余与李子希梅⑬,寓居东郭⑭,与王子鹿瞻⑮、张子历友⑯诸昆仲⑰,一堁埦⑱之隔,故不时得相晤,晤时瀹茗⑲倾谈,移晷⑳乃散。因思良朋聚首,不可以清谈了之,约以燕集之余晷㉑,作寄兴之生涯,聚固不以时限,诗亦不以格拘,成时共载一卷,遂以"郢中"名社。或疑名之大而近于夸矣,而非然也。嘉宾宴会,把盏吟思,胜地忽逢,拈髭㉒相对,此皆燕朋豪客所叹为"罪不至此"者也㉓。其有闻风而兴起者乎?无之矣。此社也只可有一,不可有二,调既不高,和亦云寡㉔,"下里巴人"㉕,亦可为"阳春白雪"㉖矣。

抑且由此学问可以相长,躁志可以潜消,于文业㉗亦非无补。故弁㉘一言,聊以志吾侪㉙之宴聚,非若世俗知交,以醉饱相酬答云尔。

【注释】

①郢中社:顺治十六年(1659),蒲松龄与李尧臣、张笃庆等人组织的学习诗歌创作的诗社。郢中,战国时楚国的都城。战国楚宋玉《对楚王问》:"客有歌于郢中者,其始曰《下里》《巴人》,国中属而和者数千人。其为《阳阿》《薤露》,国中属而和者数百人。其为《阳春》《白雪》,国中属而和者不过数十人。引商刻羽,杂以流徵,国中属而和者不过数人而已。是其曲弥高其和弥寡。"诗社取名"郢中",显然表明相互唱和力求创作《阳春》《白雪》那样曲高和寡的高雅诗歌作品。

②"谢家"句:意谓高门世族之家写诗抒情的风尚。谢家,晋太傅谢安家,南朝宋刘义庆《世说新语·言语》记述有谢安雪天与子侄集会论文赋诗,留下"谢家咏雪"的美谈。嘲风弄月,吟咏清风,玩赏月色,多指写诗抒情。

③学士:这里泛指普通读书人。

④时艺:即时文、八股文。明清读书人欲入仕,就必须攻读八股文,故又称功令文。

⑤魔道:邪道。清代吴敬梓《儒林外史》第十一回鲁编修有云:"八股文章若做的好,随你做甚么东西,要诗就诗,

要赋就赋,都是'一鞭一条痕,一掴一掌血'。若是八股文章欠讲究,任你做出甚么来,都是野狐禅、邪魔外道!"

⑥分(fèn)以外:即分外,谓本分以外。

⑦燕好:泛指宴饮聚会。

⑧征逐:指不务正业,唯在吃、喝、玩、乐上的往来。

⑨"遂至如太真"句:用东晋温峤故事讽刺酒友赌徒们整日喧嚣,说些粗俗不堪的鄙秽话语。事本南朝宋刘义庆《世说新语·任诞》:"温公喜慢语,卞令礼法自居。至庾公许,大相剖击,温发口鄙秽,庾公徐曰:'太真终日无鄙言。'""终日无鄙言"即"整天出言不俗",是庾亮(庾公)有意遮掩回护温峤的话,蒲松龄以此反讽,意欲典雅中增加行文的趣味。太真,即温峤。

⑩喝雉呼卢:即呼卢喝雉。古时博戏,用木制骰子五枚,每枚两面,一面涂黑,画牛犊;一面涂白,画雉。一掷五子皆黑者为卢,为最胜采;五子四黑一白者为雉,是次胜采。赌博时为求胜采,往往且掷且喝,故称赌博为"呼卢喝雉"。

⑪永夜:长夜。《列子·杨朱》:"肆情于倾宫,纵欲于长夜。"

⑫豪:凶悍倔强。

⑬李子希梅:即李尧臣(1642~1721),字希梅,号约庵。济南府淄川县(今山东省淄博市淄川区)人,诸生。蒲松龄挚友,为郢中诗社三友之一。著有《百四斋》文集十

卷、诗集一卷,《笔势》一卷,《明书谱》二卷。

⑭东郭:蒲松龄所居蒲家庄位于淄川县城以东七里许,李尧臣居于淄川县东关。

⑮王子鹿瞻:即王甡(?~1701?),字振生,号鹿瞻(《王氏家传世系族谱》作麓瞻),济南府淄川县(今山东省淄博市淄川区)人,张笃庆表兄。县学诸生。擅长篆书。

⑯张子历友:即张笃庆。见《义鼠》注⑦。

⑰昆仲:称人兄弟。长曰昆,次曰仲。这里指张笃庆的两位弟弟张锡庆(十三岁)与张履庆(十二岁),二人又是王甡的学生。

⑱埤堄(pì nì):城上呈凹凸形而有射孔的矮墙。这里即指淄川县东面的城墙。张笃庆在淄川县城内有祖居,当时王甡亦在张家坐馆。

⑲瀹(yuè)茗:煮茶。明清饮茶用冲泡法,这里是沿袭唐宋饮茶的说法。

⑳移晷(guǐ):日影移动。犹言经过了一段时间。

㉑余晷:剩余的时间,闲暇。

㉒拈髭(zī):同"捻髭"。谓沉思吟哦推敲字句而捻弄髭须。语本唐代卢延让《苦吟》:"吟安一个字,捻断数茎须。"

㉓"此皆"句:意谓诗社中饮酒出言不必太多顾忌,即使得罪友人也无死罪。这是调侃的说法,语出南朝宋刘义庆《世说新语·方正》:"明帝在西堂,会诸公饮酒,未大醉,

帝问：'今名臣共集，何如尧、舜时？'周伯仁为仆射，因厉声曰：'今虽同人主，复那得等于圣治！'帝大怒，还内，作手诏满一黄纸，遂付廷尉令收，因欲杀之。后数日，诏出周，群臣往省之。周曰：'近知当不死，罪不足至此。'"《聊斋志异·苗生》："众不听，设金谷之罚。苗曰：'不佳者，当以军法从事！'众笑曰：'罪不至此。'"可见蒲松龄对这一典故的偏爱。

㉔"调既不高"二句：意谓诗社中人的诗作虽然难与《阳春》《白雪》等同，但能与我们诗社抗衡的群体也无多。和，依照别人诗词的题材和体裁作诗词。

㉕下里巴人：古代民间通俗歌曲有《下里》《巴人》。这里借用歌曲名双关诗社中人，有自谦意味。

㉖阳春白雪：战国时楚国一带的高雅歌曲有《阳春》《白雪》。这里是期盼诗社中人的诗歌创作也可以达到一流水平。

㉗文业：文事。这里当指八股举业。

㉘弁（biàn）：弁言，即前言、序文。因冠于前，故名。

㉙吾侪（chái）：我辈。

【赏读】

顺治十五年（1658），蒲松龄以县、府、道试第一的成绩进学（俗称秀才），时年十九岁。第二年二十岁就与十八岁的张笃庆、李尧臣等人结成郢中诗社，当时张笃庆已于此前两年进学,几位读书人正是少年得志、意气风发之时。追求风雅,相与结诗社,以求携手共进,日后大展宏图,反映了他们勇于进取的共同心态。

清初科举考试主要以八股文的写作为主,将排律五言八韵的试帖诗写作正式纳入科举,是乾隆二十二年(1757)以后的事情(见《清史稿·选举三》)。蒲松龄在序中所谓"诗之为物,亦魔道也",自有其迫不得已的苦衷。郢中社的诗歌唱和活动,文献记载无多,蒲松龄几乎再未提及,只有早年即享诗名的张笃庆在其诗文中几次提及。康熙四十七年(1708),张笃庆初游楚地,其《昆仑山房郢中集序》有云:"因念余自束发受书,学为有韵之文,与同学诸子结为郢中社,虽未敢妄拟《阳春》《白雪》,亦不至甘为《下里》《巴人》。乃天假以年,于垂老之岁月竟踏郢中片土,得以婆娑灵均之故地,讴吟宋玉之遗墟,尚可与唐勒、景差诸贤尚友于千载之下,岂非幸与!则数十年前之以'郢中'名其社,盖天牖其衷矣。"与蒲序相发明,可见当时诸同人的结社宗旨。

《郢中社序》为蒲松龄精心之作,但无可否认的是,当时实岁仅足十九龄的蒲松龄行文未免青涩,这从其两次运用《世说新语》掌故不够自然浑成即可窥见,恕不赘言。

《婚嫁全书》①序

唐、宋以来,选择百余家,造凶煞之恶名,骇人观听,古人不甚遵,颇亦不甚验。最不可解者为周堂②,不论节候交否,但以为逢若③吉,逢若凶,此何理也?今必欲集其书,勿乃④为荒唐者,愚乎?而不然也。我辈俗中人,举世奉为金科⑤,而我独自行胸臆,既有违众之嫌;且子女婚嫁,既无所疑忌,而姻家公母⑥,必龈龈⑦以为不可,遂不得不设酒封金,转求术士。故不如广集诸书,汇其大成,使人无指摘之病。即明知其妄,而用以除疑,亦甚便也。

康熙癸亥⑧年志之

【注释】

①《婚嫁全书》:蒲松龄辑录唐宋以来有关民间嫁娶礼仪风俗以及有关禁忌的书籍,今不传。

②周堂:阴阳家语。指宜于办理婚丧事的吉日。明吴承恩《西游记》第九十四回:"婚期已定本年本月十二日。壬

子辰良,周堂通利,宜配婚姻。"

③若:这,这个。

④勿乃:即无乃,意为恐怕要。

⑤金科:法律,法令。引申为规则。

⑥公母:谓男方或女方家的父母。

⑦龂龂(yín yín):争辩貌。

⑧康熙癸亥:即康熙二十二年(1683)。

【赏读】

这篇序写于蒲松龄四十四岁那一年。在古代农耕社会,婚丧嫁娶为民间大事,自古以来,礼仪繁缛,陋俗颇多,几至于牢不可破。蒲松龄并不想移风易俗,在强大的民间习俗裹挟下只能顺其自然,辑录《婚嫁全书》也无非希冀相关礼俗规范化,起到有章可循的作用,以免众说纷纭,莫衷一是。

聊斋之用心,堪称良苦。在《聊斋文集》中,有一篇涉及婚启的骈文,其标题即大有意味:"野人曹芳者,其侄女议婚于李氏,覆启已倩人写成矣,但其上只'允亲'二字,意甚其无文,托余再写数行,以壮观瞻。余因就两字凑成数句,笑而付之。"其文云:"贰好协鸠鸣,冰媒合而百年托爱;允臧叶凤卜,鸳牒下而千里成欢。庆洽宗祊,喜溢门阑。恭维台下:淄水高人,青莲旧裔。畎亩足乐,已闻歌者如金;弓冶相传,况复田中尽玉。

弟材只堪食粟,宁举乌获之钧;兄子未谙作羹,敢作南容之配。乃弗嫌于葑菲,遂永结于丝萝。惟愿琴瑟鸣欢,兼祝熊罴吉兆。"这篇骈文婚启虽不无套语陈词,但以"青莲旧裔"切合对方姓氏为"李",又以"弓冶相传,况复田中尽玉"两句美化对方的普通农家身份,也动了脑筋,并非信手拈来的文抄公之作。

《聊斋文集》在此骈文婚启之下,又有所谓《通启》一篇,则是一篇普适性强的婚启骈文,大约属于仓促中无暇细思的应急底稿一类文本,反映了清初农村这一类文字需求量的巨大。这也可见蒲松龄无奈俯从民间婚俗之一斑。

《省身语录》①序

余先人②盛德之名③,闻于乡党,凡族人戚友,小有讼事,必来剖诉,求得一言,以判曲直。然生平主于忍辱,时有妄人④相干⑤,惟付之不见不闻。余时方少,虽不敢言,而隐谓先人之不武⑥。由今以思,余兄弟不失读书种子,皆忠厚之谟⑦所贻留也。余半生落魄,碌碌无所短长⑧,自念遗行⑨或多,故不足以发世德⑩之祥,敬书格言,用以自省,用以示后。子能体⑪是书,便为跨灶⑫;孙能体贴,即为亢宗⑬。凡我后人,共听之哉!

康熙甲子⑭

【注释】

①《省身语录》:蒲松龄抄录或改写自明末《菜根谭》《醉古堂剑扫》等一类清言小品集,其抄本国内早佚,路大荒《蒲松龄集》只收录其序。20世纪90年代中,北京大学马振方教授到日本访学,从庆应大学聊斋文库中发现《聊斋

编处世格言百全》，经考订认为当即国内久已失传的《省身语录》，终于携归其复印件并通过《蒲松龄研究》杂志公诸于世。

②先人：即蒲槃。见《聊斋自志》注㊱。

③盛德之名：有高尚品德者的名声。蒲松龄《蒲氏世系表·蒲槃小传》："长公早丧，四十余苦无子。得金钱辄散去，值岁凶，里贫者按日给之食，全活颇众……其生平主忠厚，即乡中无赖，横逆时加，惟闭门而已。"

④妄人：无知妄为的人。《孟子·离娄下》："此亦妄人也已矣。"

⑤干：干犯，冲犯。

⑥不武：不算勇武。

⑦谟（mó）：谋虑。

⑧无所短长：碌碌无为，无闪失，也无建树。短长，短处和长处。

⑨遗行：失检之行为，品德有缺点。

⑩世德：先世的德行。

⑪体：取法，效法。

⑫跨灶：比喻儿子胜过父亲。《诗律武库·跨灶撞楼》引三国魏王朗《杂箴》："家人有严君焉，井灶之谓也，是以父喻井灶。或曰：灶上有釜，故生子过父者，谓之跨灶。"

⑬亢宗：庇护宗族，光耀门庭。

⑭康熙甲子：即康熙二十三年（1684）。

【赏读】

　　《省身语录》抄录成书时，蒲松龄四十五岁，正坐馆于西铺毕家。所谓"省身语录"，就是明末清初坊间曾经广泛流行的"清言"一类小品之作。古人对之还有清语、杂著、杂语、戏书、冰言、韵语、冷语、隽语、警语、嘉言、法语、格言、语录、清话等不同的称谓，也有径呼之为"小品"者，形式类似对联。至今仍较著名者如明洪应明《菜根谭》、陆绍珩《醉古堂剑扫》、屠隆《娑罗馆清言》、陈继儒《岩栖幽事》，清申涵光《荆园小语》、张潮《幽梦影》等，皆属这一类作品。它们皆以言简意赅之语，调和儒、释、道三家之论，作醒世之内容。或淡泊明志，自甘贫贱；或当头棒喝，冷语醒人；或辨证谈艺，另有寄寓；或机锋侧出，妙语惊人。往往三言两语，即有传神之效。其渊源当与战国间韩非著作中已具雏形的"连珠"文体有联系，其形式也受到唐以后语录体盛行的影响。

　　清言之所以在明末清初能够大行其道，无非是社会剧烈变革下的产物，它对于平衡文人士大夫倾斜的心理天平功莫大焉，因而极受士人欢迎。蒲松龄所辑录《省身语录》的被发现，对于蒲氏诸多杂著研究的深入大有裨益。如《菜根谭》有"评议"一则云："富贵是无情之物，看得他重，他害你越大；贫贱是耐久之交，处得他好，他益你反深。故贪商於而恋金谷者，竟被一时之显戮；乐箪瓢而甘敝缊者，终享千载之令名。"蒲松龄《省身语录》也有一则云："富贵是无情之物，你看得他重，他害你越大；贫穷乃耐久之交，你处得他好，他益你反深。"两相比较，承袭痕迹宛然。又如"热闹繁华之境，一过辄生凄凉；清真冷淡之为，历久愈有意味"。读来发人深省，隽永有味。

这些清言小品虽非首创，多为蒲松龄所选辑改编者，但从中仍可窥见编选者的人生价值取向。

《怀刑录》①序

圣人制礼以范世②,而世多悖礼,则刑生焉。刑也者,所以驱天下之人而归于礼者也。顾乡里之愚夫,目不睹圣明③之法,犹往往而犯之。即如骂之一道,出于口而无形,至细也,而子孙施诸祖父母,奴婢施诸家长,皆论死④,世俗乌得而知之乎?邱子行素⑤,集五服⑥之礼,并稽⑦五服之律,授余相质⑧。余读而叹曰:"充此意,使读礼者知爱,读律者知敬,其有裨于风化非浅矣!"余因即其本而错综之,随亲属别作部,使尊卑之分、亲疏之义,愚夫妇一见可了;而又集日月所易犯者,增之为《怀刑录》,庶吾人知所措手足乎?总颜之曰"措素⑨书"。行素邱子当不以余言为河汉⑩也。

康熙三十五年子月上浣⑪

【注释】

① 《怀刑录》:原书国内早佚。日本庆应大学聊斋文库

藏有题写"蒲松龄遗稿怀刑录"抄本一册,据北京大学马振方教授考订,系伪托自咸丰中后期所成书者,距蒲松龄过世已有一个半世纪了(见马振方《是否蒲松龄所作——庆应大学所藏十五种抄本真伪考议》,载《蒲松龄研究》1995年纪念刊)。北京大学图书馆所藏《聊斋遗集》幸存《聊斋怀刑录目录》,可见《怀刑录》之大概。怀刑,谓畏刑律而守法。《论语·里仁》:"君子怀刑,小人怀惠。"宋朱熹集注:"怀刑,谓畏法。"

②范世:作世人模范。北齐颜之推《颜氏家训·序致》:"吾今所以复为此者,非敢轨物范世也。"

③圣明:封建时代对所谓"治世""明时"的颂词。

④"而子孙"三句:《大清律例》卷二九《刑律·骂祖父母父母》:"凡骂祖父母、父母,及妻妾骂夫之祖父母、父母者,并绞。须亲告乃坐。"同卷《刑律·奴婢骂家长》:"凡奴婢骂家长者,绞监候。骂家长之期亲及外祖父母者,杖八十,徒二年;大功,杖八十;小功,杖七十;缌麻,杖六十。"论死,判处死刑。

⑤邱子行素:即邱希潜(生卒年不详),字行素,号龙崖,济南府淄川县(今山东省淄博市淄川区)人。康熙二十八年(1689)贡生,康熙五十年(1711)授黄县(今山东省龙口市)训导,五年以后告归,构清梦楼于豹山之南,读书其中,常与山僧野叟诙谐畅饮其中,年八十余卒。乾隆四十一年(1776)《淄川县志》卷五《续贡生》有传。蒲松龄有

乐府《堕驴行,仿古乐府赠邱行素,邱明经大醉堕驴,夜卧山中,戏赠之》一首,可见邱行素放浪形骸之外的醉态。

⑥五服:古代以亲疏为差等的五种丧服。《礼记·学记》:"师无当于五服,五服弗得不亲。"孔传:"五服,斩衰至缌麻之亲。"唐孔颖达疏:"五服,斩衰也,齐衰也,大功也,小功也,缌麻也。"

⑦稽(jī):考核,查考。

⑧相质:彼此质询,对质。

⑨措素:指处理平常事务,安排平日的言行。措,即措手足。

⑩河汉:比喻言论夸诞迂阔、不切实际。转指不相信或忽视(某人的话)。语出《庄子·逍遥游》:"肩吾问于连叔曰:'吾闻言于接舆,大而无当,往而不返,吾惊怖其言,犹河汉而无极也。'"唐成玄英疏:"犹如上天河汉,迢递清高,寻其源流,略无穷极也。"

⑪康熙三十五年子月上浣(huàn):即公元1696年的农历十一月十日。子月,农历十一月。上浣,唐宋官员行旬休,即在官九日,休息一日。休息日多行浣洗。因以"上浣"指农历每月上旬的休息日。

【赏读】

这篇序写于蒲松龄五十七岁那一年。

古代社会中,乡村缙绅阶层系维持一方安定的积极势力。读书人作为缙绅阶层的主要组成部分，在庶民百姓中具有一定的号召力。乡村中一姓家族内部贫富不均，具体到各个家庭，特别是大家庭中，父母与儿孙、婆母与儿媳以及兄弟妯娌间关系错综复杂，有些家庭还涉及嫡庶之争，所谓"清官难断家务事"绝非虚语。即以蒲槃家而论，蒲松龄为自己妻子所作《述刘氏行实》就诉说了蒲氏分爨前其母亲与众儿媳之间相处关系的诸多无奈："而姑素坦白，即庶子亦抚爱如一，无瑕可蹈也。然时以虚舟之触为姑罪，唧唧者竟长舌无已时。"耕读人家尚且如此，一般贫苦之家的相互间关系就更复杂了。

从残存的《怀刑录》目录可知，主要是一姓五服之内以及外戚长幼尊卑的各自相处之道，与序中"随亲属别作部"记述完全相同。蒲松龄对邻里乡亲的人文关怀，从这篇序中完整细致地体现了出来。

《农桑经》①序

居家要务，外惟农而内惟蚕。昔韩氏有《农训》②，其言井井，可使纨绔子弟、抱卷书生，人人皆知稼穑，余读而善之。中或言不尽道，或行于彼不能行于此，因妄为增删，又博采古人之论蚕者，集为一书，附诸其后，虽不能化③天下，庶④可以贻子孙云尔。

康熙四十四年⑤岁次乙酉，正月二十四日

【注释】

①《农桑经》：蒲松龄根据淄川一带气候以及地力条件，辑录前人农书并加以增删而成，属于具有浓厚地方性色彩的农学著作。是书包括"农经"与"蚕经"两大部分。前者依"月令"编纂，从正月至九月而止；后者依养蚕工序分为二十一则，又有"续补"十二则。1962年中华书局上海编辑所出版路大荒《蒲松龄集》，将《农桑经》编入"杂著"，令这部农书走出以抄本流传的阶段；1998年学林出版社出版盛伟编《蒲松龄全集》，踵事增华，加收《农桑经》四则佚文，属于

目前最完善的版本。

②《农训》：未见著录，当已佚；韩氏也不知何许人。

③化：改变人心风俗。

④庶：副词。希望，但愿。

⑤康熙四十四年：即公元1705年，这一年为干支纪年的乙酉年。

【赏读】

这篇序写于蒲松龄六十六岁那一年。

"男耕女织"是传统农业社会读书人的一种居家理念，属于"齐家"之后"治国平天下"的基础。《庄子·让王》："孔子谓颜回曰：'回，来！家贫居卑，胡不仕乎？'颜回对曰：'不愿仕。回有郭外之田五十亩，足以给飦粥；郭内之田十亩，足以为丝麻；鼓琴足以自娱，所学夫子之道者足以自乐也。回不愿仕。'"这是读书人的另一种人生价值取向，耕与织仍是他们不可或缺的生产活动。《农经》中《七月·割谷》论及"选种"云："先择佳穗，另放作种，余者垜起。"又如《蚕经·蚕室》有云："蚕室宜静，宜暖，宜燥，宜明洁。"

蒲松龄读书、课徒、应考之余，仍关心农桑，绝非冬烘学究或迂腐书生所能及，其小说的书写融情入理，与他关心民生之情结密不可分，可见其笔下生风，自有由来。

《药祟书》①序

疾病，人之所时有也，山村之中，不惟无处可以问医，并无钱可以市药。思集偏方，以备乡邻之急。志之不已，又取《本草纲目》②缮写之。不取长方，不寻贵药，检方后，立遣村童可以携取。但病有百端，而仅为四十部③，殊觉荒率④，而较之在《纲目》者，则差⑤有涯岸⑥可寻矣。偶有所苦，则开卷觅之，如某日病者，何鬼何祟，以黄白财送之云尔。

康熙四十五年⑦二月十五日

【注释】

①《药祟书》：路大荒《蒲松龄集》只收录其序，未见其书。1983年12月，蒲松龄纪念馆在距离蒲家庄三里以外的徐家庄发现了《药祟书》的清抄本。该抄本分上下两册，共计一百四十页。内容分为急救、内科、外科、妇科、幼科五类，收录方剂二百五十七种，多取自民间偏方、验方，另摘录《本草纲目》所收方剂三十三种。这部小书对于缺医少

药的清代鲁中一带农村来说,其价值难以估量,体现了蒲松龄对乡村贫困民众的人文关怀。

②《本草纲目》:明代李时珍撰,五十二卷,分十六部,六十类。历近三十年始成书,博采前人《本草》并深入山野实地考察,订正讹误,删繁就简,为《本草》学的总结性著作。全书收录药物一千八百九十二种,收集古代医方与民间验方一万一千零九十六种,并附药物形态图一千一百二十七幅。为我国乃至世界医药学、动植物学研究的重要参考书。

③四十部:"十"字似衍。四部当指"急救"以外的内科、外科、妇科、幼科。

④荒率:草率。

⑤差:比较,略微。

⑥涯岸:边际。

⑦康熙四十五年:即公元1706年。

【赏读】

为《药祟书》作序时,蒲松龄已六十七岁,当是《药祟书》已然辑录成书之时。

相传古时中医治病有十三科,"祝由科"乃其中之一科,即古代以祝祷符咒治病的方术。在古代农村,《玉匣记》一类的"通书"大行其道,各种禁忌五花八门,以厌禳之术驱除鬼魅狐妖治病,当不在少数,可与方剂治病并行不悖,这或许是辑录者取名"药祟"的原因。然而通观今传本《药祟书》，并无有关"祟"的内容，这或许是抄录者认为那是神汉巫婆的专职，于是略而不录。实事求是地看待"祟"的问题，不能纯粹以"封建迷信"一言蔽之，用符咒治病至少能对某些疾病的患者起到某种心理暗示或安慰的作用，而心理治疗在今天也大有用场，能够起到医药难以奏效的作用。

蒲松龄"不取长方，不寻贵药"辑录药方的原则，凸显了他平民意识的执着，《药祟书》在当时乡村的实用性不言而喻。

《家政外编》①序

窃以四民②之生,胥③资南亩④;八口⑤之计,重赖西成⑥。今日而无宵旰⑦之劳,则明日遂无寝食之适,人生斯世,虽欲无劳,不可得矣。然或贵介⑧之子孙,不分菽麦⑨;秀才之庄稼,贻笑耕夫:日用之事,习而不察者,宁少乎哉!他如朝饔⑩夕飧⑪,云剪夏畦⑫之蔬;乘屋⑬牵萝⑭,实落秋园之树:为橐驼⑮之弟子,乃神农之功臣也。下此则释耒耜⑯而问花竹⑰,亦田舍之高风⑱;去淫赌而耽林泉,犹陶朱⑲之令嗣⑳:又乌知蓝蔚㉑之生风月㉒,非所以慰藉劳人乎?集为外政㉓,公之同人。

【注释】

①《家政外编》:此书与《家政内编》,雍正三年(1725)张元撰《蒲柳泉先生墓表》所附碑阴著作未著录,路大荒《蒲松龄集》也未收录。辽宁省图书馆曾收藏最终定名为《聊斋杂记》的书稿,分上、下两册,据杨海儒考证,

其上册即《家政外编》,下册即《家政内编》。学林出版社1998年出版盛伟编《蒲松龄全集》第三册收录于"杂著"类中。《家政外编》内容包括粮食作物、蔬菜、果木、花竹、园林乃至救荒、畜养等,并非蒲松龄首创,而是辑录自明王象晋《二如亭群芳谱》、徐光启《农政全书》等书。

②四民:旧称士、农、工、商为四民。

③胥:皆,都。

④南亩:谓农田。南坡向阳,利于农作物生长,古人田土多向南开辟,故称。

⑤八口:指一家人。《孟子·梁惠王上》:"百亩之田,勿夺其时,八口之家可以无饥矣。"

⑥西成:谓秋天庄稼已熟,农事告成。语出《尚书·尧典》:"平秩西成。"唐孔颖达疏:"秋位在西,于时万物成熟。"

⑦宵旰(gàn):即"宵衣旰食",谓天不亮就穿衣起身,天黑了才吃饭。形容非常勤劳。这里形容农夫的辛勤劳作。

⑧贵介:指尊贵、富贵者。

⑨菽麦:豆与麦。比喻极易识别的事物。《左传·成公十八年》:"周子有兄而无慧,不能辨菽麦。"

⑩朝饔(yōng):早餐,早晨的饭食。

⑪夕爨(cuàn):晚间烧火煮饭。

⑫夏畦:指夏季的菜畦。

⑬乘屋：修盖房屋。《诗经·豳风·七月》："亟其乘屋，其始播百谷。"

⑭牵萝：即"牵萝补屋"，语出唐杜甫《佳人》诗："侍婢卖珠回，牵萝补茅屋。"谓牵拉萝藤补房子的漏洞。后以"牵萝补屋"形容生活困难或勉强应付。

⑮橐驼：即"郭橐驼"，唐代善于种植树木的能手。语出唐柳宗元《种树郭橐驼传》："驼业种树，凡长安豪富人为观游及卖果者，皆争迎取养。视驼所种树，或移徙，无不活，且硕茂早实以蕃。他植者虽窥伺效慕，莫能如也。"

⑯耒耜（lěi sì）：古代耕地翻土的农具。耒是耒耜的柄，耜是耒耜下端的起土部分。这里借指从事农业耕作。

⑰花竹：谓养花种竹。这里借指悠闲自得的乡居生活。

⑱高风：谓高雅的生活情操与艺术风格。

⑲陶朱：即陶朱公，春秋时越国大夫范蠡的别称。蠡佐越王勾践灭吴，以越王不可共安乐，弃官远去，居于陶，称朱公，以经商致巨富。

⑳令嗣：才德美好的儿子。这里比喻优秀的继承者。

㉑蓝蔚：深蓝色。这里用以借指青天。

㉒风月：清风明月。泛指美好的景色。

㉓外政：谓家庭的外部事物。

【赏读】

这篇序文，用骈文写就，属于蒲松龄序文中的精心之作。

所谓家政，即家庭事务的管理工作。《家政外编》即收集家庭外部有关农田劳作以及莳花植树的诸多知识，或以农历十二月排序，或以事项分类，如"养鱼""养蜡""诸花谱"等。其中不乏经验之谈，如"二月"中栽树一则云："凡栽树，先以树植坑内，次下土，次下水，埋一半，再下土，再下水，埋平；待略干，以土壅根，无不活者。若从俗语，深埋湿砸，即活亦不旺也。"

处处留心皆学问，蒲松龄正是抱着这一态度广事搜集各种知识，尽管可能一时难见成效，但传诸子孙或友朋，也属有益之举。《论语·子罕》有夫子自道云："吾少也贱，故多能鄙事。君子多乎哉？不多也。"不死抱诗书，以乐观态度对待生活，蒲松龄堪称读书人中最能继承儒家衣钵的传人。

《家政内编》①序

窃闻陶朱居室，亦资颦黛之人②；西伯③行仁，犹需蚕桑之妇④。油盖而簪华胜，睹骕马之临坛⑤；弓鞋而踏青园，见懿筐之在手⑥。蚕政⑦之重，所从来矣。然而烹姜调桂⑧，可占中馈⑨之佳；垢耳蓬头⑩，终作奇男⑪之玷。且柳絮之堂，闺房解赋⑫；书带之室，婢子能文⑬：谁谓风雅之闲情殊不足道，膏脂之细事即无堪传哉？爰⑭集内政⑮，以告解人⑯。

【注释】

①《家政内编》：辽宁省图书馆所藏《聊斋杂记》的下册部分，内容包括书斋雅制、字画、装潢、珍玩、石谱等内容，而无此序中家中主妇养蚕与所谓"烹姜调桂"与"膏脂之细事"，重要部分缺失，当系残册无疑。参见本书所选《〈家政外编〉序》注①。

②颦黛之人：指春秋时越国美女西施，貌极妍丽，因病心痛，常皱眉作痛苦状，反而更凸显其美。据《吴地记》，

西施亡吴国后,复归范蠡,同泛五湖而去。

③西伯:即周文王,商纣王曾命之为西方诸侯之长,专征伐,故称西伯。

④蚕桑之妇:养蚕与种桑的女子。周文王正妻太姒,典籍中未发现她与蚕桑的关系。黄帝的元妃嫘祖,西陵氏女,传说为我国最早养蚕的人。蒲松龄或有误记。

⑤"油盖"二句:谓古代皇后祭祀先蚕坛事。《晋书·礼志上》:"先蚕坛高一丈,方二丈,为四出陛,陛广五尺,在皇后采桑坛东南帷宫外门之外,而东南去帷宫十丈,在蚕室西南,桑林在其东。取列侯妻六人为蚕母。蚕将生,择吉日,皇后著十二笄步摇,依汉魏故事,衣青衣,乘油画云母安车,驾六騩马。"油盖,指油漆彩绘的车盖。华胜,即花胜,古代妇女的一种花形首饰。騩(guī)马,浅黑色的马。原文作"醜(丑)马",显系形近而讹。坛,即先蚕坛,古代祀先蚕的祭坛。

⑥"弓鞋"二句:谓家中妇女到园中采桑叶。弓鞋,旧时缠脚妇女所穿的鞋子。这里借代妇女。懿筐,深筐。语出《诗经·豳风·七月》:"女执懿筐,遵彼微行,爰求柔桑。"毛传:"懿筐,深筐也。"

⑦蚕政:有关养蚕的事物。

⑧烹姜调桂:谓妇女下厨用各种佐料烹饪。

⑨中馈(kuì):指家中供膳诸事。《周易·家人》:"无攸遂,在中馈。"唐孔颖达疏:"妇人之道……其所职,主在

于家中馈食供祭而已。"

⑩垢耳蓬头:即"蓬头垢面",谓头发蓬乱,面有尘垢。言人不事修饰,外表不整洁。

⑪奇男:奇异不凡的男子。《魏书·封懿传》:"君子整其衣冠,尊其瞻视,何必蓬头垢面,然后为贤?"

⑫"且柳絮"二句:谓晋代才女谢道韫有文学天赋。语出南朝宋刘义庆《世说新语·言语》:"谢太傅寒雪日内集,与儿女讲论文义。俄而雪骤,公欣然曰:'白雪纷纷何所似?'兄子胡儿曰:'撒盐空中差可拟。'兄女(谢道韫)曰:'未若柳絮因风起。'"柳絮之堂,指出了咏絮才女谢道韫的谢家之堂。闺房,指内室。

⑬"书带"二句:谓读书人家庭一门风雅。书带,束书的带。书带之室,比喻读书人的家庭。南朝宋刘义庆《世说新语·文学》:"郑玄家奴婢皆读书。尝使一,不称旨,将挞之,方自陈说,玄怒,使人曳着泥中。须臾,复有一婢来,问曰:'胡为乎泥中?'答曰:'薄言往愬,逢彼之怒。'"

⑭爰:连词。于是,就。
⑮内政:谓家庭的内部事务。
⑯解人:见事高明,通解理趣的人。

【赏读】

从今传《家政内编》仅有男子书斋雅趣的内容判断,其有关主妇中馈的主要内容无存,显然与此序所畅言者有所抵牾，可知残缺部分很多。

　　序用骈文精心书写，读书人倾心于耕读传家、书画诗赋、男读女织、一门和乐的理想境界灼然可见。《聊斋志异·细侯》云："闭户相对，君读妾织，暇则诗酒可遣，千户侯何足贵!"可见蒲松龄的生活憧憬与这篇序文毫无二致。清代但明伦就此评道："室有美人，闭户相对，书声机声，衔杯拈韵，千户侯真不足贵也。"同属封建文人，自然心有灵犀一点通，最能体会《聊斋》作者的心态。

　　以儒家思想为根基的士林文化与以自然经济为基础的乡村文化具有天然的亲和力，《聊斋志异》与《聊斋杂著》皆具有双重文化品格，完全顺理成章。

贺章丘县周素心①入泮②序

昔先达③困于场屋,语人曰:"进士吾所自有,所隔者一乡科耳④。"盖谓"歌鹿鸣"⑤更难于"烧龙尾"⑥也。而自今日观之,泮水一芹⑦,较之月中仙桂⑧有倍艰者。

周生少颖异,总角能文,即为缙绅⑨长者所器重,凡令章者⑩,无不为孺子悬榻⑪焉。诸生辈窃其绪余⑫,拔茅⑬食饩⑭,若左券⑮操之。每风檐寸晷⑯,制两艺⑰成,见者叹其必售⑱,而卒为造化小儿所苦,坐听捷足⑲者拾芹去。"文章憎命"⑳,信然哉!每当落寞时,诸同人闻之击缺玉壶㉑,目代努㉒,或谓管城子无灵㉓,直当烧作灰吞耳;而周生殊落落㉔不为意,怀渊若㉕,志石若㉖,因而文气㉗益苍苍江海若㉘。盖当鸿隐凤伏㉙,斥鷃得而笑之㉚,而不知一朝奋迹㉛,阊阖㉜可叫而开不难也。癸亥㉝得补弟子员㉞,戚者欢以慰,里中父老啧啧喜,所与游者皆津津乐道之。岂谓唼此黉中葅㉟,遂足称光宠㊱哉?盖以其积也既久,其发也将不可量，倘所云"不飞则已，飞则冲天"㊲者非耶？九万里而上，九万里而南㊳，行且㊴跂予望之㊵矣！

【注释】

①周素心：蒲松龄友人，生平不详。作者另有《贺周素心生子序》一文，文中赞誉周素心："为文则珠玉齐倾，论交则肝胆并沥。"

②入泮（pàn）：古代学官前有泮水，故称学校为泮官。科举时代学童入学为生员称为"入泮"，俗称秀才。

③先达：有德行学问的前辈。

④"进士"二句：意谓科举考试中乡试中举难于会试、殿试考中进士。这与乡试录取比例较会试为低有关。进士，科举时代称殿试考取的人。明清时，举人会试中式即可称为进士。乡科，即乡试。明清两代每三年一次在各省省城举行乡试。中式者称"举人"。即使会试不第，亦可依科选官。

⑤歌鹿鸣：科举时代，以举人中式为赋鹿鸣。唐韩愈《送杨少尹序》："杨侯始冠，举于其乡，歌鹿鸣而来也。"

⑥烧龙尾：谓到京师参加殿试。语出五代王定保《唐摭言》卷一二《轻佻》："羊昭业等拟将一尺三寸汗脚，踏地烧残龙尾道。"龙尾道，唐代含元殿前的甬道，自上向下望去，如同龙尾下垂，故名，是官禁的代称。这里指代京师紫禁城内太和殿，清初举行进士殿试的地方，乾隆五十四年

(1789)以后殿试改在紫禁城内保和殿。

⑦泮水一芹:即秀才。科举时代称县学生员为"采芹人",语本《诗经·鲁颂·泮水》:"思乐泮水,薄采其芹。"

⑧月中仙桂:神话传说月中有桂树,称之为"仙桂"。旧时即称举进士为折桂。

⑨缙绅:又作"搢绅",插笏于绅带间,旧时官宦的装束,亦借指士大夫。绅,古代仕宦者和儒者围于腰际的大带。

⑩令章者:到章丘做县令的人。

⑪为孺子悬榻:受到县令的礼遇。语出《后汉书·徐稺传》:"蕃(陈蕃)在郡不接宾客,唯稺来特设一榻,去则悬之。"孺子,即徐稺,字孺子,豫章南昌人。家贫,常自耕稼,非其力不食。

⑫绪余:抽丝后留在蚕茧上的残丝。借指事物之残余或主体之外所剩余者。

⑬拔茅:即"拔茅连茹",比喻互相推荐引进。语出《易·泰》:"拔茅茹以其汇。"三国魏王弼注:"茅之为物,拔其根而相牵引者也。茹,相牵引之貌也。"

⑭食饩(xì):明清时经考试取得廪生资格的生员享受廪膳补贴,亦即成为廪生。

⑮左券:谓有保证。古代契约分为左右两片,左片称左券,由债权人收执,用作索偿的凭证。

⑯风檐寸晷(guǐ):谓科举时代考场寒冷,时间紧迫,

十分艰苦。

⑰两艺：清代童生县、府、院三试首场皆考"四书文"两篇，为八股制艺，以名次决定入学与否。

⑱售：一般指科举及第，这里指入学成为秀才。

⑲捷足：即"捷足先得"，谓行动敏捷的先达到目的，或得其所求。

⑳文章憎命：谓工于为文，而命运多舛。语本唐代杜甫《天末怀李白》诗："文章憎命达，魑魅喜人过。"

㉑击缺玉壶：义同"击缺唾壶"，形容心情忧愤或感情激昂。语本南朝宋刘义庆《世说新语·豪爽》："王处仲（王敦）每酒后辄咏'老骥伏枥，志在千里。烈士暮年，壮心不已'。以如意打唾壶，壶口尽缺。"

㉒目代努：谓替周素心抱不平而怒目圆睁。

㉓管城子无灵：意谓读书人学识难以荣身。管城子，毛笔的别称，语本唐代韩愈《毛颖传》："及蒙将军拔中山之豪，始皇封诸管城，世遂有名。"一般多指代读书人。

㉔落落：犹磊落。常用以形容人的气质、襟怀。

㉕怀渊若：即"虚怀若谷"，形容非常虚心，心胸开阔。

㉖志石若：意志如磐石般稳定坚固。

㉗文气：这里谓八股文章的气势、脉络。

㉘江海若：如同江海一样浩瀚。

㉙鸿隐凤伏：比喻贤才不遇。

㉚斥鷃（yàn）得而笑之：意谓才高者反而被小人嘲笑。

语出《庄子·逍遥游》:"有鸟焉,其名为鹏,背若泰山,翼若垂天之云,抟扶摇羊角而上者九万里,绝云气,负青天,然后图南,且适南冥也。斥𫛢笑之曰:'彼且奚适也?我腾跃而上,不过数仞而下,翱翔蓬蒿之间,此亦飞之至也。而彼且奚适也?'此小大之辩也。"斥𫛢,即𫛢雀,一种小鸟。

㉛奋迹:奋起从事某活动。

㉜阊阖(chāng hé):传说中的天门。《楚辞·离骚》:"吾令帝阍开关兮,倚阊阖而望予。"这里比喻科举得隽,平步青云。

㉝癸亥:即康熙二十二年(1683)。

㉞补弟子员:谓进学成诸生,俗称秀才。弟子员,汉对太学生、明清对县学生员的称谓。

㉟黉(hóng)中斋(jī):比喻诸生的清冷生涯。黉,古代的学校。这里代指县学。斋,用醋、酱拌和,切成碎末的菜。

㊱光宠:恩典,宠幸。

㊲"不飞则已"二句:比喻平时默默无闻,突然做出惊人之举。语出《史记·滑稽列传》:"此鸟不飞则已,一飞冲天;不鸣则已,一鸣惊人。"

㊳"九万里而上"二句:即"鹏程万里",比喻前程远大。语出《庄子·逍遥游》:"鹏之徙于南冥也,水击三千里,抟扶摇而上者九万里,去以六月息者也。"

㊴行且:将要。

㊵跂(qǐ)予望之：即踮起脚跟，我望着他。语出《诗经·卫风·河广》："谁谓宋远？跂予望之。"

【赏读】

这篇贺序写于康熙二十二年（1683），这一年蒲松龄四十四岁，补廪膳生，已经当了二十五年的生员，终于可享受政府补贴了。对于明清的读书人而言，科举作为仅有的荣身之路，犹如千军万马齐过独木桥，其通过率可想而知。童生通过县、府、院三试，能够跻身于诸生之列，并非易事，蒲松龄的父亲蒲槃就是因为摘不掉童生的帽子转而经商的。

明末清初全国之童生为六百三十万人至七百七十万人，而县、府、州学生员，顾炎武认为在五十万左右。诸生进乡试考场也涉及粥少僧多的问题，必须通过科试一类的"预备试"先淘汰一批，幸运者方能进入场屋，其中式名额依各省文风高下、人口多寡、丁赋轻重而定，且随历史进程多有变化。一般而论，应考生员与中举者之比为六十至八十比一。清代进士的录取比例为三至四比一，贺序中所谓"歌鹿鸣"难于"烧龙尾"之说本此。

清代吴敬梓《儒林外史》描绘周进、范进中举乃至以后考中进士不同的艰难历程，可视为对这篇贺序的形象阐释。这篇贺序的摇人心旌之处在于巧妙融入了作者对于自己前途的憧憬企盼，因而格外生动。其中成语"鸿隐凤伏"，乃首创于蒲松龄，词典大都引此贺序为书证。

卷三 跋语题辞

半杯浆水,
呼小岁之儿名;
一树桃花,
想当年之人面。

自题又志①

尔貌则寝②,尔躯则修。行年七十有四,此两万五千余日③,所成何事,而忽已白头?奕世④对尔孙子⑤,亦孔之羞⑥。

康熙癸巳⑦自题

癸巳九月,筠⑧嘱江南⑨朱湘鳞⑩为余肖此像,作世俗装⑪,实非本意,恐为百世⑫后所怪笑也。

松陵又志

(蒲松龄纪念馆所藏作者肖像自题)

【注释】

①自题又志:路大荒《蒲松龄集》未收录,此两则录自蒲松龄纪念馆所收藏蒲松龄画像真迹的上方,为蒲松龄亲笔所题。画像为长轴绢本,主人公身着清代宝蓝色贡生礼服,头戴红顶小帽(形制近似于清代官帽中的凉帽),左手抬须,右手搭扶手,端庄椅坐。画长2.58米,宽0.69米。绘制于

康熙五十二年（1713）。此像是蒲松龄七十四岁时，其第四子蒲筠请寓居济南的江南名画家朱湘鳞所画，是目前所见到的蒲松龄的唯一肖像。

②寝：丑陋。《晋书·文苑传·左思》："貌寝，口讷，而辞藻壮丽。"

③两万五千余日：合计六十八年半，为古人虚龄七十岁。儿童四五岁为初有记忆并具有识别事物的能力，蒲松龄四五岁时正是清人入主中原之际，故云。

④奕世：累世，代代。

⑤孙子：谓子孙后代。《诗经·大雅·文王》："文王孙子，本支百世。"

⑥亦孔之羞：意谓这也是很羞耻的事情。孔，很、甚。四字模仿《诗经》句式，如《豳风·破斧》："哀我人斯，亦孔之将。"《小雅·天保》："天保定尔，亦孔之固。"《大雅·卷阿》："尔土宇昄章，亦孔之厚矣。"

⑦康熙癸巳：即康熙五十二年（1713）。

⑧筠：即蒲筠（生卒年不详），字文亭，蒲松龄第四子。邑庠生。

⑨江南：即"江南省"，清顺治二年（1645）改明南直隶置，治所在江宁府城（今江苏省南京市）。康熙六年（1667），分为江苏、安徽两省，但此后很长一段时期仍称此两省为江南。

⑩朱湘鳞：江南人（生卒年不详），工绘事。蒲松龄

《赠朱湘鳞》七古有云:"生平绝技能写照,三毛颊上如有神。对灯取影真逼似,不问知是谁何人。"

⑪世俗装:谓依照当时社会的风俗习惯着装。

⑫百世:世世代代。

【赏读】

蒲松龄大半世奋战场屋,乡试屡不得志,一顶举人的帽子始终没有争取到手,一生功名之痛难以言表。所幸暮年得以循例经考选成为岁贡生,也算是对自己人生的一个交代。在明清时代,进士、举人出身者称之科甲,与恩贡、岁贡、荫生等出身而入仕者,皆称为正途,其均经各种考选而得。不经考试选拔而援例以捐纳取得监生资格之例监,以及经保举之议叙得官者,则谓之异途或杂途出身。贡生与诸生的最大区别不仅其服饰有所不同,前者在县志中还可以有一席之地,甚至专设小传,这也算是光宗耀祖了。

实际上,蒲松龄对于这一"功名"还是颇为看重的,他有《讨出贡旗匾呈》云:"窃照贡士旗匾,原有定例。虽则一经终老,固为名士之羞,而有大典加荣,乃属朝廷之厚。"论者不能将《自题又志》中略带自嘲的调侃之语视为作者不屑为之的口实,至于有论者将所谓"民族思想"融会其中,就更匪夷所思了。蒲松龄的终生遗憾是没有通过乡试进而成为两榜进士,其七绝《蒙朋赐贺》即写于他成为贡生之后,诗云:"落拓名场五十秋,不成一事雪盈头。腐儒也得宾朋贺,归对妻孥梦亦羞。"蒲松龄这种不满意自己人生的落魄心理,正可印证这篇《自题又志》的矛盾心态。

一百多年以后,道光间长山诗人马子琴有机会看到了蒲松龄这幅肖像,题诗云:"双眸炯炯岩下电,庞眉大耳衬赤面。口辅端好吟须长,奕奕精神未多见。"从正面肯定了这幅写真的传神妙笔,蒲翁九原可作,又可拈须微笑了。

题吴木欣①《班马论》②

余少时，最爱《游侠③传》，五夜④挑灯，恒以一斗酒佐读⑤；至《货殖》⑥一则，一涉猎辄弃去，即至"戒得"之年⑦，未之有改也。男儿不得志，歌声出金石耳⑧。仰取俯拾⑨，爵而勿刁⑩，我则陋矣⑪。夫作者之愤作者之遇也，司马⑫、孟坚⑬，易地皆然耳⑭。人生不得行胸怀，不屑货殖，即不游侠，亦何能不曰太阿、龙泉⑮，汝知我哉！木欣以此言为河汉⑯否？

【注释】

①吴木欣：即吴长荣（1656～1705），见《鸟使》注⑨。

②《班马论》：讨论班固《汉书》与司马迁《史记》史笔异同的文章。

③游侠：即古代所称轻生重义、勇于救人急难的人。《史记》卷一二四有《游侠列传》，《汉书》卷九二有《游侠传》。前者有云："今游侠，其行虽不轨于正义，然其言必信，其行必果，已诺必诚，不爱其躯，赴士之阨困，既已存

亡死生矣,而不矜其能,羞伐其德,盖亦有足多者焉。"后者有云:"布衣游侠剧孟、郭解之徒驰骛于闾阎,权行州域,力折公侯。众庶荣其名迹,觊而慕之。虽其陷于刑辟,自与杀身成名,若季路、仇牧,死而不悔。"对游侠已抱否定态度。

④五夜:即五更。旧时自黄昏至拂晓一夜间,分为甲、乙、丙、丁、戊五段,谓之五更。又称五鼓。

⑤斗酒佐读:谓一面饮酒,一面读史书。宋代龚明之《中吴纪闻》卷二《苏子美饮酒》:"子美豪放,饮酒无算。在妇翁杜正献家,每夕读书以一斗为率,正献深以为疑,使子弟密察之。闻读《汉书》张子房传至'良与客狙击秦皇帝,误中副车',遽抚案曰:'惜乎击之不中!'遂满引一大白。"

⑥货殖:谓经商营利。《史记》卷一二九有《货殖列传》,《汉书》卷九一有《货殖传》。前者有云:"富无经业,则货无常主,能者辐凑,不肖者瓦解。千金之家比一都之君,巨万者乃与王者同乐。"后者有云:"四民因其土宜,各任智力,夙兴夜寐,以治其业,相与通功易事,交利而俱赡,非有征发期会,而远近咸足。"

⑦"戒得"之年:谓人的老年。语出《论语·季氏》:"孔子曰:'君子有三戒:少之时,血气未定,戒之在色;及其壮也,血气方刚,戒之在斗;及其老也,血气既衰,戒之在得。'"

⑧"男儿"二句：意谓人之愤怒可以通过乐器变为铿锵有力之声。南朝宋刘义庆《世说新语·言语》："祢衡被魏武谪为鼓吏，正月半试鼓。衡扬枹为《渔阳掺挝》，渊渊有金石声，四坐为之改容。"金石，即"金石声"，谓铿锵有力之声。

⑨仰取俯拾：随时随地拾取。多形容人善于积聚资财。语本《史记·货殖列传》："鲁人俗俭啬，而曹邴氏尤甚，以铁冶起，富至巨万。然家自父兄子孙约，俯有拾，仰有取，贳贷行贾遍郡国。"

⑩爵而勿刁：似当作"爵邑勿入"，语出《史记·货殖列传》："今有无秩禄之奉，爵邑之入，而乐与之比者。命曰'素封'。"素封，即无官爵封邑而富比封君的人，多指经商致富者。

⑪我则陋矣：意谓我就比不上了。陋，差、比不上。

⑫司马：即司马迁，著有《史记》。

⑬孟坚：即班固，《汉书》编撰者。《汉书·司马迁传》："以迁之博物洽闻，而不能以知自全，既陷极刑，幽而发愤，书亦信矣。迹其所以自伤悼，《小雅》巷伯之伦。夫唯《大雅》'既明且哲，能保其身'，难矣哉！"

⑭易地皆然耳：意谓司马迁若与班固的时代前后互换，司马迁也会为班固立传，同情其不幸遭遇。

⑮太阿、龙泉：皆为古宝剑名。这里有从军建功立业的意思。

⑯河汉：比喻言论夸诞迂阔、不切实际。见《〈怀刑录〉序》注⑩。

【赏读】

《史记》，汉司马迁著，一百三十篇，记事起自黄帝，止于汉武帝，上下三千年，有本纪、表、书、世家、列传体裁，是我国第一部纪传体通史；因文字语言叙述生动，形象鲜明，在中国文学史上有显著的地位。《汉书》，又名《前汉书》，东汉班固撰，是中国第一部纪传体断代史。其体例沿用《史记》而略有变更，包括纪十二篇、表八篇、志十篇、传七十篇，共一百篇，记载了上自汉高祖元年（前206），下至王莽地皇四年（23），共二百余年的历史。《汉书》语言庄严工整，多用排偶，遣词造句典雅远奥，与《史记》平畅的口语化文字形成鲜明对照。自《汉书》以后，中国纪史方式都仿照其纪传体的断代史体例纂修。

比较两部史书异同优劣，《后汉书·班固传》有云："司马迁、班固父子，其言史官载籍之作，大义粲然著矣。议者咸称二子有良史之才。迁文直而事核，固文赡而事详。若固之序事，不激诡，不抑抗，赡而不秽，详而有体，使读之者亹亹而不厌，信哉其能成名也。"此后史家对于两书多有论议。

吴长荣的文章不传，蒲松龄仅从不屑两书同有之《货殖传》立论，坚守历代读书人的轻商传统，并由此生发，鼓吹两书共有之《游侠传》，借事相发，以抒发一己心中牢骚不平之气，言简意赅，自然不同凡响。

题吴木欣《戒谑论》

谑之为言虐①也,受者有所难堪,故虐也。顾不有刘四骂人,人不为憾者耶②?若嘈杂狂吠,此市侩所为,岂乡党自好③者而出此哉?此类在座,余必效王思远交帚扫之④,但不能终日危坐⑤无游词⑥,尚⑦对磨兜坚⑧而有怍容⑨也。敬佩之矣。

【注释】

①虐:无节制,纵情。《诗经·卫风·淇奥》:"善戏谑兮,不为虐兮。"宋朱熹集注:"善戏谑不为虐者,言其乐易而有节也。"

②"顾不有"二句:谓用俏皮诙谐的语言骂人,不会引人反感。语出《旧唐书·刘祎之传》:"父子翼(刘子翼,行四),善吟讽,有学行……性不容非,朋俦有短常面折之。友人李伯药常称曰:'刘四虽复骂人,人都不恨。'"

③自好:自爱,自重。《孟子·万章上》:"乡党自好者不为,而谓贤者为之乎?"宋朱熹集注:"自好,自爱其身之

人也。"

④王思远交帚扫之:用南朝齐司徒左长史王思远事。据《南齐书·王思远传》:"思远清修,立身简洁。衣服床筵,穷治素净。宾客来通,辄使人先密觇视,衣服垢秽,方便不前,形仪新楚,乃与促膝。虽然,既去之后,犹令二人交帚拂其坐处。"交帚,谓扫帚齐下。

⑤危坐:古人以两膝着地,耸起上身为"危坐",即正身而跪,表示严肃恭敬。后泛指正身而坐。《管子·弟子职》:"危坐乡师,颜色毋怍。"

⑥游词:轻薄的言辞。

⑦尚:副词。庶几,也许可以。

⑧磨兜坚:诫人慎言的意思。宋袁文《瓮牖闲评》卷八:"唐刘洎少时,尝遇异人谓之曰:'君当佐太平,须谨磨兜坚之戒。'谷城国门外有石人,刻其腹曰:'磨兜坚,慎勿言。'故云。"

⑨怍(zuò)容:羞愧的面色。

【赏读】

唐初刘洎以太子左庶子、检校民部尚书辅佐太子李治,却因性刚疏,又遭褚遂良向唐太宗进谗言,被唐太宗赐死。直言无忌为其贾祸之由。蒲松龄为吴长荣所撰《戒谑论》题辞,颇有晚明小品精神,三言两语,巧用典故,将直言与谑语等量齐观作为人生之大忌,点明"戒谑"的主旨。

作为人生的一种调剂,幽默实不可缺,但绝不能超越"虐"的底线。古代文学作品中,宋元话本有《错斩崔宁》,就是因为"一个官人,只因酒后一时戏笑之言,遂至杀身破家,陷了几条性命"。明末冯梦龙所编《醒世恒言》中的《十五贯戏言成巧祸》,属于"翻唱"之作,可见历代士人对于谨言慎行的重视程度。

蒲松龄虽非汉代东方朔滑稽之流,却也不乏幽默的因子,无论《聊斋志异》还是其诗词以及俚曲创作,皆可窥见一斑。《聊斋志异·霍生》一篇,就因为拿友人妻子的身体隐私开玩笑,闹出了人命。蒲松龄《为人要则·戒戏》:"《诗》云:'朋友攸摄,摄以威仪。'盖友必敬,而始能久。每见今之交好者相逢,嘲骂喧阗,满屋鄙俚之语,不堪听闻。彼轻之,我重之;彼重之,我益甚之。卒之激羞成怒,衔怨不解,遂有以数十年童稚之交,一旦而成切齿之恨者,岂不可笑之甚哉!市井之词,固涉恶道;尖巧之语,亦属轻薄。一笑哄堂,自觉快意,不知人能胜我,则反复益苦,人不能胜我,则惭恨不解。以此为戒,不惟交道可全,亦免祸之一端也。"可见蒲松龄对属于恶作剧一类的玩笑深恶痛绝。

《问心集》①跋

古人省身之言,尽于此乎?不尽也。然固不能尽,亦不必尽。若取其言,则书载五车②,未能枚举;而得其意,则经多百藏③,亦足类推。上有斧钺④,下有唇齿⑤,阴有刀锥⑥;至于恶杀恶淫⑦,则齐声而共怒。佛曰"虚无"⑧,老曰"清净"⑨,儒曰"克复"⑩,至于教忠教孝,则殊途而同归。恶之大者在淫,北雁晨钟,切宜猛省;善之尤者为孝,西风夜雨,更要深思。来日短而去日长⑪,老莱子之斑衣⑫可泪;收水难而覆水易⑬,司马氏之犊鼻⑭堪羞。慕妻恋子之时,试问身从何来,当使神呆半晌;待月迎风⑮之下,一思孽由自作⑯,应教汗湿重袭⑰。噫!有声之电击雷轰,有时不震⑱;无形之刀山⑲剑树⑳,靡刻不张㉑。圣贤千万言,已使予加之三复㉒;颠倒㉓一二事,期于子诵之终身。至循墙㉔之戒昭然,则君能入室㉕;而缄口之箴㉖惕若㉗,则我自书绅㉘。葵藿㉙倾心,遂以箴而作跋;金兰㉚投契㉛,敢以颂而忘规㉜。故四册之终,谨以片言代刍荛㉝之献纳；庶千载而下，识吾两人非世俗之知交。

【注释】

①《问心集》：四卷，王观正（1649～1702）著。观正，字觐光，号如水，行九。增广生员。蒲松龄另撰有《王如水〈问心集〉序》云："王子如水，盖有忧患于中也，因取洙泗之铃铎，禅林之棒喝，前车之鉴戒，檃栝一书，而名之曰《问心集》。"可见这是一部融会儒、道、释三家学说以自我修心的著述。

②书载五车：形容学问渊博。语本《庄子·天下》："惠施多方，其书五车。"古人著述书于竹简，需用车载运。

③藏（zǎng）：佛教经典的总称。

④斧钺（yuè）：斧与钺，泛指兵器。亦泛指刑罚、杀戮。

⑤唇齿：比喻互相依存而有共同利益的双方。

⑥刀锥：喻微末的小利。唐代陈子昂《感遇》："务光让天下，商贾竞刀锥。"

⑦恶杀恶淫：厌恶杀生，痛恨奸淫。

⑧虚无：即佛教语"色即是空"，谓一切事物皆由因缘所生，虚幻不实。

⑨清净：道家提倡"无为"，即主张清静虚无，顺应自然。清代戴名世《〈老子〉论上》："神仙之事……不见于经

传,大抵为其术者,屏繁嚣,守清净。"

⑩克复:即"克己复礼",语出《论语·颜渊》:"颜渊问仁。子曰:'克己复礼为仁。一日克己复礼,天下归仁焉。为仁由己,而由人乎哉?'"

⑪来日短而去日长:谓未来的日子少而逝去的日子多,寓意年老。语出晋代陆机《短歌行》:"蘋以春晖,兰以秋芳。来日苦短,去日苦长。"

⑫老莱子之斑衣:即"斑衣戏彩",谓身穿彩衣,作婴儿戏耍以娱父母。《北堂书钞》卷一二九引《孝子传》言老莱子年七十,父母尚在,因常服斑衣,为婴儿戏以娱父母。

⑬收水难而覆水易:即"覆水难收",比喻事成定局,难以挽回。《后汉书·何进传》:"国家之事,亦何容易!覆水不可收。宜深思之。"

⑭司马氏之犊鼻:据《史记·司马相如传》,司马相如携富家女卓文君私奔,卓文君父一怒之下不分财产给二人。司马相如就与卓文君同至临邛,"尽卖其车骑,买一酒舍酤酒,而令文君当炉。相如身自著犊鼻裈,与保庸杂作,涤器于市中"。卓王孙以为羞耻,被迫"分予文君僮百人,钱百万,及其嫁时衣被财物"。犊鼻,即"犊鼻裈",短裤,一说围裙。形如犊鼻,故名。

⑮待月迎风:男女幽会的暗示。元代王实甫《西厢记》第三本,崔莺莺通过红娘致书以诗邀约张君瑞:"待月西厢下,迎风户半开。隔墙花影动,疑是玉人来。"蒲松龄《〈问

心集〉序》:"舌剑笔锋,逞文人之才技;待月迎风,夸名士之风流。喜而安焉,率以为常,不几辱朝廷而羞当世士耶?"

⑯孽由自作:谓自作自受。语出《尚书·太甲中》:"天作孽,犹可违,自作孽,不可逭。"孽,罪孽,罪过。金代董解元《西厢记诸宫调》卷三:"多情彼此难割舍,都缘只是自家孽。"

⑰汗湿重裘:谓因惭愧或恐惧致使寒天出汗。重裘,厚毛皮衣。宋代王谠《唐语林》卷二:"时方寒,(令狐)绹汗透重裘。"

⑱不震:不震动,不震惊。多比喻稳固。

⑲刀山:佛教语,地狱中的酷刑之一。《三昧海经·观佛心品》:"狱卒罗刹驱蹙罪人令登刀山,未至山顶,刀伤足下乃至于心。"

⑳剑树:佛教语,剑轮地狱中的景象。

㉑靡刻不张:没有一刻不是打开的。

㉒三复:反复诵读。

㉓颠倒:反反复复,重复。

㉔循墙:谓避开道路中央,靠墙而行。表示恭谨或畏惧。《左传·昭公七年》:"故其鼎铭云:'一命而偻,再命而伛,三命而俯,循墙而走,亦莫余敢侮。'"晋杜预注:"言不敢妄行。"

㉕入室:比喻学问或技艺得到师传,造诣高深。语出《论语·先进》:"由也升堂矣,未入于室也。"宋邢昺疏:

"言子路之学识深浅，譬如自外入内，得其门者。入室为深，颜渊是也；升堂次之，子路是也。"

㉖缄口之箴：谓闭口不言的铭文。语出《孔子家语·观周》："孔子观周，遂入太祖后稷之庙，庙堂右阶之前，有金人焉，三缄其口，而铭其背曰：'古之慎言人也。'"

㉗惕若：即"夕惕若厉"，谓朝夕戒惧，如临危境，不敢稍懈。语出《易·乾》："君子终日乾乾，夕惕若厉，无咎。"

㉘书绅：把要牢记的话写在绅带上。后亦称牢记他人的话为书绅。语本《论语·卫灵公》："子张书诸绅。"宋邢昺疏："绅，大带也。子张以孔子之言书之绅带，意其佩服无忽忘也。"

㉙葵藿：这里单指葵，葵性向日。古人多用以比喻下对上赤心趋向。语出《三国志·魏志·陈思王植传》："若葵藿之倾叶，太阳虽不为之回光，然向之者诚也。窃自比于葵藿，若降天地之施，垂三光之明者，实在陛下。"

㉚金兰：指契合的友情，深交。语出《易·系辞上》："二人同心，其利断金；同心之言，其臭如兰。"

㉛投契：谓意气或见解相合。

㉜规：规劝。

㉝刍荛（chú ráo）：本指牲口吃的草和烧火用的木柴。这里指浅陋的见解。多用作自谦之辞。

【赏读】

蒲松龄年长王观政九岁,两人友情深厚。康熙十一年(1672)秋,蒲松龄与王观政同赴济南应乡试,当是两人结交之始,随后蒲松龄即在王家坐馆一年,交谊更深。《问心集》外,王观政还有《退省斋》诗、词各一卷,八股之外,两人能够谈诗论词,或许有共同语言是这两位屡试不第的秀才惺惺相惜的基础。

蒲松龄为《问心集》作跋而外,还为之撰写了一篇长序,内有云:"向见其三月杨柳以为度,山河海岳以为胸,精金美玉以为骨,而孰知更秋阳江汉以为心也。"赞誉称许以极,并非一般场面上的美言。王观政所谓"问心",即儒家之"修身"与"齐家"的功夫。斥责淫滥,讲求孝道,并有意结合释、老之说,反映了中国哲学史上唐宋以来"三教合一"的趋势。

两宋间临济宗大慧宗杲(1089~1163)就意图援儒入禅,光大禅门。而金代全真教的创始者王重阳(1113~1170)主张三教同源、三教合一,以《道德经》《般若波罗蜜多心经》《孝经》为主要经典,也是以道教为本位兼取佛、儒家言。明代主张"致良知"的阳明心学,就曾用"三间屋舍"比喻三教只是一家。晚明三一教主林兆恩(1517~1598)因崇尚阳明心学而悟三教合一之理,其后民间宗教在创立发展过程中也多用"三教合一"说以招徕信众。蒲松龄此跋以"教忠教孝,则殊途而同归"概括三教合一,正是历代哲人思想的延续。

《宋七律诗选》[①]跋

宋人之什[②],率[③]近于俚;而择其佳句,则秀丽中自饶天真[④],唐贤[⑤]所不能道也。丁丑[⑥]冬,余从毕子昆朗[⑦]假[⑧]得《诗抄》[⑨],闭阁录之。因其浩瀚,即有绝工处,而他句太不相称者,辄弃去,故仅存三百二十有二首。吾于宋集中选唐人,则唐人逊我真也,敢云以门户[⑩]自立哉!末载戴公一什[⑪],亦聊解嘲[⑫]耳。

腊月十四日

【注释】

①《宋七律诗选》:蒲松龄于康熙三十六年(1697)所编录宋人七律诗选本,未刊,已佚。

②宋人之什:谓宋人诗篇。

③率:大概,一般。

④天真:谓事物的天然性质或本来面目。

⑤唐贤:谓唐代著名诗人。

⑥丁丑:即康熙三十六年(1697)。

⑦毕子昆朗：即毕海珖（生卒年不详），字昆朗，号涧堂，淄川县西铺（今属山东省淄博市周村区）人，山东解元毕世持第三子。诸生。能诗。有《涧堂诗草》，未刊行。山东省图书馆藏民国十三年（1924）毕先敩抄本《毕氏两世遗诗》二卷，下卷即《涧堂诗草》。

⑧假：借入。

⑨《诗抄》：当指清吴之振、吕留良等所选《宋诗抄》，有康熙十年（1671）序刊本。

⑩门户：派别。

⑪戴公一什：当指南宋戴昺所作七律《答妄论宋唐诗体者》："安用雕镂呕肺肠，辞能答意即文章。性情元自无今古，格调何须辨宋唐。人道凤筒谐律吕，谁知牛铎有宫商。少陵甘作村夫子，不害光芒万丈长。"戴公，即戴昺（生卒年不详），字景明，号东野，天台（今属浙江）人。戴复古从孙。南宋宁宗嘉定十二年（1219）进士，调赣州法曹参军。戴复古称其诗"不学晚唐体，曾闻大雅音"。有《东野农歌集》五卷。《宋诗抄》选录戴昺《农歌集抄》五十七首诗，上所揭者见于其小传中。可证蒲松龄选录宋人七律诗，当即从《宋诗抄》中再选而出。

⑫解嘲：因惧被人嘲笑而自作解释。

【赏读】

明代诗坛以尊唐为尚，清初诗坛则宗唐法宋，各有所趋。王夫之论诗宗唐,黄宗羲、吴之振、吕留良等人则提倡宋诗,具有一种反拨的态势。黄宗羲曾说:"诗不当以时代而论,宋元各有专长。"分唐界宋,不但在著名学者间争辩不已,其影响甚至及于乡村,蒲松龄的《宋七律诗选》当是应运而生的产物,至少可以窥见清初论诗的一时风气。

清代宋荦《漫塘诗话》有云:"明自嘉隆以后,称诗家皆讳言宋,至举以相訾謷。故宋人诗集庋阁不行。近二十年来,乃专尚宋诗。至余友吴孟举《宋诗抄》出,几于家有其书矣。孟举序云:'黜宋者曰腐,此未见宋诗也。今之尊唐者,目未及唐诗之全,守嘉隆间固陋之本,陈陈相因,千喙一唱,乃所谓腐也。'"《宋诗抄》的编选刊刻,一扫明代诗坛尊唐黜宋之风,弘扬宋调,令举业难以为继而《志异》有成的蒲松龄也心思大动,可见这部选本影响的广度与深度。

蒲松龄从《宋诗抄》中再出选宋人律诗三百二十二首,意在放开眼界,集思广益,以求得自己诗艺更上层楼。时年已近"耳顺"的蒲松龄似乎无意陷入唐宋诗之争的理论旋涡中,而只是转益多师,择善而从,因而以宋人"戴公一什"一言蔽之且收束此跋,其微妙用心可见一斑。

毕公权①《困佣诗》②跋

公权天分绝人,而其生平多病善思③。每忆亡书④,或字句不得,辄辗转⑤终夜达旦,困顿至不可起。同人论其为文如独茧抽丝⑥,亦可以想见其为人矣。生平口不言诗;偶一作,亦稿而投之箱簏⑦,不甚示人,故人亦罕见之。今人琴⑧去矣,搜得其吉光片羽⑨,读之锵然⑩,悲凉尖颖⑪,直将前无古人也者。使假之数年⑫,逸⑬以翰苑⑭,王、李之帜何足拔⑮,钟、谭之坛何足登哉⑯!才人之生,适值般阳文劫⑰,宁非天耶!诗中喜用愁恨鬼死⑱,亦长爪不年之谶⑲也。呜呼!

【注释】

①毕公权:即毕世持(1649~1687),字公权,淄川县西铺(今属山东省淄博市周村区)人,是毕际有叔父、明代都察院右佥都御史毕自肃的曾孙。十一岁进学,康熙十七年(1678)山东乡试解元。少年才俊,早年即以文章驰名山左。

中举后,可惜三次会试皆不遇,抑郁以终,年不足三十九岁。

②《困佣诗》:即《困佣家草》,蒲松龄编辑,未刊行。山东省图书馆藏民国十三年(1924)毕先敦抄本《毕氏两世遗诗》二卷,上卷即《困佣家草》,收毕世持诗三十题三十三首。

③善思:慎重考虑。

④亡书:散失的书籍。

⑤辗转:翻来覆去的样子。《诗经·陈风·泽陂》:"寤寐无为,辗转伏枕。"宋朱熹集注:"辗转伏枕,卧而不寐,思之深且久也。"

⑥独茧抽丝:喻诗文条理分明,脉络清晰。明代谢榛《四溟诗话》卷一:"凡作近体,诵要好,听要好,观要好,讲要好。诵之行云流水,听之金声玉振,观之明霞散绮,讲之独茧抽丝。此诗家四关。"蒲松龄《挽毕公权》八首其七:"抽尽文思真似茧,遗来墨气欲成云。"

⑦箱簏(lù):犹箱箧,藏物用具。

⑧人琴:即"人琴俱亡",为睹物思人、痛悼亡友之典。语出南朝宋刘义庆《世说新语·伤逝》:"王子猷、子敬俱病笃,而子敬先亡……子敬素好琴,(子猷)便径入坐灵床上,取子敬琴弹。弦既不调,掷地云:'子敬子敬,人琴俱亡!'因恸绝良久,月余亦卒。"

⑨吉光片羽:神兽吉光身上的一片毛。比喻残存的诗歌

珍品。

⑩锵然：形容其诗读起来声音琅琅。

⑪尖颖：犹新颖、新奇。

⑫假之数年：谓延寿数年。假，授予、给予。《史记·孔子世家》："假我数年，若是，我于《易》则彬彬矣。"

⑬逸：驰骋。

⑭翰苑：翰林院的别称。明将著作、修史、图书等事务并归翰林院，成为外朝官署。清沿明制，翰林院掌编修国史及草拟制诰等。

⑮"王、李"句：意谓超越王世贞、李攀龙等明"后七子"也轻而易举。

⑯"钟、谭"句：意谓与钟惺、谭元春等竟陵派文学人物也不相上下。

⑰般阳文劫：谓明清易代之际，淄川读书人所遭受的厄难。般阳，般阳府，明洪武初改般阳为府，治所即清淄川县。文劫，读书人的劫难。

⑱愁恨鬼死：古人认为诗中常出现这些字眼是不吉利的。毕世持《宣四先生归自濠梁有诗见怀即用其句酬之》其二："愁逢茆店酒，倦入夕阳庵。说鬼凭谁妄，题诗好自耽。"《书见》："耳目有知偏触恨，风尘无伴解持螯。"《秋词》："五成悲角使人愁，天上人间一色秋。"

⑲长爪不年之谶（chèn）：如唐朝诗人李贺（790~816）一样有享年不永的预兆。长爪，即"长爪郎"，唐李贺（字

长吉)的别称。语本唐李商隐《李长吉小传》:"长吉细瘦,通眉,长指爪。"不年,不长寿。谶,指将来要应验的预言、预兆。古人认为李贺诗中"牛鬼蛇神,不足为其虚荒诞幻也",属于"鬼才",是享年不永的预兆。

【赏读】

王士禛《文学毕君子万解元公权家传》有云:"君长身玉立,眉目如画,读书不事章句,水边林下,行吟萧散。意有所会,欣然神释,云情霞思,迥绝町畦。康熙戊午,以第一人领山东解额。其文传颂海内,不胫而驰。"这番赞誉之语主要就毕世持的八股文章而言。毕世持小于蒲松龄九岁,但三十岁就在山东乡试中举,且拔得头筹,的确令人艳羡。可惜享年太促,不到三十九岁即撒手人寰,令人痛惜。

蒲松龄《挽毕公权》八首其八尾联甚至呼出:"君已成名我尚贱,未知生死更谁强。"蒲松龄因难以通过乡试而焦虑,毕世持则因三上春官失利而痛心,这种科举情结对于读书人有时是致命的!所谓"能文",在清人口中通常指八股文章写得好,这与"能诗"虽不矛盾,然而一个人两者兼擅又谈何容易!从《困佣家草》所传世的三十多首诗而论,并没有特别出众之处,与蒲松龄的诗歌创作相比,无论立意、巧思,都稍逊一筹。此跋中所谓"王、李之帜何足拔，钟、谭之坛何足登哉"，属于就其诗歌发展趋势而虚拟的设想之词，无的放矢，说明不了什么问题。倒是跋中"生平口不言诗"一语殊堪玩味，大约也是对毕世持有意藏拙的委婉表示吧。

《小学节要》①跋

　　小学之书，教人以事亲敬长之节，威仪②进退③之文，良足发人德性④，真不啻⑤取天下之童蒙而胎教⑥之也。然其书废置已久，不惟目所不及见，并有耳所不及闻者。迩年⑦童子之科⑧，取数綦隘⑨，往往年逾不惑，犹操童子之业，忽增五六万言，俾同总角⑩者咿唔⑪其中，亦良苦矣！余节取其要，存三分之一，以便老蒙士⑫之记诵，不许龆龀⑬者窃取之也。

　　　　　　　　　　　　康熙丁丑⑭十月望后四日⑮

【注释】

　　①《小学节要》：宋朱熹编撰的《小学》一书，成书于宋孝宗淳熙十四年（1187）三月，属于教人事亲敬长、应对进退仪节的蒙学之书。内容包括立教、明伦、敬身、稽古四项，属内篇；另有嘉言、善行两项，属外篇。清代曾列为童生进学考试的科目。蒲松龄为适应童生的实际情况对此书加以节录选要，故称《小学节要》。书今不传。

②威仪：这里指服饰仪表。

③进退：谓举止行动。

④德性：指人的自然至诚之性。《礼记·中庸》："故君子尊德性而道问学。"汉郑玄注："德性，谓性至诚者。"

⑤不啻（chì）：无异于，如同。

⑥胎教：孕妇谨言慎行，心情舒畅，给胎儿以良好影响，谓之"胎教"。《大戴礼记·保傅》："胎教之道，书之玉板，藏之金匮，置之宗庙，以为后世戒。"

⑦迩年：犹近年。

⑧童子之科：明清指童生试。童子，即"童生"，谓习举业而未考取秀才的读书人。《明史·选举志一》："士子未入学者，通谓之童生。"

⑨取数綦（qí）隘（è）：谓进学的数量限制极其严厉。綦，通"极"，二者古音相同。

⑩总角：谓儿童时。古时儿童束发为两结，向上分开，形状如角，故称总角。语出《诗经·齐风·甫田》："婉兮娈兮，总角丱兮。"

⑪咿唔：象声词。多形容吟诵声。

⑫老蒙士：这里指上了岁数的童生。

⑬龆齓（tiáo chèn）：垂髫换齿之时。指七八岁的儿童。

⑭康熙丁丑：即康熙三十六年（1697）。

⑮十月望后四日：即农历十月十九日。望，农历每月十五日。

【赏读】

蒲松龄热心于蒙学读物的重编，与他长期的塾师生涯密不可分。

明清两代应考生员（秀才）之试者，即童生，又称儒童，所以称为"童试"。无论年龄大小，从少年、青壮年乃至白首老翁，只要参加童试，一概视为童生。吴敬梓《儒林外史》第二回道出老童生的屈辱："原来明朝士大夫称儒学生员叫做'朋友'，称童生是'小友'。比如童生进了学，不怕十几岁也称为'老友'。若是不进学，就到八十岁也还称'小友'。"其中六十多岁的周进因为没有进学，就遭受了秀才梅玖的好一番奚落。童生要经过县官主持的县试、知府主持的府试、学政主持的院试（或称道试），三级考试合格方能进学，即俗称秀才者。其间的艰辛，本书前选《贺章丘县周素心入泮序》可以参见，在明清时代，采芹入泮，绝非易事。

《小学节要》的编录，主要是为方便上了年纪的童生（老蒙士）应试的需要。编录成书这一年，蒲松龄已然五十八岁，其悲天悯人的情怀皎然可见。

抄录《观象玩占》①跋

先得《会天意》②一册，以其有量晴课雨③之益，故依样录之。后见《观象玩占》，无论其卷册浩烦，不能缮写，且天文星宿，多所不解；仅取其人人共知，如日月北斗、风云雷雨之属，录为三卷，聊以备旱涝之秋④，为瞻云望岁⑤之助云尔。

甲午⑥五月下浣，柳泉氏⑦志

【注释】

①《观象玩占》：《四库全书总目提要》子部"术数类存目"著录《观象玩占》五十卷云："旧本题唐李淳风撰。凡日月、五纬、经星、云汉、彗孛、客流、杂气以及山川、陆泽、城郭、宫室、营垒、战阵皆主于占，而阴晴、风雨、雹露、霜雾咸附录焉。于日月之交会，五星之退留，今所预为推步，岁有常经者，亦往往断以占候。即日月所不至，五星所不经者，亦虚陈其象，殊不足凭。"是书今存，上海古籍出版社2002年出版《续修四库全书》第1049册收录。

②《会天意》：此书未见流传或著录，当是一部观测并解释天文气象乃至推演宇宙变化之理的书籍。蒲松龄有《〈会天意〉序》一文，内有云："是集也，固所以观天文也。然就天言天，则玄穹之垂象，造化之推迁也，而非我也。就我言天，则方寸中之神理，吾儒家之能事，虽元会运世，曾不能当我一息。而参天两地，燮理阴阳，总属绪余。夫苟凝神默会，则盈虚消息，了无遗嘱；昭昭乾象，不出方寸。彼行列次舍，常变吉凶，不过取以证合吾天耳。"

③量晴课雨：谓占卜天气阴晴风雨。

④旱涝之秋：谓旱或涝的年份。

⑤瞻云望岁：通过对某一时段云象的观察以预测当年的收成。

⑥甲午：即康熙五十三年（1714）。

⑦柳泉氏：蒲松龄号柳泉。

【赏读】

抄录《观象玩占》并为之作跋，蒲松龄时年已经七十五岁，距离其去世不足八个月。"捡到篮子里的都是菜""活到老，学到老"，蒲松龄勤奋一生，即使在儿孙绕膝，本当颐养天年之际，仍笔耕不辍。

在生产力普遍不高的时代，乡村靠天吃饭，一年收成好坏完全寄托于风调雨顺，否则就要挨饿受冻，妻啼子号，甚至逃荒异乡。蒲松龄抄录《观象玩占》并非是一种打发岁月的手段，而是有其切实的实用追求，所谓"聊以备旱涝之秋，为瞻云望岁之助云尔"，道出其明确的目的。

蒲松龄是孔门儒家信徒，但绝非一心只读圣贤书的冬烘学究，而"多能鄙事"，孔夫子早已躬行实践，蒲松龄继承这一优良传统，也是多方效法圣人的表现。

陈淑卿①小像题辞

霓裳谪队②,香案旧曹③。朱衍樱唇,原太冲之娇女④;风飘柳絮,入安石之闺门⑤。游龙之人,宛同洛水⑥;射雀之客,旧本琅琊⑦。伯鸾将婚,兵方兴于白水⑧;文姬未嫁,乱适起于黄巾⑨。居民窜诸深山,王孙⑩去其故里。随舟纵棹,忽睹秦汉之村⑪;扣户求浆,竟是神仙之宅⑫。开扉致诘⑬,始辨声音;秉烛倾谈,恍疑梦寐⑭。倥偬搭面,送神女于巫山;仓猝催妆,迎天孙于鹊渡⑮。片时荒会⑯,遂共流离;一点雏龄⑰,便知恩爱。寄八襥之襻带,不为秋寒⑱;脱半臂之锦绡,非怜夜冷⑲。迨夫烽烟罢警⑳,遁客㉑还乡。携四壁之芙蓉,来归庭户㉒;捧半年之巾帨,始认家门㉓。因乱成婚,已失椿萱㉔之意;为懂废礼㉕,大非姑舅㉖之心。厌嫌之色难堪,驱遣之词并进。流纨新妇,蹴夹裙之细步以归㉗;织素㉘故人,望蘼芜之高山㉙而去。连理之树㉚,日度愁莺;比翼之禽㉛,翻为别鹄㉜。此际真成双怨,是番㉝幸不长离。青鸟衔书,频频而通好信㉝;红衿系线,依依而返旧庐㉟。且喜运数之亨㊱,珍珠复还合浦㊲;未释帝天之怒,牛女终隔明河㊳。道里非遐㊴,遥天㊵相似;房帏日近㊶,荡子㊷还同。上黄侯之窗前,啼含镜影㊸;义安主之床上,涕湿衾花㊹。

胡消息之能通?赖腹心之可托。金钗略扣㊺,铁限㊻初开。对影之鸾,相看欲舞㊼;闻箫之凤,并偶成仙㊽。离合惊其非常,悲欢感而交至。沉吟㊾为尔,不意有今;娇羞悦人,犹疑是梦。引臂替枕㊿,屈指黄蘗之程㉛;纵体入怀㉜,腮断明珠之串㉝。红豆之根㉞不死,为郎宵奔㉟;乌臼之鸟无情,催侬夜去㊱。幸老采苹之能解意㊲,感女昆仑之不惮烦㊳。方悲金屋之人㊴,捐曾似扇㊵;尤惜金锦之物,弃不如麛㊶。广柳为船,别娇婴于渡口㊷;长江作泪,跂望跙于沙汀㊸。

遭逢苦而忧患深,艰厄尽而债孽满。雷霆虽烈,渐感悟于湘蘅㊹;伉俪㊺久成,初合欢于豆蔻㊻。鸳鸯眠渚,不患风涛;燕子偎梁,同栖玳瑁㊼。好期世世,香灼凝玉之肌㊽;誓在生生,梳断衔山之月㊾。朝炊暮绩,迎人之笑靥仍开;儿啼女号,谪我之恶声未有。所恨离奢会促㊿,孙子荆怨起秋风㉛;可怜乐极哀生,潘安仁悲深长簟㉜。香奁剩粉,飘残并蒂之枝;罗袜遗钩㉝,凄绝断肠之草㉞。半杯浆水㉟,呼小岁之儿名㊱;

一树桃花,想当年之人面⁷⁷。敬传神于阿堵⁷⁸,聊寄念于空闺。环珮珊珊⁷⁹,临风欲动;春山⁸⁰淡淡,含睇⁸¹将流。五夜⁸²中现影行来,愿如紫紫⁸³;千秋下有人拾得,恐当真真⁸⁴。薄赘骈词⁸⁵,即充小传。

【注释】

①陈淑卿:蒲松龄友人王敏入的第一任妻子,乾隆八年(1743)《淄川县志》卷六下《续列女》有传云:"陈氏,孝子王敏入妻。性贞慧。值明季土寇为乱,合卺未成礼,遽仓皇奔匿山谷。氏遥见其夫衣白而伏,遽脱青衣遣婢持覆之。少顷贼至,辄望白处追射,敏入卒免。既而氏以早失怙,未娴女红,失姑意,遣归。氏大归,毫无怨意。后翁姑渐老,复迎氏。时岁大饥,氏鬻簪珥供甘旨,助小姑婚嫁。姑病,氏亲为涤溺器,除粪箕,翁姑至为感泣。族属里党咸称为孝妇焉。唐太史次其事为作《夫妇孝义合传》,盖实录云。"

②霓裳谪队:意谓陈氏原为仙女,被谪居人间。霓裳,神仙的衣裳,相传神仙以云为裳。谪队,谓从仙人中坠落凡间。

③香案旧曹:意谓原属享受香炉烛台供奉的仙人。唐代元稹《以州宅夸于乐天》诗:"我是玉皇香案吏,谪居犹得住蓬莱。"

④"朱衍樱唇"二句:谓陈氏如同左思《娇女诗》中所描绘的有小而红润的嘴唇,光彩照人。太冲,即左思,字太

冲，西晋临淄（今山东省淄博市临淄区）人。其代表作是《三都赋》与《咏史》诗，另有五古《娇女诗》也很有名，有句云："吾家有娇女，皎皎颇白皙……浓朱衍丹唇，黄吻澜漫赤。"这里即以之形容陈氏容貌之美。

⑤"风飘柳絮"二句：谓陈氏如东晋谢道韫一样自幼才情过人，有咏絮的诗才。语出南朝宋刘义庆《世说新语·言语》："谢太傅寒雪日内集，与儿女讲论文义。俄而雪骤，公欣然曰：'白雪纷纷何所似？'兄子胡儿曰：'撒盐空中差可拟。'兄女（谢道韫）曰：'未若柳絮因风起。'"安石，谢安（320~385），字安石，东晋陈郡阳夏（今河南省太康县）人。累官至侍中，进位太傅。

⑥"游龙之人"二句：谓陈氏有如同洛水女神一般的婀娜身姿。语出三国魏曹植《洛神赋》："其形也，翩若惊鸿，婉若游龙。"游龙，游动的龙。比喻姿态婀娜。洛水，源出今陕西，流经今河南。

⑦"射雀之客"二句：谓陈氏之夫王敏入王氏之郡望本在山东琅琊。王敏入（生卒年不详），字子逊，一作子巽，号梓岩，济南府淄川县（今山东省淄博市淄川区）人。诸生。能诗，工于绘事，年长于蒲松龄十四五岁。射雀，即"射屏"，用唐高祖射雀屏成婚的典故。《旧唐书·后妃传上·高祖太穆皇后窦氏》："毅闻之，谓长公主曰：'此女才貌如此，不可妄以许人，当为求贤夫。'乃于门屏画二孔雀，诸公子有求婚者，辄与两箭射之，潜约中目者许之。前后数

十辈莫能中,高祖后至,两发各中一目。毅大悦,遂归于我帝。"后因以"射屏"喻择佳婿。琅琊,又作"琅邪",山名,在今山东省青岛市南境。自东晋南渡以后,琅琊就成为王氏的郡望。

⑧"伯鸾将婚"二句:意谓王敏入尚未成家,即遭遇清人入主中原的易代之乱。伯鸾,即东汉梁鸿,字伯鸾,家贫好学,不求仕进。与妻孟光共入霸陵山中,以耕织为业。夫妇相敬有礼。《后汉书·逸民》有传。后世常以"伯鸾"借指隐逸不仕之人,这里即指代王敏入。白水,水名。源出今湖北枣阳市东大阜山,相传为汉光武帝刘秀起兵反抗新莽政权的地方。汉代张衡《东京赋》:"我世祖忿之,乃龙飞白水,凤翔参墟。"这里喻指清人叩关入主中原。

⑨"文姬未嫁"二句:意谓尚未出嫁的陈氏在家乡,正赶上易代之际乘机造反者的动乱。文姬,即蔡琰(生卒年不详),字文姬,陈留圉(今河南杞县西南)人,著名学者蔡邕之女。自幼博学多才,好文辞,又精于音律。初嫁河东卫仲道,夫亡无子,归母家。东汉末年黄巾军起义,军阀混战,南匈奴趁机叛乱,蔡琰被南匈奴军所虏,在塞外度过十二年,生有二子。建安十二年(207),曹操遣使者持金璧去南匈奴赎回蔡琰。蔡琰回到中原后,又嫁屯田都尉董祀。作有五言《悲愤诗》,又传世《胡笳十八拍》,或谓系伪托。《后汉书》有传。这里以蔡文姬指代陈氏。黄巾,即黄巾军。东汉末年,张角领导的一次有组织、有准备的全国性农民起

义。因起义军头戴黄巾，史称黄巾起义。这里指崇祯十七年（1644）邑人王茂德的数万人马围攻淄川县城三月余之事，城虽未攻陷，却造成四乡百姓流离失所（参见邹宗良《蒲松龄研究丛稿》，山东大学出版社 2011 年版，第 167~168 页）。

⑩王孙：旧时对人的尊称。这里指代王敏入。

⑪"随舟纵棹"二句：用晋陶渊明《桃花源记》故事，谓王敏入无意中找到未遭受动乱影响的偏僻乡村避难。《桃花源记》："晋太元中，武陵人捕鱼为业。缘溪行，忘路之远近……林尽水源，便得一山。山有小口，仿佛若有光，便舍船从口入……村中闻有此人，咸来问讯。自云先世避秦时乱，率妻子邑人来此绝境，不复出焉，遂与外人间隔。问今是何世，乃不知有汉，无论魏、晋。"棹，船桨。

⑫"扣户求浆"二句：化用《幽明录》中刘晨、阮肇入天台山采药的故事。刘、阮两人迷路，饥渴中得遇二女，共同居住半年回乡，家乡人皆不识，已经历经十世，始知二女为神仙。这里即用仙女比喻陈氏。

⑬开扉致诘：打开门究问。

⑭"秉烛倾谈"二句：谓王、陈二人乱离之中一见钟情。借用唐杜甫《羌村》诗意："夜阑更秉烛，相对如梦寐。"倾谈，倾心交谈，尽情地谈论。

⑮"倥偬（kǒng cōng）搭面"四句：谓王、陈二人仓促中举行婚礼，携手同入洞房。倥偬，事情纷繁迫促。搭面，旧时女子出嫁时的盖头。送神女于巫山，谓男女幽会。

相传赤帝之女名姚姬,未嫁而卒,葬于巫山之阳,楚怀王游高唐,昼寝,梦与其神相遇,自称:"妾巫山之女也,为高唐之客。闻君游高唐,原荐枕席。"催妆,旧俗新妇出嫁,必多次催促,始梳妆启行。天孙,星名,即织女星。鹊渡,由鹊搭成的渡桥,即鹊桥。民间传说天上的织女七夕渡银河与牛郎相会,喜鹊纷纷飞来搭成桥,称鹊桥。常用以比喻男女结合的途径。

⑯荒会:模糊不真切的男女之会。

⑰维龄:年纪幼小。陈氏时十三四岁,后文"初合欢于豆蔻"可证。

⑱"寄八襊(cuō)"二句:意谓陈氏在入秋时为王敏入裁衣,对他的照料无微不至。语出《玉台新咏·王筠〈行路难〉》:"裲裆双心共一抹,袙复两边作八襊。襻带虽安不忍缝,开孔裁穿犹未达。"襊,衣服上的褶子。襻(pàn),系衣裙的带。

⑲"脱半臂"二句:意谓王敏入对陈氏关爱自己也不乏情感上的回报。语出北宋魏泰《东轩笔录》卷一五:"宋子京博学能文章……多内宠,后庭曳罗绮者甚众。尝宴于锦江,偶微寒,命取半臂,诸婢各送一枚,凡十余枚皆至。子京视之茫然,恐有厚薄之嫌,竟不敢服,忍冷而归。"半臂,短袖或无袖上衣。

⑳烽烟罢警:谓王茂德的动乱消除。烽烟,烽火台报警之烟,这里借指动乱。

㉑遁客:逃亡之人。这里指王敏入。

㉒"携四壁"二句:意谓王敏入偕同陈氏回归故里。据《史记·司马相如列传》,新寡的卓文君私奔司马相如,两人驰归成都,"家居徒四壁立"。这里即以"四壁"指代王敏入。芙蓉,荷花的别名,古人又称卓文君。《西京杂记》卷二:"文君姣好,眉色如望远山,脸际常若芙蓉。"这里即以卓文君喻指陈氏。

㉓"捧半年"二句:谓陈氏嫁夫半年才识别王敏入的家门。帨(shuì),佩巾。古代女子出嫁时,母亲所授。用以擦拭不洁。在家时挂在门右,外出时系在左。陈氏未入王门,佩巾无处可挂,故曰"捧"。

㉔椿萱:谓王敏入的父母。《庄子·逍遥游》谓大椿长寿,后世因以椿称父。《诗经·卫风·伯兮》:"焉得谖草,言树之背。"谖草,即萱草。后世因以萱称母。椿、萱连用,代称父母。

㉕为懽(huàn)废礼:谓因社会发生灾难而不能顾及礼教的约束。礼,谓六礼,古代在确立婚姻过程中的六种礼仪,即纳采、问名、纳吉、纳征、请期、亲迎。懽,祸害、灾难。《庄子·人间世》:"凡事若小若大,寡不道以懽成。"闻一多《古典新义·庄子内篇校释》:"懽,古患字……言事无大小,罕有不由之以成灾患者也。"

㉖姑舅:丈夫的父母,公婆。《尔雅·释亲》:"妇称夫之父曰舅,称夫之母曰姑。姑、舅在,则曰君舅、君姑;

没,则曰先舅、先姑。"

㉗"流纨新妇"二句:谓王敏入不得已遵从父母之命休归陈氏。暗用《玉台新咏·古诗为焦仲卿妻作》诗意,以刘兰芝与焦仲卿的悲剧比喻陈、王两人的别离。流纨,细绢。夹裙,有里和面两层的裙。《玉台新咏·古诗为焦仲卿妻作》写刘兰芝被休归情景:"鸡鸣外欲曙,新妇起严妆。著我绣夹裙,事事四五通。足下蹑丝履,头上玳瑁光。腰若流纨素,耳著明月珰。指如削葱根,口如含朱丹。纤纤作细步,精妙世无双。上堂谢阿母,母听去不止。"

㉘织素:将丝织为绢帛。素,白色生绢。仍以刘兰芝喻陈氏。《玉台新咏·古诗为焦仲卿妻作》:"十三能织素,十四学裁衣。"

㉙望蘼芜之高山:形容陈氏被休后的凄凉。语出《玉台新咏·古诗八首》:"上山采蘼芜,下山逢故夫。长跪问故夫,新人复何如?"蘼芜,草名,叶有香气。

㉚连理之树:即"连理树",两树交合在一起。多比喻恩爱夫妇。

㉛比翼之禽:即"比翼鸟",传说中的一种鸟。《尔雅·释地》:"南方有比翼鸟焉,不比不飞,其名谓之鹣鹣。"古代常以此比喻恩爱夫妻。

㉜别鹄(hú):以天鹅的乖离比喻夫妇分别。唐韩愈《琴操十首·别鹄操》序云:"商陵穆子,娶妻五年无子。父母欲其改娶,其妻闻之,中夜悲啸,穆子感之而作。本词云:

'将乖比翼隔天端,山川悠远路漫漫,揽衾不寐食忘飧。'"
鹄,通称天鹅。似鹅而大,颈长,飞翔甚高,羽毛洁白。

㉝是番:这一次。

㉞"青鸟衔书"二句:意谓分别时,王、陈二人通过书信往来。青鸟,神话传说中为西王母取食传信的神鸟。

㉟"红衿系线"二句:意谓陈氏如同燕子一般恋恋不舍回归旧巢。红衿,疑当作"红襟",指代燕子,因燕子胸前有红色羽毛,故称。唐代丁仙芝《余杭醉歌赠吴山人》诗:"晓幕红襟燕,春城白项乌。只来梁上语,不向府中趋。"系线,谓有所牵挂。

㊱运数之亨:谓命运通达。亨,通达、顺利。语出《易·坤》:"坤厚载物,德合无疆,含弘光大,品物咸亨。"

㊲珍珠复还合浦:即"合浦珠还",比喻人去复归。《后汉书·循吏传·孟尝》:"(合浦)郡不产谷实,而海出珠宝,与交阯比境……先时宰守并多贪秽,诡人采求,不知纪极,珠遂渐徙于交阯郡界。于是行旅不至,人物无资,贫者死饿于道。尝到官,革易前敝,求民病利。曾未逾岁,去珠复还,百姓皆反其业。"

㊳"未释"二句:意谓王、陈仍未获王家父母的谅解,处于分居状态。神话传说:织女是天帝孙女,长年织造云锦,自嫁河西牛郎后,就不再织了。天帝责令两人分离,每年只准七月七日在天河上相会一次,俗称"七夕"。帝天,即天帝。牛女,牛郎星与织女星。明河,天河、银河。

㊴道里非邈：谓王、陈两人居处并不遥远。道里，路途。邈，遥远。

㊵遥天：犹长空。

㊶房帏：寝室，闺房。这里借指夫妻间的情爱。

㊷荡子：指辞家远出、羁旅忘返的男子。汉《古诗十九首》："荡子行不归，空床难独守。"这里比喻王与陈会面之难。

㊸"上黄侯"二句：意谓王、陈因夫妻离别而悲伤。语出北周庾信《为梁上黄侯世子与妇书》："想镜中看影，当不含啼；栏外将花，居然俱笑。"梁上黄侯世子，即萧慤，原为南朝梁宗室，后被掳入北朝，与妻别离多年。同在北周的庾信就代萧慤写了这封怀念在南朝的妻子的信。镜影，据南朝宋范泰《鸾鸟诗序》，从前罽宾王得一鸾鸟，三年不鸣。听说鸟见其同类就会鸣叫，于是悬镜以照。鸾鸟睹其形影悲鸣，一奋而绝。这里比喻夫妻别离。

㊹"义安主"二句：意谓王、陈两地相思的凄凉。语出南朝陈伏知道《为王宽与妇义安主书》："泪滴芳衾，锦花长湿。"王宽为南朝梁外戚，与妻义安公主新婚后离别，相思已极中就请有文名的伏知道代写了这封情书。衾花，锦被上的绣花。

㊺金钗略扣：谓用金钗轻轻叩门以作暗号。扣，同"叩"。

㊻铁限：即铁门限，打铁作门限，以求坚固。比喻陈氏

为防嫌，轻易不开闺门。

㊼“对影之鸾”二句：比喻王、陈犹如双鸾两情相悦。唐李群玉《伤柘枝妓》诗：“曾见双鸾舞镜中，联飞接影对春风。”

㊽“闻箫之凤”二句：比喻王、陈犹如仙侣一般和睦。据汉刘向《列仙传》，萧史为春秋秦穆公时人，善吹箫，能致孔雀、白鹤于庭。穆公以女弄玉妻之。萧史日教弄玉吹箫作凤鸣，后凤凰来集其屋。穆公筑凤台，使萧史夫妇居其上，数年后，皆随凤凰飞去。

㊾沉吟：谓深深的思念。三国魏曹操《短歌行》之一：“但为君故，沉吟至今。”

㊿引臂替枕：形容王敏入对陈氏怜惜亲昵之情。语出唐代蒋防《霍小玉传》：“生闻之，不胜感叹，乃引臂替枕。”

(51)黄蘗（bò）之程：谓艰辛苦痛的经历。黄蘗，落叶乔木，树皮可入药，有清热、解毒等作用。《乐府诗集·子夜歌》：“黄蘗郁成林，当奈苦心多。”

(52)纵体入怀：形容陈氏对王敏入的缱绻依恋之情。语出《太平广记》卷三八六引《广异记·刘长史女》：“女纵体入怀，姿态横发。”

(53)明珠之串：形容泪珠不断涌出。

(54)红豆之根：谓男女相思的根苗。红豆，即红豆树、海红豆及相思子等植物种子的统称。其色鲜红，文学作品中常用以象征爱情或相思。唐王维《相思》诗：“红豆生南国，春来发几枝。愿君多采撷，此物最相思。”

(55)宵奔：谓女方于夜色中投奔男方。

(56)“乌臼之鸟”二句：意谓乌臼鸟的啼叫声搅扰了恋人夜间的欢会。化用南朝《读曲歌》：“打杀长鸣鸡，弹去乌臼鸟，愿得连冥不复曙，一年都一晓。”

(57)老采苹之能解意：谓陈氏家有老婢女善解人意，为陈、王两人幽会穿针引线。采苹，唐代薛调所撰传奇《无双传》中刘无双的婢女名。唐德宗建中年间尚书租庸使刘震的女儿无双，与刘的外甥王仙客相爱，后因动乱，恋人暌隔，最终在豪侠古押衙帮助下终成眷属，其间婢女采苹曾发挥大作用。

(58)女昆仑之不惮烦：谓有女性热心人不避烦难，助成陈、王两人好事。昆仑，即“昆仑奴”，古代豪门富家以南海国人为奴，称昆仑奴。唐裴铏《传奇·昆仑奴》有昆仑奴磨勒，负崔生逾十重垣，与红绡妓相会，并帮助出奔的故事。

(59)金屋之人：指代已成王敏入妻室的陈氏。据《汉武故事》：“帝以乙酉年七月七日旦生于猗兰殿。年四岁，立为胶东王……数岁，公主抱置膝上，问曰：‘儿欲得妇否?’长主指左右长御百余人，皆云不用。指其女：‘阿娇好否?’笑对曰：‘好！若得阿娇作妇，当金屋贮之。’”

(60)捐曾似扇：谓男方中道休妻。汉班婕妤《怨歌行》：“新裂齐纨素，皎洁如霜雪。裁为合欢扇，团团似明月。出入君怀袖，动摇微风发。常恐秋节至，凉风夺炎热。弃捐箧笥中，恩情中道绝。”

(61)“尤惜”二句：谓将珍贵物品当作贱物抛弃。麑（ní），幼鹿。古代卿大夫用以为贽。汉班固《白虎通·文质》：“卿大夫贽，古以麑鹿，今以羔雁。”

(62)“广柳为船”二句：意谓王敏入偷偷携带陈氏乘舟南下，在渡口与刚出生未久的婴儿离别。广柳，即广柳车，古代载运棺柩的大车，柳为棺车之饰。据《史记·季布栾布列传》：“乃髡钳季布，衣褐衣，置广柳车中，并与其家僮数十人，之鲁朱家所卖之。”南朝宋裴骃集解引邓展曰：“皆棺饰也。载以丧车，欲人不知也。”广柳为船，即以船代车，一对恋人通过掩人耳目的手段乘舟南下，意在躲避陈氏娘家的雷霆之怒。

(63)“长江作泪”二句：意谓分别时，王、陈在南方水边沙地举踵翘望，怀念其“娇婴”的状况。长江作泪，语出唐代贯休《古离别》：“离恨如旨酒，古今饮皆醉。只恐长江水，尽是儿女泪。”跂望跙，似为“跂望踵”之形讹，与上句“别娇婴”为对。意谓踮起脚跟远望北方。跙（dōu），跌。与“望”难以组词。

(64)“雷霆”二句：意谓陈氏娘家的暴怒逐渐被两人的真情所感悟，关系出现转机。湘蘅，湘水边的杜蘅，一种香草。战国楚屈原《离骚》：“畦留夷与揭车兮，杂杜蘅与芳芷。”

㉖伉俪（kàng lì）：谓女子嫁人为妻。

㉖豆蔻：又名草果，多年生草本植物。高丈许，秋季结实。诗文中常用以比喻十三四岁的少女。

㉖"燕子偎梁"二句：谓夫妻居家和好。语出唐代沈佺期《古意》诗："卢家少妇郁金堂，海燕双栖玳瑁梁。"玳瑁，即"玳瑁梁"，画梁的美称。

㉖"好期世世"二句：意谓女方发誓盼望累世为婚并留下标记为证。香灼凝玉之肌，以爇香烧灼皮肤留下疤痕作为誓言的见证，如同啮臂为盟的举措。凝玉之肌，形容女子白润如玉的肌肤。《诗经·卫风·硕人》："手如柔荑，肤如凝脂。"

㉖"誓在生生"二句：意谓男方发誓盼望世代为婚替女方梳妆画眉。衔山之月，形容女子的眉毛。暗用汉代张敞为妻子画眉的典故。

㉗离奢会促：谓分离时多，相聚时短促。

㉗"孙子荆"句：谓晋孙楚（字子荆）的悼亡之哀情。南朝宋刘义庆《世说新语·文学》："孙子荆除妇服，作诗以示王武子。王曰：'未知文生于情，情生于文？览之凄然，增伉俪之重。'"南朝梁刘孝标注引《孙楚集》云："其诗曰：'时迈不停，日月电流。神爽登遐，忽已一周。礼制有叙，告除灵丘。临祠感痛，中心若抽。'"孙楚事及其诗皆未涉及"秋风"，作者或误记使然。

㉗"潘安仁"句：谓晋潘岳（字安仁）因妻死，作

《悼亡》诗三首,其二有云:"展转眄枕席,长簟竟床空。"簟(diàn),供坐卧铺垫用的苇席或竹席。

⑬遗钩:旧时指女性死者遗下的鞋子。古代女子裹脚,形小如钩,故称。清蒲松龄《满江红·读式九悼亡之作》词:"涕湿衾花长簟冷,尘埋罗袜遗钩小。"

⑭断肠之草:即"断肠草",相思草的别名。南朝梁任昉《述异记》卷上:"今秦赵间有相思草,状如石竹而节节相续,一名断肠草,又名愁妇草,亦名霜草,人呼为寡妇莎,盖相思之流也。"

⑮浆水:这里指在坟前祭奠死者的食物汤汁。元马致远《青衫泪》第二折:"容我与侍郎澆一椀浆水,烧一陌纸钱咱。"

⑯小岁之儿名:乳名,幼时起的非正式的名字。小岁,少年时。

⑰"一树桃花"二句:谓王敏入对与陈氏邂逅的追怀。语出唐代崔护《题都城南庄》诗:"去年今日此门中,人面桃花相映红。人面不知何处在,桃花依旧笑春风。"

⑱传神于阿堵:意谓为陈氏绘制肖像。南朝宋刘义庆《世说新语·巧艺》:"顾长康画人,或数年不点目精。人问其故,顾曰:'四体妍蚩,本无关于妙处,传神写照,正在阿堵中。'"传神,谓画人像。阿堵,六朝人口语,犹这、这个,这里指眼睛。王敏入工绘事,《淄川县志》中《般阳二十四景图》即为他所绘制。

㉗珊珊：玉佩声。唐杜甫《郑驸马宅宴洞中》诗："自是秦楼压郑谷，时闻杂佩声珊珊。"

㉘春山：春日山色黛青，喻指妇人姣好的眉毛。

㉙含睇（dì）：含情而视。睇，微微地斜视貌。《楚辞·九歌·山鬼》："既含睇兮又宜笑，子慕予兮善窈窕。"汉王逸注："睇，微眄（miǎn）貌也。言山鬼之状，体含妙容，美目盼然。"

㉚五夜：即五更。旧时自黄昏至拂晓一夜间，分为甲、乙、丙、丁、戊五段，谓之"五更"。又称五鼓。

㉛紫紫：即紫玉，传说中春秋时吴王夫差小女名，亦名小玉。据晋干宝《搜神记》载：春秋时吴王夫差小女紫玉，年十八，悦童子韩重，欲嫁而为父所阻，气结而死。重游学归，吊紫玉墓。玉形现，并赠重明珠。玉托梦于王，夫人闻之，出而抱之，玉如烟而没。后遂用以指多情少女。

㉜真真：喻指美女。唐代杜荀鹤《松窗杂记》："唐进士赵颜于画工处得一软障，图一妇人甚丽，颜谓画工曰：'世无其人也，如可令生，余愿纳为妻。'画工曰：'余神画也，此亦有名，曰真真，呼其名百日，昼夜不歇，即必应之，应则以百家彩灰酒灌之，必活。'颜如其言，遂呼之百日……遂呼之活，下步言笑如常饮食。"

㉝骈词：即"骈文"，文体名。指用骈体写成的文章，别于散文而言。

【赏读】

20世纪80年代初，有论者认为这篇《陈淑卿小像题辞》乃蒲松龄夫子自道，书写其淄川动乱中的一次外遇。继而北京大学马振方、山东大学邹宗良等学者发文提出质疑，从而确定这篇措辞哀感顽艳的骈文是蒲松龄为年长于自己十余岁的友人王敏入第一段婚姻所写，而非为莫须有的蒲松龄"如夫人"立传，此结论得到学界的普遍认同。

清人入主中原之际，即明崇祯十七年（1644），淄川曾发生以乡人王茂德为首的暴乱，乱民在淄川乡间四处劫掠，年近二十岁的书生王敏入逃乱时在一偏僻乡间遇到十三岁左右的少女陈淑卿，两人一见钟情（并非先有婚约），终成好事。将近半年事平之后，王敏入携陈氏归家，因其婚姻无媒妁之言，王家父母不予承认，以家长威严休归陈氏。但王敏入伉俪情深，与陈淑卿在热心人的帮助下仍暗通消息，且偷偷同居。陈家人认为受辱，阻挠两人好事亦在情理之中。陈淑卿生子之后，为躲避娘家的"雷霆"之怒，不得已告别婴儿，与王敏入曾一度乘舟南下以避风头。此后陈氏娘家情势逐渐缓解，但仅以此篇文章判断，陈淑卿似乎始终没有回归王家，夫妻两人只是在外别居，否则文采绚烂的蒲松龄不会放弃对这对夫妇在家中重又侍奉双亲的刻画。

骈文擅长串联典故以叙事，不免迷离恍惚，给后人解读带来困惑。蒲松龄曾为王敏入撰写《〈追远集〉序》，内有云："王子梓岩，文章风雅，弱冠知名；而讽咏余暇，兼精顾、陆之长，且镌镂图章，罔不臻妙，非其慧业深耶！"《淄川县志》称誉王敏入第一任妻子所谓"孝妇"云云，或许是站在封建主义立场上，为乡里名人（工绘事且能文）有所讳饰使然，难以为据。至于唐太史撰《夫妇孝义合传》事，检唐梦赉《志壑堂集》与《志壑堂后集》，皆无此文，显然是虚晃一枪。陈淑卿卒于顺治末年（1661）前后，时年三十岁左右。两年以后，将近四十岁的王敏入续娶小于自己十七岁的女子为妻，蒲松龄有《贺新郎·王子巽续弦即事戏赠》等多首词作可为证。

王、陈两人的结合，在当时富于传奇色彩，引起时年仅二十余岁的蒲松龄的极大好奇心，殚精竭虑，搜罗掌故，为其忘年之友结撰此文，也寄托了自己对婚姻自由的无限憧憬，在其《聊斋志异》的诸多篇章中，读者不难发现作者的这一情愫。

卷四 杂著尺牍

遂使西林香谷,披妙鬘之风云;鸳瓦鱼鳞,睹琉璃之宫阙。

创修五圣祠①碑记

长申地②,章丘东南山村也。环村皆山,气秀而野③,四顾层翠叠峦,如列屏障。地虽隶章,因近淄,淄之豹岩④、龙丹⑤诸山,螺髻⑥烟鬟⑦,近在几榻⑧。村中十数家,率朴诚有古道⑨。结庐人境,而无车马之喧⑩,则鸡犬桑麻⑪,何此异桃源⑫村巷哉!凡村皆有神祠⑬,以寄歌哭⑭。村以小,故独无,居人犹憾之。比岁⑮少丰,共发愚忱⑯,捐金庀材⑰,创为五圣祠。庶几春秋祈报⑱,可托如在⑲之诚;浆水⑳呼名,亦有招魂之地。祠虽近俚,而固无害于义,乡人之朴诚亦从可知也。初冬落成,使余记之,余亦从俗而为之记。

康熙三十八年岁次己卯㉑阳月㉒中浣㉓

淄川蒲松龄沐手拜撰㉔

【注释】

①五圣祠:康熙三十八年(1699),章丘阎家峪乡长申地村乡民所修筑的供奉神农、尧、舜、禹、汤五位先祖塑像

的小庙，希望其保佑村内人丁兴旺、四季平安、祛瘟避邪、五谷丰登。

②长申地：村庄名。位于今山东省济南市章丘区东南之官庄街道。

③气秀而野：山村景色秀丽而民风质朴不浮华。

④豹岩：即豹山。乾隆四十一年（1776）《淄川县志》卷一《山川》："豹山，县西五十里。"

⑤龙丹：山名。未见方志著录。

⑥螺髻：比喻耸起如髻的峰峦。

⑦烟鬟：比喻云雾缭绕的峰峦。

⑧几榻：靠几与卧榻。这里形容近在目前。

⑨古道：古人的风尚。

⑩"结庐人境"二句：语出晋陶渊明《杂诗》二首其一："结庐在人境，而无车马喧。"

⑪鸡犬桑麻：语出晋陶渊明《归园田居五首》其一："狗吠深巷中，鸡鸣桑树巅。"

⑫桃源：底本作"桃园"，系音讹。"桃花源"的省称。晋陶渊明《桃花源记》所描绘的一处避世隐居的理想之地。

⑬神祠：祭神的祠堂。

⑭歌哭：既歌又哭。常用以表示强烈的感情。语出《周礼》："凡邦之大灾，歌哭而请。"汉郑玄注："有歌者，有哭者，冀以悲哀感神灵也。"

⑮比岁：近年。

⑯愚忱：敦厚真诚。

⑰庀（pǐ）材：备办建材。

⑱春秋祈报：古代祀社，春夏祈而秋冬报。《礼记·郊特牲》："祭有祈焉，有报焉。"汉郑玄注："祈，犹求也。谓祈福祥、求永贞也，谓若获禾报社。"

⑲如在：语出《论语·八佾》："祭如在，祭神如神在。"谓祭祀神灵、祖先时，好像受祭者就在面前。后称祭祀诚敬为"如在"。

⑳浆水：这里指在庙中祭奠神祇的食物汤汁。

㉑岁次己卯：即1699年。

㉒阳月：农历十月的别称。

㉓中浣：唐宋官员行旬休，即在官九日，休息一日。休息日多行浣洗。因以"中浣"指农历每月中旬的休息日或泛指中旬。

㉔淄川蒲松龄沐手拜撰：此九字，底本未录，盛伟编《蒲松龄全集》亦失录。此据章丘博物馆所藏原碑补录。沐手，洗手，表示恭敬。

【赏读】

清初章丘阎家峪乡长申地村土地狭长，竟达三里，故名"长申"；庄民不足百户，有田仅六百亩，当属明末新设村。幸遇连年好年景，乡民家境稍富，于是寻求精神寄托，就有了这座五圣祠的建筑，并立碑为记。康熙三十八年（1699），蒲松龄已年届六十岁，文名早播，应长申地村民邀请，专门到当地撰写碑文，可见当时乡民郑重其事的盛情。

历经两个半世纪的历史风雨，原祠仅留残垣断壁，原碑则埋没于荒草瓦砾中，久已无人问津。1962年暑期间，一中学生至山野割草饲牛，无意间在石碑落款中发现了"蒲松龄"三字，于是逐级上报，受到政府重视，作为文物收藏于县博物馆，终于得以保存至今。原碑材质为当地所产青石，碑高2米，顶呈圆形，宽0.72米。碑文正楷书写，至今仍清晰可辨。

这个地处偏僻的村庄，正如文学作品中桃花源的畅想，民风淳朴，受当时社会的不良影响较少，老幼上下皆无赌博、酗酒的恶习。蒲松龄目睹景色秀丽的山村气象与敦厚朴实的民风，深有感触，于是饱含热情地写下了这篇文章，用语无多却感慨良深，向往之情终借贞石而流传后世。

青云寺①重修二殿②记

青云寺，淄之奥区③也。萦青缭白④，幽入仙源⑤；天小⑥云深，画成方幅⑦。蜡屐⑧芒屩⑨之侣，常携茶灶而来；担簦⑩负笈⑪之人，辄映毡车⑫而去。物华天宝，人杰地灵⑬，此之谓矣。数年来，祖师、天王两殿，椽劙⑭瓦缺，樵牧增悲；鼠窜狐栖，山光减色。邱子伯兴⑮，孙子景贤⑯，慨然倡善⑰。且喜香花信士⑱，共倾盆斗之诚⑲；锦绣才人，不忘江山之助⑳。遂使西林㉑香谷㉒，披妙鬘㉓之风云㉔；鸳瓦㉕鱼鳞㉖，睹琉璃㉗之宫阙㉘。金容㉙满月㉚，雅欲开颜；碧嶂流霞，居然展笑。非祇园㉛之盛事、山灵之功臣欤？是不可以不记。

柳泉居士蒲松龄记
蟠岩居人邵之崧㉜书
皇清康熙岁次辛巳㉝孟夏㉞吉旦㉟立

【注释】

①青云寺：位于今淄博市淄川区岭子镇槲林村西北的盘山、九纹山幽谷中，距淄川县城五十里，是淄川县八大寺之一。始建于明正德六年（1511），旧名上泉庵，至今历经五百余年，重修多次，现存祖师殿、天王殿（山门）、碧霞元君行宫等五进院落，有五十余间殿堂，为佛道合一建筑。

②二殿：指祖师殿与天王殿。祖师，佛教、道教中创立宗派的人。《宗镜录》卷一："且如西天第一祖师，是本师释迦牟尼佛，首传摩诃迦叶为初祖，次第相传迄至此土六祖。"禅宗尊称菩提达摩为祖师。青云寺祖师殿所供奉者为阿弥陀佛，西方极乐世界的教主。天王，佛教称护法神为天王，旧时寺庙山门两旁多塑四天王像，身形高大，面目狰狞，又称四大天王，俗称四大金刚。

③奥区：腹地，即靠近中心的地区。

④萦青缭白：原意谓山水重沓，这里当形容青山间白云缭绕。萦、缭，皆为缠绕的意思。青，谓山；白，原意谓水，这里当指白云。语出唐代柳宗元《始得西山宴游记》："萦青缭白，外与天际，四望如一。"

⑤仙源：以晋陶渊明笔下的桃花源喻指风景胜地或安谧的僻境。

⑥天小：因山峦四合而感觉天空狭小。唐代岑参《酬成少尹骆谷行见呈》诗："峰攒望天小，亭午见日初。"

⑦画成方幅：谓风景犹如具有法度的绘画。方幅，犹法度或规矩。

⑧蜡屐：以蜡涂木屐。这里借指一般游人的步履。屐，指谢公屐，即一种前后齿可装卸的木屐。原为南朝宋诗人谢灵运游山时所穿，故称。事见《宋书·谢灵运传》："寻山陟岭，必造幽峻，岩嶂十重，莫不备尽。登蹑常着木履，上山则去其前齿，下山去其后齿。"

⑨芒屩（juē）：即芒鞋，一种草鞋。这里借指隐逸或僧道。

⑩担簦（dēng）：背着伞。谓奔走、跋涉。簦，古代长柄笠，犹今雨伞。

⑪负笈（jí）：背着书箱。指游学外地。笈，盛器。多竹、藤编织，常用以放置书籍、衣巾、药物等。

⑫毡车：以毛毡为篷的车子。

⑬"物华天宝"二句：语出唐代王勃《滕王阁序》："物华天宝，龙光射牛斗之墟；人杰地灵，徐孺下陈蕃之榻。"物华天宝，谓物之精华，乃天的宝物。人杰地灵，谓杰出人物出生或所至之处，其地亦因而著名。后亦谓杰出的人物生于灵秀之地。

⑭椽劙（lí）：谓殿室的房椽子割裂。

⑮邱子伯兴：邱伯兴，生平不详。子，古代对男子的尊称或美称。

⑯孙子景贤：孙景贤，生平不详。

⑰倡善：谓倡议集资修庙。

⑱香花信士：以香与花供奉佛教的在家男子。信士，梵语（优婆塞）的译称。

⑲盆斗之诚：形容为修庙捐资不拘多少，皆出于一片诚心。盆，古量器，容量为古制十二斗八升。故亦用为容量单位。

⑳"锦绣才人"二句：意谓读书人也慷慨解囊捐资修庙。锦绣才人，形容满腹诗文并善出佳句的才子，这里泛指读书人。江山之助，语出南朝梁刘勰《文心雕龙·物色》："然屈平所以能洞监《风》《骚》之情者，抑亦江山之助乎？"

㉑西林：寺名，故址在今江西九江庐山麓，与东林寺相对，晋太元中僧慧永建。后泛指寺院。

㉒香谷：形容西林寺所在的山谷。

㉓妙鬘：形容佛像的美发。

㉔风云：《易·乾》："云从龙，风从虎，圣人作而万物睹。"意谓同类相感应。后以"风云"比喻遇合、相从。

㉕鸳瓦：即"鸳鸯瓦"，指成对的瓦。这里指二殿经整修后的殿顶。

㉖鱼鳞：指瓦片依次相接如鱼鳞状。青云寺诸殿皆用青瓦铺设。

㉗琉璃：形容整修后的佛殿晶莹碧透。

㉘宫阙：古时帝王所居宫门前有双阙，故称宫殿为宫

阙。这里代指佛殿。

㉙金容：指金光明亮的佛像面容。南朝陈江总《优填像铭》："毫光此遇，法相今逢，眸云齿雪，月貌金容。"

㉚满月：形容佛像面如满月般雍容饱满。

㉛祇园："祇树给孤独园"的简称。梵文的意译。印度佛教圣地之一。相传释迦牟尼成道后，憍萨罗国给孤独长者用大量黄金购置舍卫城南祇陀太子园地，建筑精舍，请释迦说法。祇陀太子也奉献了园内的树木，故以二人名字命名。唐玄奘去印度时，祇园已毁。后用为佛寺的代称。

㉜邵之松：生平不详。

㉝康熙岁次辛巳：即康熙四十年（1701）。

㉞孟夏：夏季的第一个月，农历四月。

㉟吉旦：农历每月初一。

【赏读】

青云寺地处幽谷，是旧时读书人远避尘嚣的理想攻读场所，蒲松龄曾几次来青云寺瞻礼。康熙十七年（1678）闰三月初一，蒲松龄拜访在寺中读书的好友李尧臣，写有七律《闰月朔日青云寺访李希梅》，首联、颔联云："诸峰委折碧层层，春日林泉物色增。山静桃花幽入骨，谷深溪柳淡如僧。"九年以后，蒲松龄再履此地，写有七律《重游青云寺》，颈联、尾联云："花无觅处香盈谷，树不知名翠作堆。景物依然人半异，一回登眺一徘徊。"可见他对这座山中庙宇的感情。

《青云寺重修二殿记》原碑已收藏于蒲松龄纪念馆,现今立于青云寺者为复制品,碑高1.7米,宽0.7米,用当地产青石镌刻。

路大荒整理《蒲松龄集》失收此文,盛伟编《蒲松龄全集》收录此文,唯"担簦负笈之人,辄映毡车而去"两句中"毡车"误录作"毯车",不成词矣,属百密一疏。引用者多沿袭此误,借此特为更正。

青云寺建筑朴素,与华丽壮观无缘,更不能与通衢大邑中的寺院建筑相提并论。然而捧读蒲松龄此记,一番神游之后,却觉玲珑幽静,令人无限向往,也许文学的魅力正在于此!

灌仲孺论①

灌仲孺真圣贤②也！真佛菩萨③也！盖圣贤、佛菩萨，其胸与海同其阔，其胸与天同其空，其天真与赤子同其烂漫。倘稍有生死之念存于胸中，贵贱之见存于目中，即不可以为圣贤，不可以为佛菩萨。灌仲孺者，其心止知有天地之为大，君父之为尊，朋友交谊之为重，外此则王侯与丐者，均之两间④之蠕蠕⑤者耳。观其单骑而入敌营，以泄此不共戴天⑥之愤，非大勇而能之乎？独是粗莽骂座⑦，识者⑧短其无术⑨。不知此正仲孺之所以为真圣贤、佛菩萨，而世人不之识也。夫田蚡⑩以贵戚而为丞相，权争日月⑪，觅一床笫玩具⑫，遂至列侯宗室⑬，胁肩喧笑⑭于一堂。且此列侯宗室之中，贤者、愚者、浅者、深者、灭裂⑮者，固无之不有，岂尽与武安投契者哉？不惟不投契焉而已，以狗马自恣⑯之丞相，岂无心窃非之⑰者哉？第各有一武安侯之念在其意中，一武安侯之见在其目中，故腰可以折⑱，膝可以行⑲，夫谁敢有侮之焉者？而独仲孺者，有诸内必形诸外，一半膝席㉒之间，而胸中之五岳坟起㉑矣；乃以不值一钱之程不识，又复咕哔耳语于其际㉒，故遂借之以舒其块磊。夫岂骂不识乎哉？骂武安而已矣。此正海阔其胸，天空其心，烂漫其天真者也。使其骂他人之座，而不骂武安之座，不可以为仲孺也；使其不骂他人之座，而亦不骂武安之座，亦不可以为仲孺也；惟骂他人而亦骂武安，不骂他人而独骂武安，是其意中只知其人之当骂，而并不知其为武安也。呜呼！此其所以为仲孺乎哉！而要之汉室卿相㉓如汲黯㉔辈，盖不乏人，曾不闻撄鳞㉕折槛㉖，一剖壮士之冤，而空使毅魄㉗英魂，去作寝门之厉㉘，亦可悲夫！

柳泉曰："仲孺骂座，是尼山之杖㉙也，是鹫岭之棒喝㉚也。一骂之间，已摄田氏之魂而夺其魄矣。故渭城渫血㉛，不旋踵㉜而田氏随之，而疑鬼惊神，且哓哓㉝谢罪于卧榻之中也。噫！其真英魂为厉，尚能追命于九泉耶？抑天网恢㉞而田氏漏，故子长㉟借此以寄其牢骚耶？"

【注释】

①灌仲孺：即灌夫（前？～前131），字仲孺，颍川郡颍阴（今河南许昌）人。本姓张，因父亲张孟曾为颍阴侯灌婴家臣，赐姓灌。吴楚七国之乱中，灌夫跟随父亲灌孟从军，

立下军功被封为中郎将。父亲战死,灌夫不肯按规定返乡葬父,为复仇,被甲持戟率领数十人冲入吴军壁垒,身被十余创而归,从此以勇猛闻名。先后任代相、燕相,坐法免官。尚游侠,家产数千万。因陷入同为外戚的魏其侯窦婴与丞相武安侯田蚡的纷争中,站在已然失势的窦婴一方,又因不谙官场上下尊卑等级等性格因素,使酒骂座,被田蚡陷害,终为汉武帝所族诛。其事见《史记》卷一〇七《魏其武安侯列传》与《汉书》卷五二《窦田灌韩传》。《汉书》文字多袭用《史记》。

②圣贤:圣人和贤人的合称。这里泛称道德才智杰出者。

③佛菩萨:比喻心肠仁慈的人。

④两间:谓天地之间,指人间。

⑤蠕蠕:群动貌。这里有一视同仁的意思。

⑥不共戴天:谓不共存于人世间,这里比喻杀父之仇极深。语出《礼记·曲礼上》:"父之仇,弗与共戴天。"

⑦骂座:也作"骂坐"。谩骂同座的人。

⑧识者:有见识的人。

⑨短其无术:认为遇事没有办法是他的短处。

⑩田蚡(前?~前130):西汉长陵(今陕西咸阳)人,西汉初年孝景王皇后同母弟,封武安侯,拜太尉,迁丞相。魏其侯窦婴掌权时,田蚡仅为郎官,小心侍候;得势后,独断专行,与窦婴纷争不断。最终陷害窦婴、灌夫致死,第二

年也因精神恍惚而死。《史记》《汉书》皆有传。

⑪权争日月：谓田蚡因汉武帝与其母王太后而致显贵。日月，喻指帝、后。语本《礼记·昏义》："故天子之与后，犹日之与月。"《史记·魏其武安侯列传论》："魏其之举以吴楚，武安之贵在日月之际。"

⑫床第玩具：喻汉景帝的王皇后，田蚡为王皇后之同母弟。

⑬列侯宗室：谓有列侯爵位者与皇族。列侯，封爵名。爵是皇帝赐予臣民的一种称号，获得者在政治上、社会上具有特殊的地位与身份。秦汉时爵分二十个等级，其中，第一级公士至第八级公乘属于低爵，多赐予一般士民；第九级五大夫至第十九级关内侯为高爵，多赐予官吏或功臣；第二十级列侯为最高爵位，只有少数高级官吏与望族宗亲可以享有。列侯有封国，按封区户数所拥有的土地数量和产量征收地税，供其享用，称食邑。宗室，特指与君主同宗族之人，犹言皇族。

⑭胁肩喧笑：同"胁肩谄笑"。谓耸起肩膀，装出笑脸。形容极端谄媚的样子。

⑮灭裂：谓言行粗疏草率。

⑯狗马自恣：谓以玩好之物放纵自己，不受约束。狗马，犬与马。指游畋之物。

⑰心窃非之：谓心中私下里非议田蚡。

⑱腰可以折：即"折腰"。谓屈身事人。语出《晋书·

陶潜传》:"吾不能为五斗米折腰,拳拳事乡里小人邪!"

⑲膝可以行:即"膝行"。跪着行走,多表示敬畏。

⑳膝席:跪在席上,直起身子。古亦名"长跪"。《史记·魏其武安侯列传》:"饮酒酣,武安起为寿,坐皆避席伏。已魏其侯为寿,独故人避席耳,余半膝席。"避席,古人席地而坐,离席起立,以示敬意。避席较膝席为尊重。

㉑胸中之五岳坟起:意谓怒火中烧。五岳,我国五大名山的总称。坟起,凸起、高起。

㉒"乃以"二句:事见《史记·魏其武安侯列传》:"(灌夫)行酒次至临汝侯,临汝侯方与程不识耳语,又不避席。夫无所发怒,乃骂临汝侯曰:'生平毁程不识不直一钱,今日长者为寿,乃效女儿呫嗫耳语!'武安谓灌夫曰:'程李俱东西宫卫尉,今众辱程将军,仲孺独不为李将军地乎?'灌夫曰:'今日斩头陷匈,何知程李乎!'"程不识,西汉著名将领,与另一著名将领李广分别担任东宫、西宫的卫尉。呫哔(chān bì):泛称诵读。当依《史记》作"呫嗫(chè niè)",形容低语。

㉓卿相:执政的大臣。

㉔汲黯(前?~前112):字长孺,濮阳(今属河南)人。汉景帝时任太子洗马。汉武帝时期,初为谒者,后任东海太守,有政绩。被召为主爵都尉,列于九卿。因罪免官,居田园数年,召拜淮阳太守,卒于任上。为人耿直,好直谏廷诤,汉武帝刘彻称其为"社稷之臣"。在廷辩灌夫骂座时,

主爵都尉汲黯站在魏其侯窦婴一方。

㉕撄(yīng)鳞：喻触怒帝王。相传龙有逆鳞，触之必怒，故云。

㉖折槛：汉代槐里令朱云朝见成帝时，请赐剑以斩佞臣安昌侯张禹。成帝大怒，命将朱云拉下斩首。云攀殿槛，抗声不止，槛为之折。经大臣劝解，云始得免。后修槛时，成帝命保留折槛原貌，以表彰直谏之臣。见《汉书·朱云传》。后世殿槛正中一间横槛独不施栏杆，谓之折槛，本此。后用为直言谏诤的典故。

㉗毅魄：犹英灵。语出《楚辞·九歌·国殇》："身既死兮神以灵，魂魄毅兮为鬼雄。"

㉘寝门之厉：春秋时晋景公曾冤杀其大夫赵同、赵括，一夜梦见披头散发的恶鬼，声称要为自己的子孙复仇，毁坏宫门、寝门而入。此后，晋景公患病而死。事见《左传·成公十年》："晋侯梦大厉，被发及地，搏膺而踊，曰：'杀余孙，不义。余得请于帝矣！'坏大门及寝门而入。公惧，入于室。又坏户。公觉，召桑田巫。巫言如梦。公曰：'何如？'曰：'不食新矣。'"（参见本书前选《五羖大夫》赏读）寝门，古礼天子五门，诸侯三门，大夫二门。最内之门曰寝门，即路门。后泛指内室之门。厉，恶鬼。

㉙尼山之杖：孔子曾谴责其行为无礼的老朋友原壤，并用拐杖敲他的小腿。《论语·宪问》："原壤夷俟。子曰：'幼而不孙弟，长而无述焉，老而不死，是为贼。'以杖叩其

胫。"尼山,指孔子。尼山,又称尼丘,在曲阜县东南,连泗水、邹县界。相传孔子父叔梁纥、母颜氏祷于此而生孔子。故孔子名丘,字仲尼。

㉚鹫(jiù)岭之棒喝:谓佛教禅宗教化弟子之方式。鹫岭,即"鹫山",灵鹫山的省称。相传释迦牟尼曾在此居住和说法多年,后世亦指佛寺。棒喝,禅师接待弟子,对其所问,不用言语答复,或以棒打,或以口喝,以验知其根机的利钝,叫"棒喝"。

㉛渭城渫(dié)血:灌夫被族诛后,魏其侯窦婴也因蜚语被杀于渭城。渭城,本秦都咸阳县,汉王元年(前206)改为新城县,西汉元鼎三年(前114)复置,改为渭城县,属右扶风,治所在今陕西咸阳市东北窑店镇一带。渫血,血流遍地。

㉜旋踵:掉转脚跟。形容时间短促。

㉝哓哓(xiāo xiāo):鸟雀因恐惧而发出的鸣叫声。这里比喻田蚡临死前的恐惧状态。

㉞天网恢:即"天网恢恢,疏而不漏",谓天道如大网,虽稀疏却无有漏失。比喻作恶者逃不出上天的惩罚。语出《老子》:"天网恢恢,疏而不失。"

㉟子长:即司马迁(前145~前90),字子长,夏阳(今陕西韩城南)人。西汉史学家、散文家。

【赏读】

南朝梁刘勰《文心雕龙·定势》:"史论序注,则师范于覼要。"唐代刘知几《史通·称谓》："史论立言，理当雅正。"史论之作往往与历代咏史诗取义略同，善于翻历史旧案而外，立意新颖或机锋侧出，追求"语不惊人死不休"的效果。较著名者如宋代王安石《读孟尝君传》，三言两语概括出"鸡鸣狗盗之出其门，此士之所以不至也"的结论，发人深省；宋代苏轼《留侯论》析薪破理，自圆其说；明代袁宗道《读子瞻范增论》踵事增华，更上层楼。上述史论之作皆纵横捭阖，各有擅场。蒲松龄论灌夫，从所谓"真圣贤""真佛菩萨"立论掩饰灌夫骂座的鲁莽，当事者"智商"固不足论，而蒲翁对其"情商"的缺陷也不置一词，因而不免片面偏颇。

汉室外戚之间于宫廷内外的争权夺利，尔虞我诈，本无是非可言；灌夫不过一介武夫，冲锋陷阵不在话下，但若周旋于口是心非的樽俎之间，则愚不可及，这是他招致灭族惨剧的重要因素。权倾一时的武安侯田蚡最终在疑神疑鬼中撒手人寰，以现代医学而言，大约是精神分裂症的典型表现。

蒲松龄认为司马迁是借题发挥以寄其牢骚，这或许是点题之笔，他借灌夫事作史论，又何尝不是借古人酒杯以浇自己心中怀才不遇的块垒呢！

与王鹿瞻①

客有传尊大人②弥留③旅邸④者，兄未之闻耶？其人奔走相告，则亲兄爱兄之至者矣。谓兄必泫然⑤而起，匍匐而行⑥，信闻于帷房之中，履及于寝门之外⑦。即属讹传，亦不敢必其为妄，何漠然而置之也？兄不能禁狮吼⑧之逐翁，又不如孤犊⑨之从母，以致云水茫茫⑩，莫可问讯，此千人之所共指⑪！而所遭不淑⑫，同人犹或谅之；若闻亲讣，犹俟棋终，则至爱者不能为兄讳矣。请速备材木⑬之赀，戴星而往，扶榇⑭来归，虽已不可以对衾⑮影，尚冀可以掩耳目；不然，迟之又久，则骸骨无存，肉葬虎狼，魂迷乡井⑯，兴思⑰及此，俯仰⑱何以为人？闻君诸舅将有问罪之师⑲，故敢漏言于君，乞早自图之。若俟公函⑳一到，则恶名彰闻，永不齿于人世矣！涕泣相道㉑，惟祈原宥㉒，不一㉓。

【注释】

①王鹿瞻:即王甡(?~1701?),字振生,号鹿瞻(《王氏家传世系族谱》作麓瞻),济南府淄川县(今山东省淄博市淄川区)人,张笃庆表兄。县学诸生。擅长篆书。

②尊大人:旧时对别人父亲的敬称。王甡的父亲王灏,字深源,号印素,邑庠生。

③弥留:指病重濒死。

④旅邸:犹旅馆。

⑤泫(xuàn)然:流泪貌。亦指流泪。

⑥匍匐而行:谓孝子得知亲丧后的行为。匍匐,谓倒仆伏地、趴伏。《礼记·问丧》:"孝子亲死,悲哀志懑,故匍匐而哭之。"

⑦"信闻"二句:谓孝子奔丧迫不及待。帷房,内室、闺房。寝门,指内室之门。

⑧狮吼:即"河东狮子吼"。宋代洪迈《容斋三笔·陈季常》:"陈慥字季常……自称'龙丘先生',又曰'方山子'。好宾客,喜畜声妓,然其妻柳氏绝凶妒,故东坡有诗云:'龙丘居士亦可怜,谈空说有夜不眠。忽闻河东师子吼,拄杖落手心茫然。'"按,河东是柳姓的郡望,暗指陈妻柳氏;师(狮)子吼,佛家以喻威严,陈慥好谈佛,故东坡借佛家语以戏之。后用以比喻妒悍的妻子发怒,并借以嘲笑惧内的人。这里喻指王甡的妻子丁氏。

⑨孤犊：无母的小牛。这里谓王甡的母亲毕氏早逝。

⑩云水茫茫：谓天地广阔无边。

⑪千人之所共指：即"千人所指"，谓被众人指责。《汉书·王嘉传》："里谚曰：'千人所指，无病而死。'臣常为之寒心。"

⑫不淑：不善，不良。《诗经·鄘风·君子偕老》："子之不淑，云如之何！"汉郑玄笺："子乃服饰如是，而为不善之行。"这里指王甡之妻。

⑬材木：这里指寿材棺木。

⑭扶榇（chèn）：犹扶柩。榇，古时指内棺，后泛指棺材。

⑮衾（qīn）：覆盖尸体的单被。《仪礼·士丧礼》："幠用衾。"汉郑玄注："衾者，始死时敛衾。"

⑯乡井：家乡。

⑰兴思：犹言思虑。

⑱俯仰：形容沉思默想。

⑲问罪之师：比喻前来责问的人。

⑳公函：当指官府查问的文书。父死不葬，民不举官不究，若有诸舅问罪，则官府必查。

㉑相（xiàng）道：引导。

㉒原宥（yòu）：谅情赦罪。

㉓不一：即"不一一"，谓不详细说。旧时书信结尾常用语。

【赏读】

王甡是张笃庆的表兄，两人与蒲松龄、李尧臣等早年又同是郢中社里的诗友（参见本书前选《郢中社序》），他不但能诗，还在任顺天大兴知县后晋升为扬州江防同知的邱璐幕下作宾，可见也是诸生中的翘楚，非泛泛之辈。扬州江防同知驻于瓜州，时蒲松龄正为宝应知县孙蕙作幕宾。康熙十年（1671），蒲松龄五古《王鹿瞻在瓜州邱荆石幕作此寄之》有云："今日限重江，而乃如邻比。宁不愁参商，同饮一乡水。"蒲、王两人交谊从顺治十六年（1659）结郢中社始，至写此五古之作时，已历时十三年，其后就难觅踪迹了，或许就是因为王甡亏于孝道的缘故。

据王汉举《蒲松龄·王鹿瞻·马介甫——蒲松龄与王鹿瞻事迹考论》（载《蒲松龄研究》2013年第3期）一文，王甡有兄弟三人：二弟王朋，字友生；三弟王兢，字恭生。王甡无子，即过继王朋第四子奇烈为嗣，三兄弟关系当非陌路可知。老父亲王灏客死旅邸，三兄弟皆难辞其咎；是否王灏有精神问题或性格因素使然，亦未可知，俗语所谓"天下无不是的父母"，总之清官难断家务事。王甡之妻丁氏凶悍，王甡又是长兄，不孝之名由他一人顶缸，也是咎由自取。论者认为《聊斋志异·马介甫》中有季常之惧的杨万石之原型或许就是王甡,既然是小说,当然就增添了不少虚构成分。

《马介甫》以"此事余不知其究竟,后数行,乃毕公权撰成之"为收束,大约不乏共同"担责"的用心。毕公权自幼文名甚著,又是乡试解元,并且早逝,其影响在当时当地超过乡村教师身份的蒲松龄,或许正是作者以之为"挡箭牌"的不二人选。参见本书所选《毕公权〈困佣诗〉跋》。

与王司寇阮亭先生①

十年前一奉几杖②,入耳者宛在胸襟。或云老先生③虽有台阁④位望,无改名士风流,非亲炙謦欬⑤者,不能为此言也。近于玉斧年兄⑥案头,得诗集两种快读之,自觉得《论衡》而思益进⑦。先生调鼎⑧有日,几务⑨殷烦⑩,未敢遽以相质⑪,而私淑⑫者窃附门墙⑬矣。前拙志⑭蒙点志其目⑮,未遑⑯缮写。今老卧蓬窗⑰,因得以暇自逸⑱,遂与同人共录之,辑为二册,因便呈进⑲。犹之《四本论》,遥掷急走⑳。惟先生进而教之。古人文字多以游扬㉑而传,深愧谫陋㉒,不堪受宣城奖进耳㉓。

【注释】

①王司寇阮亭先生:即王士禛(1634~1711),字子真,一字贻上,号阮亭,又号渔洋山人,新城(今山东省淄博市桓台县)人。清顺治十二年(1655),王士禛会试中式,三年后即顺治十五年补行殿试,考中二甲第三十六名进士。历

官扬州推官、礼部主事、户部郎中、翰林院侍读、左都御史、刑部尚书。康熙四十三年（1704），因王五、吴谦一狱"失出"（重罪轻判或应判刑而未判刑），罢刑部尚书，从此还乡闲居从事著述，直至去世，终年七十八岁。卒后，又因须避雍正皇帝胤禛御讳，追改其名"士禛"为"士正"。乾隆追谥文简，改名"士禎"。司寇，古代掌管刑狱的官名。清时别称刑部尚书为大司寇，侍郎为少司寇。

②"十年前"句：蒲松龄初会王士禛当在淄川毕际有家，时为康熙二十八年（1689）春天（参见刘孔伏《蒲松龄与王士禛交往辨正》，载《南昌大学学报》1993年第4期。袁世硕定为康熙二十六年春，见《蒲松龄事迹著述新考·蒲松龄与王士禛交往始末》，齐鲁书社1988年出版），此函当写于康熙四十年（1701），距离二人初见已近十三年。几杖，坐几和手杖，皆老者所用，古常用为敬老者之物，亦用以借指老人。王士禛年长蒲松龄六岁，但两人地位悬殊，蒲松龄故尊之为长者。

③老先生：清人对于有一定地位京官的尊称。王士禛《香祖笔记》卷一："京官旧例，各衙门称谓有一定仪注，不可那移。如翰、詹称老先生，吏部称选君、印君，员外以下称长官，科称掌科，道称道长，是也。自康熙丙子祭告回京，见闻顿异，各部司及中行评博，无不称老先生者矣。此亦觚不觚之一也。"时王士禛在刑部尚书任上。

④台阁：清初殿阁大学士为内阁主官，兼任尚书，两者

皆为正二品。

⑤亲炙謦欬（qǐng kài）：谓亲聆对方谈吐而被教育熏陶。亲炙，谓亲受教育熏陶。《孟子·尽心下》："非圣人而能若是乎？而况于亲炙之者乎？"宋朱熹集注："亲近而熏炙之也。"謦欬，咳嗽，多借指谈笑、谈吐。

⑥玉斧年兄：即王启座（生卒年不详），字玉斧，山东新城人，王士禛从弟王士骊之子。诸生。有《莲香亭诗草》。年兄，科举制度中同榜登科者称为同年，互称年兄。这里当谓与王启座同年进学。

⑦"自觉"句：称颂王士禛两部诗集有启人心智的效果。语出宋代杨文昌《〈论衡〉后序》："(《论衡》)既作之后，中土未有传者。蔡邕入吴会，始得之，常秘玩以为谈助。故时人嫌伯喈得异书，或搜求其帐中，隐处果得《论衡》，抱数卷持去。邕丁宁之曰：'惟我与尔共之，勿广也。'其后王朗来守会稽，又得其书。及还许下，时人称其才进。或曰不见异人，当得异书，问之，果以《论衡》之益。由是遂见传焉，流行四方。"《论衡》，三十卷八十五篇，实存八十四篇，东汉王充著。全书对古往今来一切学说、思潮加以衡量，评论是非，铨定轻重，并批判虚妄之说，属于著名的哲学著作。

⑧调鼎：喻任宰相治理国家。明清不设宰相，习俗喻指殿阁大学士。

⑨几（jī）务：机要的事务。多指军国大事。

⑩殷烦:烦杂。

⑪相质:彼此质询。这里偏重于向王士禛请益。

⑫私淑:私自敬仰而未得到直接的传授。《孟子·离娄下》:"予未得为孔子徒也,予私淑诸人也。"汉赵岐注:"淑,善也。我私善之于贤人耳,盖恨其不得学于大圣人也。"

⑬门墙:师门。语出《论语·子张》:"夫子之墙数仞,不得其门而入,不见宗庙之美、百官之富。得其门者或寡矣。"

⑭拙志:谦称《聊斋志异》。康熙十八年(1679),蒲松龄四十岁,这部短篇小说集已大致杀青。参见本书前选《聊斋自志》。

⑮点志其目:谓于《聊斋志异》的目录上勾画,以便索读。王、蒲初会,《聊斋志异》大部分手稿当时为友人王梅屋所借阅未还,所以蒲松龄只能呈上目录与少部分手稿。

⑯未遑:没有时间顾及。

⑰蓬窗:用蓬草编成的窗户。谦称自己居住的陋室。

⑱自逸:身心安适。《诗经·小雅·十月之交》:"我不敢效,我友自逸。"汉蔡邕《陈太丘碑文》:"乐天知命,澹然自逸。"

⑲因便呈进:当指趁其好友王启座归返京师之际奉上《聊斋志异》与这封书信。

⑳"犹之《四本论》"二句:用三国魏钟会事形容自己

呈上《聊斋志异》的惶恐心情。南朝宋刘义庆《世说新语·文学》："钟会撰《四本论》，始毕，甚欲使嵇公一见。置怀中，既定，畏其难，怀不敢出，于户外遥掷，便回急走。"

㉑游扬：宣扬，传扬。

㉒谫（jiǎn）陋：浅陋。

㉓"不堪"句：谓经受不起唐人对谢宣城那样的赞誉。语出唐代杜甫《寄岑嘉州》诗："谢朓每篇堪讽诵，冯唐已老听吹嘘。"宣城，即谢朓，字玄晖（464～499），陈郡阳夏（今河南太康）人，南朝齐诗人，曾任宣城太守，故称"谢宣城"。

【赏读】

今传蒲松龄致王士禛书信四封，此函按时间顺序属于第二封，当写于康熙四十年（1701），距离第一封函已经十有二年了。第一函云："耳灌芳名，倾风结想。不意得借公事，一快读十年书，甚慰平生，而既见遽违，瞻望增剧。"所谓"与君一席话，胜读十年书"，两人晤谈，自然会涉及《聊斋志异》的写作，不过机缘不巧，《聊斋》手稿适为友人借去，只能先呈其目录与少部分手稿，所谓"点志"即按目录索取《聊斋》部分篇章。两人身份地位悬殊，难以再见，因而时隔十余载，蒲松龄才得便奉上二册《聊斋》。函中用意显然想求序于这位文坛领袖，但不卑不亢，文字无多却极见巧思，三用典故，浑然无迹，信手拈来，却隽永有味。如果不是博览群书，腹笥深厚，安能运用之妙，存乎一心？

王士禛回书有云："嘱序，因愿附不朽，然向来颇以文字轻诺，府怨取诟，遂欲焚笔砚矣。或破例一为之，未可知耳。"委婉推辞了作序。王士禛虽最终没有为《聊斋》作序，却为三十一篇小说留下了三十六则批语，讲求神韵价值取向的只言片语，短小精悍，对于《聊斋志异》的传播也起过一定的作用，这应当也是一介书生的蒲松龄所求之不得的。

王、蒲二人交往最引人瞩目者，当属康熙二十八年（1689）夏秋间王士禛所作七绝《戏书蒲生〈聊斋志异〉卷后》："姑妄言之妄听之，豆棚瓜架雨如丝。料应厌作人间语，爱听秋坟鬼唱时。"蒲松龄欣然作答诗《次韵答王司寇阮亭先生见赠》："志异书成共笑之，布袍萧索鬓如丝。十年颇得黄州意，冷雨寒灯夜话时。"蒲松龄另有七律《偶感》，约作于此次韵诗前后："潦倒年年愧不才，春风披拂冻云开。穷途已尽行焉往，青眼忽逢涕欲来。一字褒疑华衮赐，千秋业付后人猜。此生所恨无知己，纵不成名未足哀。"历史上两位地位悬殊的文学家的这种交往，也算是一段文坛佳话了。

与王司寇

尺书久梗①，但逢北来人②，一讯兴居③，闻康强犹昔，惟重听④渐与某等。窃以为刺刺者⑤不入于耳，则琐琐者⑥不萦于怀，造物之废吾耳，正所以宁吾神，此非恶况也，不知以为然否？蒙惠新著，如获拱璧⑦，连日披读，遂忘昼曛⑧，间有疑句，俟复读后再请业⑨耳。

适有所闻，不得不妄为咨禀⑩：敝邑有积蠹康利贞⑪，旧年为漕粮经承⑫，欺官害民，以肥私囊，遂使下邑贫民皮骨⑬皆空，当时啧有烦言⑭，渠⑮乃腰缠万贯，赴德⑯不归。昨忽扬扬而返，自鸣得意，云已得老先生⑰荐书，明年复任经承矣。于是阖县皆惊，市中往往偶语⑱，学中数人⑲直欲登龙赴诉⑳，某恐搅挠清况㉑，故尼㉒其行，而不揣卑陋㉓，潜致此情。康役果系门人纪纲㉔，请谕吴公㉕别加青目，勿使复司漕政，则浮言㉖息矣。此亦好事，故敢妄及。呵冻㉗草草㉘。

【注释】

①梗：断绝。

②北来人：谓从新城县来淄川县者。新城在淄川以北，故称。王士禛被罢官后于康熙四十三年（1704）末归里，直至去世。

③兴居：指日常生活，犹言起居。

④重听：听觉迟钝，耳聋。

⑤刺刺者：多言的人。《管子·白心》："愕愕者不以天下为忧，刺刺者不以万物为笑。"

⑥琐琐者：形容细小不重要的事情。

⑦拱璧：大璧。《左传·襄公二十八年》："与我其拱璧，吾献其枢。"唐孔颖达疏："拱，谓合两手也，此璧两手拱抱之，故为大璧。"后用以喻极其珍贵之物。

⑧昼曛：白昼与黄昏。

⑨请业：向人请教学业。《礼记·曲礼上》："请业则起，请益则起。"汉郑玄注："业，谓篇卷也。"

⑩咨禀：禀告，陈说。

⑪积蠹康利贞：康利贞曾任淄川县漕粮经承，他妄派钱粮，盘剥乡民。积蠹，多年害民的胥吏。

⑫漕粮经承：经管漕粮的衙门役吏。漕粮，我国封建时代由东南地区漕运京师的税粮。

⑬皮骨：皮和骨。常用来形容躯体瘦瘠。唐杜甫《将赴

成都草堂途中有作先寄严郑公》诗其四："三年奔走空皮骨，信有人间行路难。"

⑭啧(zé)有烦言：谓纷杂的指责和议论。

⑮渠：他。

⑯德：即德州（今山东德州市）。

⑰老先生：对王士禛的敬称。参见本书前选《与王司寇阮亭先生》注③。

⑱偶语：相聚议论或窃窃私语。

⑲学中数人：谓县学中的几位生员。

⑳登龙赴诉：谓赴王士禛府上告发。登龙，比喻得到有名望者的接待。

㉑清况：清雅的生活景况。

㉒尼(nǐ)：阻止，阻拦。

㉓不揣卑陋：自谦之辞。谓不自量，平庸浅陋。

㉔门人纪纲：旧时谓弟子或仆人。

㉕吴公：即时任淄川县令的吴堂，字介石，又作届室，华容（今湖南岳阳市）人。康熙三十九年（1700）进士，历任淄川、光泽县令，升开州知州。著有《素轩稿》。见乾隆《华容县志》《淄川县志》。康熙四十九年（1710）任淄川县令，第二年因母丧解任。

㉖浮言：无根据的话。

㉗呵冻：谓嘘气使砚中凝结的墨汁融解。喻天寒。

㉘草草：匆忙仓促的样子。

【赏读】

在蒲松龄集中,这是致王士禛的第四函,写于康熙四十九年(1710)冬。从年逾古稀的老人相互间共同关心的健康话题谈起,再致谢对方赠书,客套一番后忽而入正题,将作恶多端的蠹吏康利贞抛出,不觉突兀,正是作者文字技巧的显现。

袁世硕《蒲松龄事迹著述新考·蒲松龄与王士禛交往始末》(齐鲁书社 1988 年出版)曾将有关康利贞事件做过一番梳理,可参见。在现存蒲松龄的文章中,计有四封书札与七篇呈文系因康事而发,其中六篇呈文不见于路大荒《蒲松龄集》,仅见于后来发现的《聊斋呈稿》抄本,盛伟编《蒲松龄全集》已全部收录。《求革蠹漕康利贞呈投吴县公》一文即为后发现的蒲松龄六篇呈文之一,内云:"窃照漕粮经承康利贞,乃淄之积蠹也。四十八年充应漕粮房,妄派杂费银两,米价增至二两一钱有零,本朝七十余年所未有。正费之外,尽饱溪壑;割官害民,莫此为甚。"

蒲松龄当时已撤帐归里,在"从心所欲"的年岁仍能仗义执言,千方百计为乡里除害,堪称一位有担当的读书人。在封建社会,书生"包揽词讼"是一大忌,有可能被褫夺衣冠,甚至惹来杀身之祸,四十多年以前苏州发生的哭庙案，致使金圣叹等众书生被冤杀就是前车之鉴。然而蒲松龄能置个人荣辱于度外，为民请命，这种无所畏惧的精神的确难能可贵！

请禁巫风①呈

为祈禁巫风,以挽颓俗②事:窃惟③因风致愆④,垂诸圣训⑤;反浇⑥为朴,望在循良⑦。淄邑民风,旧号淳良,二十年来,习俗披靡⑧,村村巫戏⑨。商农废业,竭赀而为会场⑩;丁户欠粮,典衣⑪而作戏价。沸心聒耳⑫,王武子之所乐闻⑬;乱吠齐喧,介葛卢之所能喻⑭。乃妇女喜其易解,粉白黛绿⑮者成群;而撞匠⑯乐于溷淆⑰,鼠目獐头⑱者作队。赌争酒醉,遂呈刀杖之凶;作盗诲淫,更成鼠雀之狱⑲。可笑浮靡⑳之众,不计安全㉑;非申告诫之文,乌知教化?恳祈老父母㉒片言晓示,严行禁止,庶几浇风顿革,荡子㉓可以归农;恶少离群,公堂㉔因而少讼。

【注释】

①巫风:指歌舞作乐的风俗。巫觋以歌舞事神,故称。《尚书·伊训》:"敢有恒舞于官,酣歌于室,时谓巫风。"唐孔颖达疏:"巫以歌舞事神,故歌舞为巫觋之风俗也。"这里

指当时傩祭歌舞杂戏演出活动。参见注⑨。

②颓俗：颓败的风俗。

③窃惟：私下里思考。

④愆（qiān）：罪过，过失。《尚书·伊训》："惟兹三风十愆，卿士有一于身，家必丧。"

⑤圣训：圣人的教导。指儒家相传的训谕。

⑥浇：即"浇薄"，指社会风气浮薄。

⑦循良：谓官吏奉公守法。这里指循良的官吏。

⑧披靡：草木倒伏。喻事物衰落。

⑨巫戏：指明代中期以后流行于鲁中地区的傩祭歌舞杂戏演出活动，其形式类似于当时苏北"香火"与山东"装姑娘""端鼓腔"等。参见车锡伦、李智军《山东、江苏傩文化区和蒲松龄记述的"巫戏""巫风"》（载《河南教育学院学报》2007年第1期）。

⑩会场：谓商农两界组织的大规模搬演巫戏的场所。

⑪典衣：典押衣服。

⑫沸心聒耳：搅乱心绪，声音刺耳。

⑬"王武子"句：晋王济喜欢听孙楚学驴叫。南朝宋刘义庆《世说新语·伤逝》："孙子荆以有才，少所推服，惟雅敬王武子。武子丧时，名士无不至者。子荆后来，临尸恸哭，宾客莫不垂涕。哭毕，向床曰：'卿常好我作驴鸣，今我为卿作。'体似真声，宾客皆笑。"王武子，即王济（生卒年不详），字武子，晋太原晋阳（今山西太原）人，司徒王

浑次子,官至骁骑将军、侍中。

⑭"介葛卢"句:据说春秋时介氏国国君葛卢能听懂牛鸣。《左传·僖公二十九年》:"介葛卢闻牛鸣,曰:'是生三牺,皆用之矣,其音云。'问之而信。"介葛卢,古代传说中能通兽语的神话人物,为春秋时代东夷介氏国的国君,名葛卢。

⑮粉白黛绿:面傅粉而白,眉施黛而青。形容妇女装饰而出行。唐韩愈《送李愿归盘谷序》:"粉白黛绿者,列屋而闲居。"

⑯撞匠:当指游手好闲者。

⑰溷淆:混乱,杂乱。

⑱鼠目獐头:即"獐头鼠目",獐头小而尖,鼠目小而圆,本形容人的寒贱相,后多用以形容人的面目猥琐、心术不正。

⑲鼠雀之狱:谓强暴侵凌引起争讼。语出《诗经·召南·行露》:"谁谓雀无角,何以穿我屋?谁谓女无家,何以速我狱?……谁谓鼠无牙,何以穿我墉?谁谓女无家,何以速我讼?"

⑳浮靡:浪费。

㉑安全:保全。

㉒老父母:旧时称州县地方官。这里即敬称淄川县令。

㉓荡子:浪荡子。谓游手好闲,不务正业或败坏家业的人。

㉔公堂:旧时审理案件的地方。

【赏读】

这篇呈文当写于蒲松龄撤帐西铺以后,即康熙四十九年(1710)左右。康熙二十八年(1689)淄川县令张嵋三年任满离职,蒲松龄撰写七绝十三首《悲喜十三谣》,写出淄川县大多数乡民的惜别之情,但也有欣喜者,即衙役、博徒、豪强、讼师、端公(巫师)、娼户、苞苴七类人,其中"端公(巫师)喜"云:"雅化行来旧染清,巫风久不到山城。昨朝又摘领艳尽,打点胭脂上戏棚。"一县风俗与县令如何执政大有关联,张嵋卸职以后,巫风渐炽,此呈中所谓"二十年来,习俗披靡"之说本此。

所谓"村村巫戏"有乡民娱神与自娱的性质,是否应当一概抹杀,还须具体分析,但对农业生产力有相当的破坏作用也不容否认。迎神赛社盛行与否与当地的富庶程度成正比。蒋良骐《东华录》卷一三:"康熙二十五年二月……江宁巡抚汤斌疏言:'吴中风俗,尚气节,重文章。而佻巧者每作淫词艳曲,坏人心术。蚩愚之民,敛财聚会,迎神赛社,一旛之值,至数百金。妇女有游冶之习,靓妆艳服,联袂寺院,无赖少年,习学拳勇,轻生好斗,名为打降。臣严加训饬,委曲告诫,一年以来，寺院无妇女之游，迎神罢会，艳曲绝编，打降敛迹，惟妖邪巫觋，习为怪诞之说，愚民为其所惑，牢不可破……请赐特旨严禁，勒石山巅，庶可永绝根株。'疏上，得旨：'淫祠惑众诬民，有关风化，如所请，勒石严禁。直隶及各省有似此者，一体饬遵。'"如此而论，蒲松龄此呈与清统治者的利益也有一致的地方。

求科试①广额呈

为恳祈转申学宪②，以广栽培事：窃照③淄川县从来甲科④较他邑为盛，故科试上等之数，亦较他邑独多。往年旧额取至五十余名，自康熙年⑤减至三十五名，遂使阖邑人才，半阻于进取，连科甲第⑥，多出于遗才⑦。上科蒙抚台⑧广厉⑨人才，增号舍⑩两千余间，遂至遗才之数，与正案⑪相等。去年岁试⑫文场⑬，又叨蒙⑭宗师⑮非常赏鉴。与其先摈不录，俾先望途而哭其穷⑯，何如一试广收，即如升天而假以翼⑰？恳乞老父师⑱恩赐转申，求复旧额。如其骧首天衢⑲，固戴陶钧⑳之赐；即令暴鳃水涘㉑，宁忘盼睐㉒之恩？

【注释】

①科试：又称"科考"。清代于乡试之前，由各省学政至所属州县，巡回主持考试。凡参加乡试之生员，皆须应试。合格者准应本省乡试。

②学宪：即"学政""提学"，清代派学政往各省，按期

至所属各府、厅考试童生与生员,主持岁试、科试;均由进士出身的官吏中简派,三年一任。不问本人官阶大小,在任学政期间,可与督、抚平行。

③窃照:私下里察知。

④甲科:明清谓进士为甲科,举人为乙科。

⑤康熙年:当指康熙三十年(1691),是年以山东按察司副使朱雯提督全省学政,科试减少取额,即经他手处理。参见本书前选《蛐蜓》。

⑥连科甲第:谓科举考试中乡试、会试连续中式。甲第,明清称进士。

⑦遗才:即"录遗"试。清代科举考试制度,凡生员参加科考、录科未取,或因故未参加科考、录科者,在乡试前可再行补考一次,名为"录遗",录取者即可参加乡试。

⑧抚台:明清巡抚的别称。清代巡抚为省级地方政府长官,总揽全省军事、吏治、刑狱、民政等,职权甚重。

⑨厉:"励"的古字。劝勉。

⑩号舍:即"号子",科举考场中生员答卷和食宿之所。人各一小间,每间有编号。

⑪正案:谓科试通过后正式审定的名单。

⑫岁试:又称"岁考",即对生员之甄别考试,以分优劣。清代由各省学政到所属州、县主持,凡府、州、县学之附生、增生、廪生皆须应考,在外生员亦须回原籍应考。

⑬文场:科举的考场。

⑭叨(tāo)蒙：犹"承蒙"，表示承受之意。常用作谦辞。

⑮宗师：清人对学政的尊称。

⑯望途而哭其穷：比喻处于极为困苦的境地。《晋书·阮籍传》："时率意独驾，不由径路，车迹所穷，辄恸哭而反。"

⑰升天而假以翼：谓科试广收，如同给士子插上翅膀。《三国志·许靖传》："虽仰瞻光灵，延颈企踵，何由假翼自致哉？"

⑱老父师：对师长的敬称。这里指县学的学官教谕。

⑲骧(xiāng)首天衢：谓乡试中式后又到京师参加会试。骧首，比喻意气轩昂。天衢，京都的街道。

⑳陶钧：制作陶器所用的转轮。比喻陶冶、造就。

㉑暴(pù)鳃水涘(sì)：比喻乡试受挫。暴鳃，即"曝鳃"，语出晋代刘欣期《交州记》："有堤防龙门，水深百寻，大鱼登此门化成龙，不得过，曝鳃点额，血流此水，常如丹池。"水涘，水边。

㉒盼睐：眷顾，垂青。

【赏读】

科试属于各省乡试的资格考试，中式者方能进入乡试考场拼搏。缩减科试通过名额十五名，对于原额五十名的一县诸生而言，就减少了乡试中举百分之三十的希望，攸关士子一生功名大事，非同小可。学政调配一省中各府、州、县学的科试中式名额，并非随心所欲，与县之大小、地方财政、生员数量等因素相关。朱雯于康熙三十年（1691）任山东学政，经手淄川县科试减额事，自然会成为士子的众矢之的。

《聊斋志异》中除《蛐蜓》一篇以外，《何仙》一篇对于学政朱雯不负责任，任意招揽毫无资格的岁试阅卷者，也发出不平之鸣。岁试作为明清科举制度中的一个环节，虽不像乡试、会试那样为决定读书人一生命运的关键，却也荣辱相关，不可怠慢。小说对于朱学政聘请一帮花钱财买来的监生当评审试卷者，极其反感，反映了当时府、州、县学莘莘学子的普遍心态。

蒲松龄另有《又投学宪呈》一文："窃照淄邑虽系山城，自昔颇称才薮，数十世人文蔚起，三百年科第蝉联；今虽衰歇之余，不乏攻苦之士。科试旧额，例取五十余名，前任朱宗师减去五分之二，俾穷经士子，瞻棘围以怆怀；苦志寒儒，望龙门而短气。"文中"前任朱宗师"显然指朱雯，可与这篇呈文参看。

请惩无品生员①呈

　　为严惩败类以清学校事：窃照礼所重者名分②，士所贵者廉耻。非人而行其礼，则僭妄③而不伦；丧节以遂其贪，亦苟贱而无品。今有青云寺④某僧，葬伊师祖，雇到生员某等为之赞礼⑤。葬以和尚祭以士，深⑥足骇乎听闻；图其餔啜⑦丧其行，殊有玷于名教⑧。即是高僧圆寂⑨，亦不应带家礼⑩而诏其神；况是孽骨⑪沉沦，何至整儒巾⑫而舐其臭⑬？蓝衫⑭摇摆，胁肩⑮于酒色之髡⑯；雀顶⑰张皇⑱，屈膝于秃毒之鬼。高情⑲可感，不过白酒一壶；佣价足贪，止为青铜⑳二百。学宫而容此物，则读书者以入泮㉑为羞；朋友而有是人，则受业者以同师为辱。恳祈老师㉒整饬学规，风厉㉓士节，所望严加斥革㉔，庶抱卷以知羞；苟不力为劝惩，恐饮馘而亦醉㉕矣。

【注释】

①无品生员:这里指淄川县学中品行不端的生员。

②名分(fèn):名位与身份。

③僭妄:越分而狂妄。

④青云寺:位于今淄博市淄川区岭子镇槲林村西北的盘山、九纹山幽谷中。参见本书前选《青云寺重修二殿记》注①。

⑤赞礼:举行典礼时司仪宣唱仪节,叫人行礼。

⑥深:底本无此字,据盛伟编《蒲松龄全集》本补。"深足骇乎听闻"与"殊有玷于名教"为偶。

⑦餔啜(bū chuò):吃喝。语出《孟子·离娄上》:"孟子谓乐正子曰:'子之从于子敖来,徒餔啜也。'"宋朱熹集注:"餔,食也;啜,饮也。言其不择所从,但求食耳。"

⑧名教:指以正名定分为主的封建礼教。晋代袁宏《后汉纪·献帝纪》:"夫君臣父子,名教之本也。"

⑨圆寂:佛教语。梵语的意译;音译作"般涅槃"或"涅槃"。谓诸德圆满、诸恶寂灭,以此为佛教修行理想的最终目的。故后称僧尼死为圆寂。

⑩家礼:大夫之家的礼仪。

⑪孽骨:不孝顺者的遗体。汉贾谊《新书·道术》:"子爱利亲谓之孝,反孝为孽。"旧时认为僧人出家,不奉养父母,故称。

⑫儒巾：古代读书人所戴的一种头巾。明代通称方巾，为生员的服饰。清代生员戴银雀顶冠。这里借用明人称谓。

⑬舐（shì）其痔：犹"舐痔"，以舌舔痔。比喻谄媚附势的卑劣行为。

⑭蓝衫：清代诸生服色为蓝衫。

⑮胁肩：耸起肩膀，故示敬畏。为谄媚之态。

⑯髡（kūn）：剃去毛发。对僧人的蔑称。

⑰雀顶：清代举人和生员的冠饰。《清会典·礼部五·官员士庶冠服》："生员冠，用银雀顶，带用乌角圆版，银镶边。"

⑱张皇：炫耀。

⑲高情：深厚的情意。这里有调侃意味。

⑳青铜：铜钱。金代董解元《西厢记诸宫调》卷六："法聪不忍，借与五千贯青铜。"

㉑入泮：古代学官前有泮水，故称学校为泮宫。科举时代学童入学为生员称为"入泮"，俗称秀才。

㉒老师：这里指县学的学官教谕。

㉓风厉：鼓励，劝勉。

㉔斥革：开除，革除。

㉕饮䭔（duī）而亦醉：吃蒸饼也能醉倒，意谓只要能得到钱财，可以不顾廉耻。语本唐崔令钦《教坊记》："苏五奴妻张少娘，善歌舞，有邀迓者，五奴辄随之前。人欲得其速醉，多劝酒。五奴曰：'但多与我钱，虽吃䭔子亦醉，不烦

酒也。'今呼鬻妻者为'五奴',自苏始。"馉,蒸饼,即馒头。

【赏读】

《聊斋志异》中有《金和尚》一篇,对于明末清初个别寺院经济的畸形发展极为反感。蒲松龄笔下的金和尚毕竟是据传闻撰写,因而有相当的虚构成分,但大体符合当时五莲山光明寺僧人气焰熏天的实际状况。

饱暖生淫欲,寺中僧人欺男霸女,为虐一方,也非空穴来风。在历史的宗教信仰中具有舍身求法精神的唐玄奘一类的高僧大德毕竟属于少数,而当宗教在某种客观情势下仅沦为一种谋生乃至致富手段时,道德的崩溃就在所难免,这时"普度众生"的宗教情怀早已抛到九霄云外,无影无踪了。金和尚的行径及寺院经济的繁荣有其特殊的历史条件,在明清两代并不具有普遍性,但在当时社会中道德低于俗家的酒肉和尚也不在少数。青云寺僧人是否也有小说中金和尚那样的嚣张气焰,似乎未必,然而有一定经济实力的寺院出于炫耀而请县学生员赞礼其丧仪,也的确令人侧目。

蒲松龄并非如唐朝的韩愈有"抵排异端,攘斥佛老"的用心,仅是蔑视寺院僧人财大气粗的招摇而已,对于"无品"生员为微薄小利竟然替寺院办理丧事更加深恶痛绝。蒲松龄在康熙四十八年（1709）辞馆回蒲家庄，此呈文即写于其暮年，体现了他对儒家传统理念的执着心态。

为人要则·轻利

凡人无事不资乎利,贫穷则父母不子①,富贵则亲戚畏惧,利顾②不重乎哉!所谓轻者,亦非挥金如土之谓。古人云:"用当其可之谓俭③。"不当用而用,固为荡子;当用而不用,亦是财奴④。每见相与⑤之不终,多因利起,计算锱铢⑥,遂成嫌怨,往往而然。其或一时欢洽⑦,慷慨推贷⑧,在受者曰:"我必速偿。"在施者曰:"是区区之物,何劳挂齿。"迨过期不至,而吝情难忍,追索渐急,而仇怨遂生。至于此,而推贷之义何在乎?反不如吝之于初,止得一鄙细⑨之名,而犹不至仇恨之深也。我谓借人以物者,即当念此物之必不复还,其还也,便如拾之,如其不还,我固早已安之矣。故吾愿天下受人与者,无时而忘,亦愿天下之与人者,漠然而忘之也。天下爱小利者恒多,人偿我,恒低之,我偿人,恒昂⑩之。一低昂所损无几,而人则欢然⑪颂德矣。此非处世之一道乎?

【注释】

①不子：不以为子，谓不当作儿子对待。

②顾：岂，难道。

③用当其可之谓俭：明代陆埛《篔斋杂著·时务策》："仁之为道四，曰公、俭、宽、敏。广大而博之谓公，节制而当之谓俭，宏裕而容之谓宽，奋励而勇之谓敏。"

④财奴：即"守财奴"，指富而吝啬的人。

⑤相与：指交好的人。

⑥计算锱铢：犹"锱铢必较"，指对很少的钱或很小的事，都十分计较。

⑦欢洽：欢悦和睦。

⑧推贷：向人贷款。

⑨鄙细：微贱。

⑩昂：高。与"低"相对。此处之"低"，当谓人偿还我时，常低贱其值，让利于人。"高"，谓我偿还他人时，常抬高其值，多给人利益。

⑪欢然：喜悦貌。

【赏读】

《为人要则》系一组文章，依次为《正心》《立身》《劝善》《徙义》《急难》《救过》《重信》《轻利》《纳益》《远损》《释怨》《戒戏》。前有小序云："王八垓兄有感于世情之薄，命十二题属余为文，以教子弟，亦见其忧患之心也。遂率意撰之。"

王八垓，即王永印，字八垓，明应州知州王所须第三子，贡生，年长于蒲松龄二十余岁，与蒲松龄属于忘年之交。康熙四年（1665）初，蒲松龄即开始设馆于王永印家，当为其塾师生涯之开始（参见邹宗良《蒲松龄研究丛稿》，山东大学出版社2011年出版，第23页）。受馆东之托，当时年方二十六七岁的蒲松龄为王家子弟认真撰写《为人要则》十二题，实在是西席的应尽职责。

民间因借贷引来争执甚至诉讼，古今中外并不罕见。莎士比亚的著名悲剧《哈姆雷特》中早有名言："不要向别人借钱，向别人借钱将使你丢弃节俭的习惯；更不要借钱给别人，你不仅可能失去本金，也可能失去朋友。"蒲松龄对于民间借贷问题认识的深刻，与比他早生近一个世纪的英国文豪不相上下，也算是英雄所见略同吧。

赌博辞

天下之倾家者，莫速于博；天下之败德者，亦莫甚于博。入其中者，如沉迷海①，将不知所底②矣。夫商农之人，具有本业；诗书之士，尤惜分阴③。负耒横经④，固成家之正路；清谈⑤薄饮⑥，犹寄兴⑦之生涯。尔乃狎比⑧淫朋⑨，缠绵永夜⑩。倾囊倒箧⑪，悬金于嶮巇之天⑫；呵雉呼卢⑬，乞灵于淫昏之骨⑭。盘旋五木，似走圆珠⑮；手握多张，如擎团扇⑯。左觑人而右顾己，望穿鬼子之睛⑰；阳示弱而阴用强，费尽魍魉之技⑱。门前宾客待，犹恋恋于场头；舍上烟火生，尚眈眈于盆⑳里。忘餐废寝，则久入成迷；舌敝唇焦，则相看似鬼。夫迨全军尽没㉑，热眼㉒空窥。视局中，则叫号浓焉，技痒英雄之臆㉓；顾橐底，而贯索㉔空矣，灰寒壮士之心㉕。引颈徘徊，觉白手之无济㉖；垂头萧索，始元夜之方归。幸交谪之人㉗眠，恐惊犬吠㉘；苦久虚之腹饿，敢怨羹残。既而鬻子质田，冀还珠于合浦㉙；不意火灼毛尽，终捞月于沧江㉚。及遭败后我方思㉛，已作下流㉜之物；试问赌中谁最善，群推无裤之公㉝。甚而枵腹㉞难堪，遂栖身于暴客㉟；搔头莫度㊱，至仰给于香奁㊲。呜呼！败德丧行㊳，倾产亡身，孰非博之一途致之哉！

【注释】

①迷海：比喻沉湎于某项爱好而难以自拔。

②底：止住。《国语》卷一〇《晋语四》："今戾久矣，戾久将底。底著滞淫，谁能兴之？盍速行乎！"三国吴韦昭注："戾，定也。底，止也。"

③分阴：谓极短的时间。阴，日影。《晋书》卷六六《陶侃传》："大禹圣者，乃惜寸阴，至于众人，当惜分阴，岂可逸游荒醉，生无益于时，死无闻于后，是自弃也。"

④负耒横经：意谓农耕中不忘读书，体现了作者耕读持家思想。负耒，背负农具，从事农耕；耒，古代一种农具，状如木叉。横经，横陈经籍，谓受业或读书。南朝梁何逊《七召·儒学》："横经者比肩，拥帚者继足。"

⑤清谈：清正高雅的谈论，唐杜甫《送高司直寻封阆州》诗："清谈慰老夫，开卷得佳句。"

⑥薄饮：即"薄饮食"，谓不追求物质生活的丰富。《史记》卷一二九《货殖列传》："能薄饮食，忍嗜欲，节衣服，与用事僮仆同苦乐，趋时若猛兽挚鸟之发。"

⑦寄兴：谓寄寓情趣。

⑧狎比：亲近。《新唐书》卷一八〇《李德裕传》："时帝昏荒，数游幸，狎比群小，听朝简忽。"

⑨淫朋：邪党。《尚书·洪范》："凡厥庶民，无有淫朋，人无有比德，惟皇作极。"宋蔡沈集注："淫朋，邪党也。"汉代蔡邕《正交论》："君子以朋友讲习，而正人无有淫朋。"

⑩永夜：长夜。《列子·杨朱》："肆情于倾宫，纵欲于长夜。"

⑪倾囊倒箧：出尽所有钱财，倾其所有。

⑫悬金于嵌巇（xiǎn xī）之天：意谓将自己的钱财置于安危难测的险地。嵌巇，险峻崎岖。

⑬呵雉呼卢：即"呼卢喝雉"，谓赌徒且掷且喝以求采胜的赌博过程。古人赌博，用木制骰子五枚。骰子一面涂黑，画牛犊；另一面涂白，画雉鸡。一掷五色皆黑为"卢"，最胜。四黑一白为"雉"，为次胜。卢，有黑色义。

⑭淫昏之骨：谓骨质的骰子。

⑮"盘旋五木"二句：形容赌徒操纵赌具熟练之态。五木，古代博具，以斫木为子，一具五枚。

⑯"手握多张"二句：形容古代一种以叶子格为用具的赌博状态。清代赵翼《陔余丛考》卷三三《叶子戏》："《品外录》：唐国（同）昌公主会韦氏族于广化里，韦氏诸家好为叶子戏。欧阳公亦云：唐人宴聚，盛传叶子格……马令《南唐书》：李后主妃周氏，又编金叶子格，即今之纸牌也。《辽史》称为叶格，见第三卷。则纸牌之戏，唐已有之。今

之以《水浒》人分配者,盖沿其式而易其名耳。"明清时称马吊牌为叶子戏,与唐宋不同。

⑰"左觑人"二句:形容赌徒在赌博中左顾右盼、精神紧张的形体状态。鬼子,詈词,犹言鬼东西。南朝宋刘义庆《世说新语·方正》:"士衡(陆机)正色曰:'我父祖名播海内,宁有不知,鬼子敢尔!'"

⑱"阳示弱"二句:形容赌徒在赌博中费尽心机、兵不厌诈的心理状态。阳,通"佯",假装。魍魉,亦作"罔两"。古代传说中的山川精怪,鬼怪。《孔子家语·辨物》:"木石之怪夔魍魉。"

⑲场头:谓赌场。

⑳盆:谓掷骰子的盆状赌具。

㉑全军尽没:比喻赌本全部输光。

㉒热眼:热切企盼的目光。

㉓技痒英雄之臆:意谓难以躲避诱惑、跃跃欲试的心理。技痒,谓有某种技艺的人遇到机会急欲表现。

㉔贯索:钱串。明代刘元卿《贤奕编·官政》:"尝闻刘文靖诮丘琼山'有散钱而少贯索',琼山还诮曰:'公有贯索而却欠散钱。'虽然,世博综者,恃此休休心为贯索更妙也。"

㉕灰寒壮士之心:意谓赌资缺少,令赌徒心灰意冷,百无聊赖。

㉖"引颈徘徊"二句:意谓在赌场外伸长脖子来回观

望,方感觉两手空空的无奈。

㉗交谪之人:这里谓赌徒的家人,当主要谓其妻。交谪,谓竞相责难。《诗经·邶风·北门》:"我入自外,室人交遍谪我。"汉郑玄笺:"我从外而入,在室之人,更迭遍来责我。"

㉘恐惊犬吠:谓小心翼翼,惧怕因狗叫而惊醒家人。《诗经·召南·野有死麇》:"舒而脱脱兮,无感我帨兮,无使尨也吠。"毛传:"尨,狗也。非礼相陵则狗吠。"

㉙"既而"二句:意谓因赌博而卖子、典卖田产,仍然希望重新赢回失去的钱财。

㉚"不意"二句:意谓不料作为赌资的钱财如同大火燎毛瞬时而光,翻本的期望如同水中捞月,最终两手空空。沧江,谓江水,以江水呈苍色,故称。

㉛方思:谓乘筏渡水。方,竹木编的筏子;思,语末助词。语本《诗经·周南·汉广》:"江之永矣,不可方思。"

㉜下流:河流的下游,比喻众恶所归的地位。《论语·子张》:"纣之不善,不如是之甚也。是以君子恶居下流,天下之恶皆归焉。"

㉝无裤之公:形容已经输得一无所有的赌徒,这里有明显的调侃意味。

㉞枵(xiāo)腹:空腹,谓饥饿。

㉟暴客:盗贼。《易·系辞下》:"重门击柝,以待暴客。"

㊱搔头莫度:意谓无计可施,已难以度日。搔头,谓以

指甲或他物搔头部,表示走投无路中的无奈动作。

㊲仰给于香奁:谓依赖妻子的嫁妆为活。仰给,依赖。香奁,妇女妆具,指盛放香粉、镜子等物的匣子,这里谓赌徒妻子的陪嫁之物如首饰等。

㊳败德丧行:败坏品德,丧失行止。

【赏读】

学林出版社1998年出版盛伟编《蒲松龄全集》第二册收录《赌博辞》一文,校勘记云:"路编《聊斋文集》,佚此文;家藏《聊斋文集》抄本第一册第三十五题,题作《赌博辞》,接排于《祝辞》之后;馆藏《聊斋文集》(残本)第5552号第三题,题作《赌博辞》,接排于《责白髭文》之后;日本庆应大学'聊斋文库'藏蒲英义抄本《赌博词·学究自嘲》。该文为首次发表。"实则此《赌博辞》与《聊斋志异·赌符》篇末的"异史氏曰"除个别字词外,并无二致,蒲松龄对这篇骈文性质的小品异常得意,特意用作《赌符》篇末的评论文字,所谓"首次发表"说或可休矣。

类似情况如蒲松龄将其骈文《〈妙音经〉续言》用作《马介甫》的"异史氏曰",将骈文《为花神讨封姨檄》用于《绛妃》之中等。

"赌近偷,奸近杀",古谚所云,堪称不刊之论。赌博对于社会稳定的作用是负面的,因而历代法律对于赌博皆有严厉的规定,如《大清律例》卷三四《刑律·杂犯·赌博》有云:"凡赌博财物者,皆杖八十,所摊在场之财物入官。其开张赌坊之人,虽不与赌列,亦同罪。坊亦入官。"处罚不可谓不严,然而收效并不显著,其原因无非是社会的腐败已极,无可救药。蒲松龄以菩萨心肠劝善社会,语重心长。特意将《赌博辞》挪作"异史氏曰",且用骈文写就,淋漓酣畅,尤为发人深省。

为众绅祭唐太史①文

呜呼！城郭犹故，人民顿非②。眼看埋玉③，昔人所悲。而况一木折而大厦倾，一人死而气运④衰！即妇子之无知，犹辍舂而涕洟⑤。矧⑥亲承乎謦欬⑦，悲见其脱屣⑧而长归⑨！缅维⑩太史，弱冠雄飞⑪，鼍声艺苑⑫，珥笔⑬凤池⑭。志不安于缩项⑮，愿适遂乎拂衣⑯。迨其归也，承颜⑰事亲，提耳⑱教弟；临流赋诗，登山蜡屐⑲。文如金翅擘海⑳，什㉑如明锦铺地㉒。大业㉓垂于千秋，声施㉔及乎百世。雅爱㉕文人，尤怜才士，苟一艺之微长，辄称扬而不置㉖。晚岁多更㉗，益饶㉘经济㉙。罗斗宿㉚于襟怀，森矛戟㉛于胸次。为公任劳而不辞，为民丛怨㉜而不避，无念不为苍生，无事不存岂弟㉝。陈民隐㉞于大僚，导循良㉟以抚字㊱。往往蔀屋㊲之愚氓㊳，阴受福而不知。其自尸祝㊴者遍山城㊵，望其见沧桑之三易㊶。年过七袠㊷，步履犹轻，纵饮尚能一石㊸，挥麈㊹每至三更。又得踵息㊺之仙术，谓其可以不死而长生。乃前夕犹把盏㊻而对客，次日遂奄然⁴⁷而长瞑。仙人无疾而终日尸解，意必厌尘世而归太清。呜呼悲哉！老成⁴⁸凋谢，梁木摧崩。河山变色，风月无情。衣冠⁴⁹遂无领袖，里社⁵⁰竟绝典型！值大庭之公议⁵¹，嘿⁵²相视而无声。乌爱止于谁屋⁵³？徒遗恨于冥冥⁵⁴。倘乘烟而遨戏⁵⁵，尚俯视乎瀴溟⁵⁶，俾⁵⁷得一廉能之宰⁵⁸，更佑其拔薤而抚婴⁵⁹。

【注释】

①唐太史：即唐梦赉（1628～1698），字济武，号岚亭，别号豹嵒，淄川（今山东省淄博市淄川区）人。顺治六年（1649）进士，授庶吉士，顺治八年授内翰林秘书院检讨，翌年罢归，年未三十，再未出仕。晚岁卜居淄川东南之豹山，沉酣经史。著有《志壑堂集》诗、文各十二卷，《志壑堂后集》诗五卷、词二卷、文三卷。太史，官名，西周、春秋时太史掌记载史事、编写史书、起草文书，兼管国家典籍和天文历法等。明清以修史之职归之翰林院，所以俗称在翰林院任职者为太史。

②"城郭"二句：比喻唐梦赉成仙而去。旧题晋陶潜《搜神后记》卷一《丁令威》："丁令威，本辽东人，学道于灵虚山。后化鹤归辽，集城门华表柱。时有少年，举弓欲射之。鹤乃飞，徘徊空中而言曰：'有鸟有鸟丁令威，去家千年今始归。城郭如故人民非，何不学仙冢垒垒。'遂高上冲天。"

③埋玉：埋葬有才华的人。语本南朝宋刘义庆《世说新语·伤逝》："庾文康亡，何扬州临葬云：'埋玉树箸土中，使人情何能已已？'"

④气运：气数，命运。南朝宋刘义庆《世说新语·伤逝》："戴公见林法师墓，曰：'德音未远，而拱木已积；冀神理绵绵，不与气运俱尽耳。'"

⑤辍舂（chōng）而涕（tì）洟：停止舂谷的劳作，表示对死者的哀悼。舂，用杵臼捣去谷物的皮壳。涕洟，涕泪俱下，哭泣。洟，鼻涕。

⑥矧（shěn）：况且。

⑦謦欬（qǐng kài）：咳嗽，多借指谈笑、谈吐。

⑧脱屣（xǐ）：这里比喻对人世无所留恋，犹如脱掉鞋子般轻易。《汉书》卷二五上《郊祀志上》："嗟乎！诚得如黄帝，吾视去妻子如脱屣耳！"唐颜师古注："屣，小履。脱屣者，言其便易，无所顾也。"

⑨长归：谓逝世、去世。

⑩缅维：亦作"缅惟"，遥想。

⑪雄飞：比喻奋发有为。《后汉书》卷二七《赵典传》："（赵）温字子柔，初为京兆郡丞，叹曰：'大丈夫当雄飞，安能雌伏！'"

⑫艺苑：文学艺术荟萃的处所。

⑬珥（ěr）笔：古代史官、谏官上朝，常插笔冠侧，以便记录，谓之"珥笔"。

⑭凤池:即"凤凰池",禁苑中池沼。魏晋南北朝时设中书省于禁苑,掌管机要,接近皇帝,故称中书省为"凤凰池"。这里指清初翰林秘书院。

⑮缩项:恐惧貌。

⑯拂衣:振衣而去,谓归隐。唐梦赉任检讨时曾经反对翰林院翻译明代流行的道教劝善书《文昌化书》。王士禛《敕授征仕郎内翰林秘书院检讨豹嵒唐公墓志铭》:"会命翰林院译《文昌化书》,先生慨然曰:'此非圣之书,岂可尘乙夜之览!'乃具疏,大略以为曲说不典,无裨圣化,请移此以辑圣贤经世大训,以佐平明之治。疏入留中。"最终唐梦赉被罢归。

⑰承颜:顺承尊长的颜色。这里谓服侍父母。

⑱提耳:恳切教导。语出《诗经·大雅·抑》:"於乎小子,未知臧否。匪手携之,言示之事。匪面命之,言提其耳。"唐孔颖达疏:"我又亲提撕其耳,庶其志而不忘。"

⑲蜡屐(jī):以蜡涂木屐。这里用以表现唐太史优游的生活。给木屐涂蜡的目的,是为了使木屐避免泥水侵蚀开裂,可以穿得更久。

⑳金翅擘海:比喻唐梦赉文章雄健有力,精深透彻。宋代严羽《沧浪诗话·诗评》:"李杜数公,如金翅擘海,香象渡河。"金翅,传说中的鸟名。

㉑什:《诗经》中《雅》《颂》部分多以十篇为一组,称之为"什"。如《鹿鸣之什》《清庙之什》等。这里即指

唐梦赉的诗篇。

㉒明锦铺地：比喻唐梦赉诗歌如遍地锦绣，富丽堂皇，悦人眼目。

㉓大业：谓文章大事业。三国魏曹丕《典论·论文》："盖文章经国之大业，不朽之盛事。"

㉔声施：为世人所传扬的名声。

㉕雅爱：素来爱好。

㉖不置：不舍，不止。

㉗更：改变。

㉘饶：增添，富于。

㉙经济：经世济民。

㉚斗宿（xiù）：二十八宿之一。俗称南斗，有星六颗，在北斗星以南，形似斗，故称。这里谓唐梦赉有文韬。

㉛矛戟：矛和戟。亦用以泛称兵器。这里谓唐梦赉有武略。

㉜丛怨：谓怨恨丛集。

㉝岂弟（kǎi tì）：即"恺悌"，和乐平易。《诗经·小雅·蓼萧》："既见君子，孔燕岂弟。"

㉞民隐：民众的痛苦。《国语·周语上》："先王非务武也，勤恤民隐而除其害也。"三国吴韦昭注："隐，痛也。"

㉟循良：谓官吏奉公守法。这里当指循良的淄川县令。

㊱抚字：谓对百姓的安抚体恤。字，养育。

㊲蔀（bù）屋：草席盖顶之屋。泛指贫家幽暗简陋之

屋。元代马祖常《室妇叹》:"哀号村空野树槁,蔀屋见斗饿鼠啼。"

㊳愚氓(méng):愚民,愚昧之人。

㊴尸祝:祭祀祷告。明清多有为人立生祠者,以祷告祝福活着的人。

㊵山城:谓淄川县。以县境多山,故称。

㊶"望其见"句:意谓盼望唐梦赉长寿。沧桑,即"沧海桑田",大海变成农田,农田变成大海。语本晋葛洪《神仙传·王远》:"麻姑自说:'接待以来,已见东海三为桑田。'"后以"沧海桑田"比喻世事变化巨大。这里喻岁月久远。

㊷七帙(zhì):七十岁。帙,通"秩"。十年为一帙。

㊸石(古书中读shí,今读dàn):量词,古代计算重量的单位,一百二十斤为一石。又为计算容量的单位,十斗为一石。这里专就计量酒而言。

㊹挥麈(zhǔ):晋人清谈时,常挥动麈尾以为谈助。后因称谈论为挥麈。麈,鹿类,亦名驼鹿,俗称四不像。这里指用麈尾做的拂尘。

㊺踵息:道家炼气养生之法。语本《庄子·大宗师》:"真人之息以踵,众人之息以喉。"唐成玄英疏:"真人心性和缓,智照凝寂。至于气息,亦复徐迟。脚踵中来,明其深静也。"

㊻把盏:端着酒杯,多用于斟酒敬客。

㊼奄(yǎn)然:忽然。

㊽老成:指年高有德的人。

㊾衣冠:代称缙绅、士大夫。

㊿里社:古代里中祭祀土地神的处所。借指乡里。

㉑公议:公众的议论,舆论。

㉒嘿(mò):同"默"。不说话,不出声。

㉓乌爱止于谁屋:用"乌鸦飞落在谁家"的问语,表明邑民的忧心悲伤。语出《诗经·小雅·正月》:"哀我人斯,于何从禄?瞻乌爱止?于谁之屋?"

㉔冥冥:泛指主宰人世祸福的神灵世界。宋代沈作喆《寓简》卷一:"岂人之祸福吉凶自有定数存于冥冥之中,虽圣与智不可得而逃耶?"

㉕"倘乘烟"句:意谓唐梦赉游仙遨游于天上。唐代吴筠《游仙二十四首》其二十:"扬盖造辰极,乘烟游阆风。上元降玉阁,王母开琳宫。"遨戏,犹游戏。

㉖瀴溟(yíng míng):底本作"瀴冥",据盛伟编《蒲松龄集》改。水杳远貌。《文选·木华海赋》:"经途瀴溟,万万有余。"唐李善注:"瀴溟,犹绝远杳冥也。"

㉗俾(bǐ):使。

㉘廉能之宰:清廉能干的官吏。

㉙更佑其拔薤(xiè)而抚婴:比喻打击豪强,存恤孤弱者。语出《后汉书·庞参传》:"拜参为汉阳太守。郡人任棠者,有奇节,隐居教授。参到,先候之。棠不与言,但以

薤一大本,水一盂,置户屏前,自抱孙儿伏于户下……参思其微意,良久曰:'棠是欲晓太守也。水者,欲吾清也。拔大本薤者,欲吾击强宗也。抱儿当户,欲吾开门恤孤也。'"薤,多年生草本植物。地下有圆锥形鳞茎,叶丛生,细长中空,断面为三角形,伞形花序,花紫色。

【赏读】

蒲松龄对于唐梦赉这位乡贤十分敬仰,在唐生前即为他撰有《唐太史命作生志》一文;《聊斋志异》中有《泥鬼》《鼋神》两篇,也专为美化赞颂唐梦赉而撰写。后者投桃报李,亦曾为《聊斋志异》作序,可见两人关系非同一般。

中国古代社会农村中的乡绅阶层是一股维持邻里道德风尚不容忽视的力量,其触角可以伸至清廷无能为力的角落。进士出身的唐梦赉,任职翰林院秘书院检讨一年即因直言进谏而被免归,从此居乡,再没有出仕。在淄川一县,唐梦赉的声望与地位崇高,而其"晚岁多更,益饶经济"的改弦更张,从一位"游于艺"的读书人到勇于"为公任劳而不辞"的士大夫的转变,的确难能可贵,受到乡民的欢迎也势所必然。

祭文中"即妇子之无知,犹辍舂而涕洟"二语,并非不着边际的官样文章。祭文结尾书写唐梦赉在天上回望人间,仍然关心民瘼,为民请命,应当是作者对一位社会贤达的最恰如其分的盖棺定论。祭文当写于唐梦赉谢世不久,仓促中不能延宕,反复构思推敲的时间不多。当时蒲松龄已经接近六十岁,他能在不长的时间内结撰这样一篇妥帖得体的文章,且用典使事自然浑成,毫无做作之感,显示了蒲松龄文学修养的炉火纯青,非同小可!众乡绅推举蒲松龄撰写祭文,关键时刻算是选对了作者。

后 记

夫著述之基有常,而发抒之路不一,其聊斋先生说部、文章之辨乎!北辙南辕,居然并诣;春花秋月,曷若同天。闳诞怪言,逞才子之健笔;倜傥正论,效学人之圣徒。或质或文,江山蕴千古襟抱;亦忧亦喜,人物称六朝胸怀。积蠹恣睢,固当问庐陵米;孽骨寂灭,毋须吃赵州茶。缟纻争投,真得厚斋眷顾;簪裾竞爽,幸有渔洋垂青。不屑伏鸾,何功就而身死;有怀隐豹,必毛丰而章成。寻机石于河源,探骊珠于颔下。江上解珮,原是交甫相夸;望中登墙,岂非子渊自炫?志异既享誉万古,表里相持;杂著亦彪炳千秋,详略交互。云谲波诡,手中烟霞生;地老天荒,腕底风霜凛。齐谐志怪,寓意在相吹;邹衍谈天,寄慧于先验。"文之佳恶,吾自得之",陈思以为达言美谈,聊斋亦当深韪此论。

继《袁宏道小品》之后，中州梁瑞霞女史令愚再贾余勇，成此小书，黾勉同心，敢不尽力！《志异》之书早年即享誉海内外，聊斋诗集、俚曲亦有注本行于坊间，唯其文集整理者鲜，迄无注本。出版策划者举重若轻，以为拈其篇幅修洁者，注析兼施，或可如颖考叔取郑伯之旗蝥弧，与夫"异史"短章相辅相成。总名为"小品"，亦晚明文坛之流亚也。半勺之盛，虽无补于鲸饮；一莛之叩，或可拟于蛙鸣。《易·乾》曰："君子终日乾乾，夕惕若厉，无咎。"孜孜矻矻，幸不辱命，于大疫再袭长安之际，前期月蒇事。坐拥书城，南窗寄傲，"无怀氏之民欤，葛天氏之民欤"？责编李晓丽女史频挥郢斧，纠谬颇多，亦当所铭心焉。

是为记。

庚子立秋赵伯陶记于京北天通楼